Ich bin 12 Jahre alt, wohne mit meiner Mutter in Neustadt und gehe in die gleiche Klasse wie meine beste Freundin Thea. Ich liebe schicke Kleidung und gehe gern shoppen, leider hat Thea nur selten Lust dazu. Seit ich sie kenne, komme ich auch gut mit Richard und seinen Freunden klar. Nur der Hund von Luca nervt mich, weil er mich ständig dreckig macht oder irgendwelche Dummheiten anstellt. Mein Traumberuf ist Modedesignerin.

Nadine Neubert

Ach du grüne Spinne, was soll ich denn erzählen? Also ich gehe in die 6. Klasse und bin 11 Jahre alt. Bis zum Sommer ging ich in die gleiche Klasse wie Richard, aber dann bin ich mit meinen Eltern, meinem großen Bruder Julian und meinem Hund Karlson nach Stolpen gezogen. Dort war ich zu einem Kindernachmittag in der Kirchgemeinde und habe Tobias, den Sohn des Pfarrers kennengelernt. Nach den Sommerferien bin ich in die gleiche Klasse wie er gekommen. Wenn ich erwachsen bin, will ich Tierarzt werden.

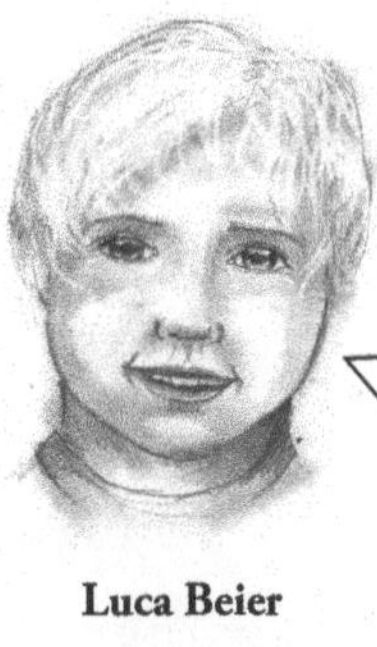

Luca Beier

Karlson

Tobias Hirte

Ich wohne auch erst seit Kurzem in Stolpen, gehe in die 6. Klasse und bin 12 Jahre alt. Weil mein Vater Pfarrer ist, zieht meine Familie öfter um. Ich habe drei Geschwister, Sara, Daniel und Matthias. Ich finde, dass die Bibel ein tolles Buch ist. Sie erzählt nicht nur von Gott und Seinem Sohn, Jesus Christus, sondern sie ist Gottes lebendiges Wort, das dein und mein Leben verändern kann. Jesus Christus hat die Strafe für meine Schuld auf sich genommen. Er ist am Kreuz gestorben und Gott hat Ihn auferweckt. Seit ich zum Herrn Jesus gehöre, weiß ich, dass mich nichts von ihm trennen kann, auch nicht der Tod. Davon möchte ich auch anderen erzählen, deshalb möchte ich mal Missionar werden.
Ich sammle Schlüssel und treibe gerne Sport. Beim Judotraining habe ich Paolo kennengelernt. Da wusste ich noch nicht, dass er Lucas Freund ist.

Hey Leute! Ich bin 11 Jahre alt und gehe in die gleiche Klasse wie Richard. Ich wohne mit meiner Mutter und meinen jüngeren Brüdern Robin und Jannik in Polenz, einem kleinen Dorf in der Nähe von Neustadt. Ich bin richtig froh, so gute Freunde zu haben. Das war nämlich nicht immer so, denn früher habe ich mich ständig gestritten und andere verprügelt. Aber eines Tages hat sich alles geändert, weil ich den Herrn Jesus kennengelernt habe. Doch das könnt ihr im Buch *Paolo – Der GerümpelSchatzKlau* nachlesen.
Vielleicht werde ich mal Automechaniker oder Busfahrer.

Paolo Matuschek

Anneli Klipphahn

Richard

Das BurgKellerGeheimnis

BOAS Verlag

Die Bibelzitate wurden folgenden Bibelausgaben entnommen:

Die Bibel nach der Übersetzung Martin Luthers in der revidierten Fassung von 1984, Durchgesehene Ausgabe in neuer Rechtschreibung,
© Deutsche Bibelgesellschaft, Stuttgart

Revidierte Elberfelder Bibel,
© SCM R. Brockhaus im SCM-Verlag GmbH & Co. KG

Die Bibel, Elberfelder Übersetzung (Edition CSV Hückeswagen),
© Christliche Schriftenverbreitung, Hückeswagen

Lektorat: Friedhelm von der Mark
Umschlag- und Innenillustrationen: Agnes Ettelt
Umschlaggestaltung und Satz:
dtp-medien.de, Andre Dietermann, Haiger
Druck und Verarbeitung:
CPI books GmbH, Leck

Paperback:
ISBN 978-3-942258-17-3
Art.-Nr. 176.817

www.boas-verlag.de

Hallo ____________________!

Leider kenne ich deinen Namen nicht, aber du kannst ihn ja selbst eintragen. Denn dieses Buch ist nicht nur zum Lesen da – es ist ein besonderes Buch. Doch mehr dazu später. Zunächst sollst du erfahren, mit wem du es zu tun haben wirst.

Die Hauptperson, Richard, liest und schreibt gern. Außerdem mag er knifflige Rätsel und alles, was mit Geschichte zu tun hat. Trotzdem ist er keiner von den Typen, die nur zu Hause hocken und den Staub von alten Büchern pusten. Er hat viele Freunde, mit denen er spannende Abenteuer erlebt. Und seine Zwillingsschwester Thea darf dabei natürlich auch nicht fehlen.

Richard lässt sich nicht aus der Ruhe bringen, wenn Thea ihn manchmal „Historikus Altmodikus" nennt, weil sie ihn altmodisch findet. Denn während die anderen auf ihren Smartphones herumtippen, schreibt Richard seine Beobachtungen und Erkenntnisse in ein abgegriffenes Notizbuch.

In der Nähe des Wohnortes der Zwillinge gibt es einige Schlösser und Burgen. Bestimmt warst du auch schon mal auf einer alten Burg. Da gibt es Zugbrücken und Tore, Brunnen und Gefängnisse, Türme und Keller. Und manche Burgen haben ein verzweigtes System von unterirdischen Gängen, in denen man sich leicht verirren kann.

Heute laden dich Richard, Thea und ihre Freunde zu einem Abenteuer auf der Burg Stolpen ein.

Aber Vorsicht! Du kannst dieses Buch nicht einfach von

der ersten bis zur letzten Seite durchlesen. Es gibt keine Kapitel, sondern Nummern. Wie auf einer Burg musst du dir deinen Weg suchen. Es gibt Rätsel und versteckte Hinweise, manchmal auch Sackgassen.

Aber keine Sorge, Richard und seine Freunde helfen dir, sicher ans Ziel zu kommen. Alle Auflösungen der Rätsel findest du unter Nummer 71 und ein Plan der Burg ist auf Seit 327 abgedruckt.

Und nun los! Mach dich mit Richard und seinen Freunden auf den Weg in ein Burgabenteuer und hilf ihnen, die richtigen Entscheidungen zu treffen und schwierige Rätsel zu lösen!

Ich wünsche dir viel Freude dabei.

Deine *Anneli Klipphahn*

1

Richard trat aus dem Gang in den kleinen Kellerraum der Burg Stolpen und schaute sich um. „Das gibt's doch nicht!"

Thea, seine Zwillingsschwester, fuhr herum. „Was ist los?"

„Wo ist dieser Mann hin? Er kann sich doch nicht in Luft aufgelöst haben."

„Welchen Mann meinst du?" Thea zog die Brauen zusammen und musterte die Leute um sich herum. „Außer unserem Klassenlehrer und dem Burgführer sehe ich nur den dicken Mann dort und den da mit dem kleinen Kind an der Hand. Und den Typ mit dem schwarzen Basecap. Aber der wird erst noch irgendwann mal ein Mann – hofft man zumindest. Und dann ist da noch ..."

„Die meine ich alle nicht. Ich meine den Mann, der vorhin im Gang hinter uns war. Er hat sich an unserer Klasse vorbeigedrängelt und ist in diesen Raum gegangen." Richard deutete auf den schmalen Durchgang. „Da er nicht wieder herausgekommen ist, während wir im Gang standen, müsste er doch hier drin sein. Oder siehst du noch einen anderen Ausgang?"

„Nein." Thea schüttelte den Kopf. „Aber ich versteh dich nicht. Da freust du dich seit Wochen auf diesen Klassenausflug und die Burgführung, und dann beobachtest du irgendwelche Männer?"

1 „Ja, weil mir dieser Kerl komisch vorkam. Er tat so, als würde er dem Burgführer zuhören, aber in Wirklichkeit tappte er ungeduldig von einem Bein auf das andere und schaute ständig auf die Uhr. Und er hatte einen Koffer dabei, der ziemlich edel aussah, wie ein Aktenkoffer oder so." Richard fasste sich ans Kinn. „Doch wahrscheinlich war es kein Aktenkoffer, denn der Mann trug abgeschabte, dreckige Klamotten. Kann sein, dass es ein moderner Werkzeugkoffer war."

„Hey, was flüstert ihr ständig herum?" Paolo stieß Richard in die Seite. „Wer hat 'nen dreckigen Aktenkoffer?"

„Nein, der Aktenkoffer war nicht dreckig." Richard wandte sich Paolo zu. „Vorhin im Gang stand ein Mann hinter uns. Der hatte einen Koffer dabei, der wie ein Aktenkoffer aussah. Aber er hatte dreckige Klamotten an."

„Und was ist mit diesem Koffermann?", fragte Paolo.

„*Koffermann* ist gut." Richard grinste. „Also, der Koffermann tat eine Weile so, als würde er Herrn Ringelbands Führung zuhören, schaute aber ständig auf die Uhr. Und dann drängte er sich an uns vorbei in diesen Raum."

„Wie konntest du ihn sehen, wenn er hinter uns stand?", zischte Thea. „Du hast doch die ganze Zeit an den Lippen des Burgführers gehangen und irgendetwas in dein schlaues Heft gekritzelt."

„Nadine stand vor mir und hat sich in ihrem Taschenspiegel betrachtet", erklärte Richard. „Durch Zufall habe ich in den Spiegel geguckt und den Mann gesehen."

Wie eine aufgezogene Spielzeugfigur fuhr Nadine herum. „Was ist mit meinem Spiegel?"

„In deinem Spiegel hat Richard einen Mann gesehen", erklärte Thea ihrer Freundin.

„Einen Mann? In meinem Spiegel?" Nadine tippte sich an die Stirn. „Das ist der größte Unsinn, den ich jemals gehört habe. Mein Spiegel ist in meiner Tasche und ein Mann sitzt da ganz bestimmt nicht drin."

„Meine Schwester hat sich etwas unklar ausgedrückt", wandte Richard sich an Nadine. „Vorhin, als wir im Gang standen, hast du in deinen Spiegel geschaut."

„Hm, kann sein." Nadine zuckte mit den Schultern. „Man kann ja schließlich nicht rumlaufen wie ein zerfledderter Straßenbesen."

„Mann? Du meinst wohl eher Frau." Thea fasste sich an den Kopf und brummelte: „So ein Quatsch. Ständig will ich meinen Hut zurechtrücken. Dabei habe ich heute gar keinen aufgesetzt." Sie fuhr sich mit der Hand durch ihr braunes Haar. „Ich fände es übrigens viel zu anstrengend, mich ständig im Spiegel zu begutachten."

Richard seufzte. „Darf ich jetzt weiterreden?"

„Nur zu, Brüderchen! Aber was gesagt werden muss, muss gesagt werden!"

Er strich sich übers Kinn. „Ich stand hinter dir, Nadine, und durch Zufall fiel mein Blick in deinen Spiegel. Du hast ihn so gehalten, dass ich darin einen Mann sehen konnte, der hinter unserer Gruppe stand."

Thea beschrieb mit ihrem Arm einen Kreis. „Und jetzt behauptet mein Bruder Historikus Altmodikus, dass dieser Mann in diesen Raum hier gegangen ist."

„Das behaupte ich nicht, das habe ich gesehen!" Richards Stimme wurde lauter. „Er ist hier hineingegangen und nicht wieder rausgekommen."

„Wow, das riecht nach Spannung und Sensation!" Paolo schlug Richard auf die Schulter. „Bist eben der megabeste

Beobachter unserer Klasse!“

„Ruhe da hinten!“, schimpfte der Klassenlehrer.

„Ja, Herr Sommer“, murmelte Paolo und nickte.

Der Lehrer wandte sich wieder dem Burgführer zu. Der erklärte gerade etwas an einer großen Schautafel, die fast die ganze hintere Wand verdeckte. Und der Junge mit dem schwarzen Basecap stand jetzt direkt neben Herrn Ringelband.

Richard war sich sicher, den Jungen vorher noch nicht gesehen zu haben. Demzufolge musste er schon vor ihrer Gruppe den Raum betreten haben. Aber das besagte gar nichts, denn auch der dicke Mann und der Mann mit dem Kind waren ihm vorher noch nicht aufgefallen. Richard sah sich erneut um, und musterte diesmal auch die Frauen.

Paolo trat dicht an Richard heran und raunte ihm ins Ohr: „Und du bist echt sicher, dass der Typ hier reingegangen ist?“

„Ja klar! Deshalb war ich ja so erstaunt, dass er nicht hier ist.“

„Mir ist dieser Mann nicht aufgefallen.“ Nadine warf ihr Haar zurück. „Außerdem – wie soll er hier unbemerkt verschwinden können? Wahrscheinlich ist er ganz normal wieder rausspaziert. Du hast es nur nicht bemerkt.“

„Das kann nicht sein!“ Richard sprach wieder lauter. „Bei der Enge im Gang vor dem Durchgang hätte ich ihn doch sofort an seinem Koffer und den Klamotten erkannt.“

„Wer weiß, was du in Nadines Spiegel gesehen hast. Ein Mann mit Aktenkoffer. Pfff.“ Thea verdrehte die Augen. „Vergiss es und hör lieber zu, was Herr Ringelband erzählt!“

„Ach, der erzählt doch nichts Neues.“ Richard winkte ab.

„Für dich ist das vielleicht nichts Neues“, entrüstete Nadine sich. „Aber nicht jeder kennt sich so gut in Geschichte aus wie du.“

Statt zu antworten, bückte Richard sich und rüttelte an einem Gitter, das vor einem fenstergroßen Loch im Mauerwerk angebracht war. Das Gitter war mit einem Vorhängeschloss gesichert.

„Hey, Alter!“ Paolo hockte sich neben Richard. „Denkst du etwa, der Typ ist da reingekrochen?“

„Könnte doch sein. Hast du 'ne Taschenlampe dabei?“

„Aber immer!“ Paolo stand wieder auf und wühlte in seinen Hosentaschen. „Mist! Ich habe meinen Schlüsselbund vergessen. Daran hängt die Taschenlampe und der ...“

„Paolo!“, donnerte der Lehrer. „Wenn dich Herrn Ringelbands Führung nicht interessiert, geh hinaus und warte dort auf uns!“

„Tschuldigung! Alles im grünen Bereich, Herr Sommer!“ Paolo stellte sich kerzengerade hin. „Ich bin ganz Ohr!“

„Das ist deine letzte Chance“, warnte der Lehrer und nickte dem Burgführer zu. „Bitte sprechen Sie weiter, Herr Ringelband!“

1

Bist du auch so ein guter Beobachter wie Richard? Dann fällt es dir sicher nicht schwer, folgendes Rätsel zu lösen.

1. *Wie heißt Richards Klassenlehrer?*
2. *Wo befindet sich die Burg, die Richard mit seiner Klasse besichtigt?*
3. *Wen hält einer der Burgbesucher an der Hand?*
4. *Welches Kleidungsstück trägt der fremde Junge?*
5. *Wie heißt der Burgführer, der Richards Klasse begleitet?*
6. *Was hatte der Mann in der Hand, den Richard sucht?*
7. *Wo hielt Richard sich auf, als der Mann verschwand?*

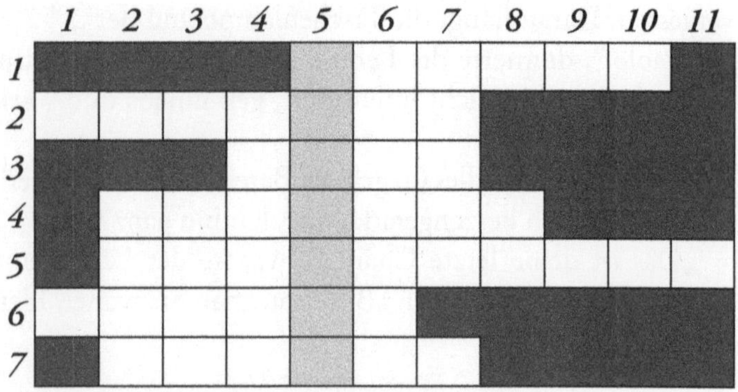

Ein Gegenstand hat Richard auf die Spur des rätselhaften Mannes gebracht. Wenn du alle Fragen richtig beantwortet hast, findest du ihn in der 5. senkrechten Spalte.

Lies nun bei Nummer 2 weiter.

2

Richard hockte noch immer vor der Öffnung. Er steckte den rechten Arm durch das Gitter und tastete in dem dunklen Loch herum. Links, oben und unten fühlte er das Mauerwerk, doch nach hinten gab es auf Armeslänge keine Begrenzung.

„Was fischst du eigentlich in diesem Loch herum?“, wisperte Thea.

„Das könnte ein unterirdischer Gang sein“, murmelte Richard.

Thea schüttelte sich. „Bestimmt sind da jede Menge Spinnen drin!“

„In diese Öffnung passt sogar ein dicker Mann. Vorausgesetzt er ist noch so gelenkig, dass er wie ein Baby krabbeln kann.“ Richard zog den rechten Arm zurück und steckte den linken durch das Gitter. So konnte er das Mauerwerk an der rechten Seite besser erreichen. „Kann sein, dass es ein Gang ist, der weiter hinten um die Ecke führt und dort größer wird, sodass man sich aufrichten kann.“

Paolo kniete sich neben Richard. „Bestimmt ist der Koffermann da reingekrochen. Und jemand hat ihm geholfen und das Gitter hinter ihm wieder zugeschlossen. Mann, ist das spannend!“

„Ihr spinnt ja!“, zischte Nadine.

Richard zog den Arm wieder heraus und klopfte sich

den Schmutz von den Ärmeln. „Aber er muss weitergekrochen sein. Er kann sich ja nicht in Luft aufgelöst haben."

Thea wich zurück. „Pass ja auf, dass du keine Spinne an deinen Sachen ..."

Plötzlich stand eine blonde Frau neben ihnen und fragte mit schriller Stimme: „Was macht ihr denn da? Das wird eurem Lehrer aber gar nicht gefallen!"

„Wie bitte?" Herr Sommer fuhr herum. „Was ist da hinten schon wieder los?"

Schnell stand Richard auf. Dabei fiel sein Blick auf die Hose der Frau. Sie hatte seitlich an den Oberschenkeln große Taschen, die ziemlich vollgestopft waren.

„Wenn jeder hier macht, was er will, dann versteht niemand mehr etwas von der Führung", donnerte Herr Sommer. „Oder habt ihr eine Frage an Herrn Ringelband?"

„Ja, ich habe eine Frage." Richard deutete auf die Öffnung. „Was ist das für ein Loch hinter diesem Gitter?"

„Was soll dieser Unsinn, Richard?" Herrn Sommers Stimme wurde noch lauter. „Gerade von dir hätte ich so etwas nicht erwartet. Wir werden später noch über euer Verhalten sprechen!"

Richard spürte, dass er einen roten Kopf bekam. Hatte der Lehrer ihn nicht verstanden und dachte, er wollte sich über Herrn Ringelband lustig machen?

Herr Sommer wandte sich wieder dem Burgführer zu und fuhr in normaler Lautstärke fort: „Bitte, Herr Ringelband. Sie sprachen gerade über ..."

„Aber Richards Frage ist doch voll spannend", unterbrach Paolo ihn. „Ist dieses Loch vielleicht der Eingang zu ..."

Da hallte plötzlich ein grausiges Geheul durch den

Gang, die Birne an der Decke flackerte, dann war es stockdunkel. Die Mädchen kreischten, Thea klammerte sich an Richards Arm. Endlich ging das Licht wieder an.

Der Burgführer legte den Zeigefinger auf die Lippen. „Kommt! Aber ganz leise!"

Richard verließ als Letzter den Raum.

Herr Ringelband führte sie ein Stück den Kellergang zurück. Dann wandten sie sich nach rechts in einen abzweigenden Gang, dessen Ende wie eine niedriger werdende Höhle aussah. Davor befand sich ein mannshohes Gitter.

Der Burgführer deutete mit der rechten Hand auf den Raum hinter dem Gitter und sagte mit tiefer Stimme. „Hier haust Basaltus, unser Burggeist! Passt auf, gleich zeigt er sich!"

„So ein Quatsch", murmelte Paolo. „Wir sind doch keine Babys."

Während die anderen in die von Herrn Ringelband gewiesene Richtung blickten, konzentrierte Richard sich auf den Burgführer. Der warf mit der linken Hand ein Geldstück in einen Kasten und drückte auf einen Knopf. Kurz darauf ertönte erneut das Geheul, nur lauter. Dann schwebte Basaltus hinter das Gitter und sprach zu ihnen.

Richard hörte nicht auf das, was er sagte, sondern beobachtete den Weg des Burggeistes genau. Nach seiner Ansprache verschwand das Gespenst seitlich aus ihrem Blickfeld. Richard vermutete, dass es dort eine Nische gab. Oder, was noch wahrscheinlicher war, einen Gang.

Richard wünschte sich, diesen Keller einmal ungestört erkunden zu können. Sicher gab es hier unter der Burg ein viel verzweigteres System von unterirdischen Räumen und Gängen, als die meisten Besucher ahnten.

Rasch kritzelte er in sein Notizbuch:

Rätselhaft: Wohin ist der Fremde mit dem Koffer verschwunden?

Frage: Welche unterirdischen Gänge kann man normal begehen? Wo könnten Gänge versteckt oder verschüttet sein?

Dann hob er den Kopf, fasste sich ans Kinn und überlegte, wie er dem Geheimnis der unterirdischen Gänge der Burg Stolpen auf die Spur kommen könnte.

Schließlich schrieb er in sein Notizbuch:

Aufgabe: Luca anrufen!!!

Luca war bis zum Ende des letzten Schuljahres sein Banknachbar gewesen. Im Sommer war Luca dann leider mit seiner Familie von Neustadt nach Stolpen gezogen. Seitdem ging er auf die Stolpener Mittelschule. Aber manchmal telefonierten sie noch miteinander oder besuchten sich. Daher wusste Richard, dass Luca einen Klassenkameraden hatte, dessen Familie im Burgverein war. Vielleicht war es möglich, auf diesem Weg mehr über die unterirdischen Gänge herauszufinden.

Zuletzt zeichnete er noch einige Skizzen der Kellerräume in sein Heft.

Achtung! Jetzt musst du dich entscheiden.

Richards Freunde verlassen mit ihrer Klasse den Keller. Nur Richard bleibt noch zurück.

- *Willst Du die anderen begleiten?* ☞ *Dann lies unter Nummer 8 weiter.*
- *Möchtest du lieber bei Richard bleiben?* ☞ *Dann gehe zu Nummer 7.*

3

Auf dem Weg zur Burg hielt Richard sich dicht an der Seite von Tobias und erkundigte sich: „Um was für ein Buch ging es da vorhin?“

Tobias winkte ab. „Ach, irgend so ein uraltes Ding aus dem Archiv. Es hat etwas mit der Geschichte unserer Kirche zu tun. Ich vermute, das hat sich einer der Kirchvorsteher ausgeborgt. Oder Frau Wilkert hat vergessen, dass sie es doch schon im Archiv verschlossen hatte.“

Richard zupfte sich am Kinn. „So etwas würde ich wirklich gern mal lesen.“

„Ich glaube kaum, dass du das einfach so lesen könntest“, wandte Tobias ein. „Die alte Schrift ist grässlich, da buchstabierst du ewig, bis du etwas herausbekommst. Und einen anderen Satzbau und komische Abkürzungen hatten die früher auch. Ich finde nur die Zeichnungen interessant.“

„Was für Zeichnungen sind das?“, fragte Richard.

„Na, so Pläne von der Kirche zum Beispiel. Wie sie früher aussah.“

Nadine, die vor ihnen ging, drehte sich um. „Und es gibt tatsächlich Leute, die in diesen alten Staubfängern lesen?"

„Mehr als genug", entgegnete Tobias. „Zum Beispiel kommen regelmäßig Leute, die Ahnenforschung betreiben. Sie suchen in den alten Büchern nach Aufzeichnungen über Geburt, Taufe, Hochzeits- oder Todestag ihrer Vorfahren. Oft finden sie dabei noch Angaben über entfernte Verwandte."

Richard schaute Tobias von der Seite an. „Ich dachte, diese Bücher dürft ihr nicht aus der Hand geben?"

„Das tun wir auch nicht. Die Leute müssen sich anmelden. Dann dürfen sie das Buch in einem Nebenraum des Pfarrbüros lesen, und wenn sie gehen, müssen sie es wieder abgeben."

„Und was hat es mit diesem Buch über die Geschichte der Kirche auf sich?", bohrte Richard weiter. „Wer hat das geschrieben?"

„Soweit ich verstanden habe, gab es früher einen Kirchendiener, der alles aufgeschrieben hat, was gerade los war. Er hat sich auch für die Geschichte unserer Kirche interessiert und alles gesammelt, sortiert und aufgezeichnet, was er herausgefunden hat."

„Das ist ja spannend!", rief Richard. „Hoffentlich taucht das Buch wieder auf! Das muss wirklich sehr wertvoll sein."

Inzwischen waren sie auf dem Marktplatz von Stolpen angekommen. Richard blickte sich um und stutzte. An der Basaltsäule oberhalb des Platzes standen fünf Jungen. Alle trugen die gleichen schwarzen Basecaps. Und einen von ihnen erkannte er sofort wieder.

Richard stieß Tobias mit dem Ellenbogen in die Seite

und deutete mit dem Kopf zur Basaltsäule hinüber. „Kennst du die Jungs mit den schwarzen Basecaps?“

Tobias schaute in die angegebene Richtung. „Ja. Die nennen sich *Schwarzkappen.* Sie gehen in unsere Schule. Aber nur einer von ihnen wohnt in Stolpen.“

„Und wer ist der in der Mitte?“, fragte Richard weiter.

„Der heißt Lothar, er geht in unsere Klasse und ist derjenige, der in Stolpen wohnt. Die anderen haben erzählt, dass er immer ganz okay war, bis er sich Siggi Sauer und seiner Bande angeschlossen hat. Siggi ist der große, kräftige. Er ist ein Jahr älter als wir.“

Luca, der wegen Karlson ein Stück zurückgeblieben war, trat zu ihnen. „Ach du grüne Spinne, die haben mir gerade noch gefehlt! Die machen nichts als Ärger, lasst uns schnell verschwinden!“

„Er hat recht“, raunte Tobias. „König Salomo würde jetzt sagen: *Geh nicht mit ihnen auf dem Weg, halte deinen Fuß zurück von ihrem Pfad!*[1] Lasst uns die schmale Gasse dort drüben nehmen, die führt direkt zur Burg.“

Kaum hatten sie den ersten Burghof erreicht, entdeckte Richard den Koffermann. Er stand neben einem älteren Mann an der Zisterne. Diesmal trug er eine blaue Arbeitshose mit vielen Taschen, in denen Werkzeug steckte. Und der Koffer stand neben ihm auf dem Boden.

Schnell packte Richard Paolos Arm, deutete auf die Basaltsäulen und sagte laut: „Bleibt stehen und schaut euch das an! Dieser Basalt ist wirklich einmalig!“

„Hey, spinnst du jetzt total, Alter?“ Paolo tippte sich an die Stirn. „Wir waren alle schon mal hier und kennen ...“

„Ich weiß“, raunte Richard, der jetzt mit dem Rücken

---

1 Sprüche 1,15 (Rev. Elberfelder)

zu den beiden Männern stand. „Hört zu! Der Mann dort in der blauen Arbeitshose ist der Koffermann!"

„Ah ... wenn das so ist ..." Paolo grinste, zwinkerte Richard zu und tönte: „Ja, aber du hast recht, der Basalt ist wirklich voll cool! Man kann sich daran nicht satt staunen!"

„Lasst uns weitergehen", flötete Nadine so laut, als hielte sie eine Ansprache an alle Burgbesucher. „Der Basalt interessiert mich nicht. Ich muss unbedingt in den Johannisturm gehen, wo die Gräfin Cosel eingesperrt war. Ich brauche noch einige Informationen für meinen Vortrag." Sie tänzelte ein paar Schritte in Richtung des Durchganges, der zum nächsten Burghof führte, und blieb dicht hinter dem Koffermann stehen.

„Ja, lasst uns gehen!", rief Luca und folgte ihr. „Karlson zerrt wie ein Ackergaul an der Leine!"

3 *Im nächsten Burghof trennen sich die Freunde. Aber wer geht wohin?*
Du kannst es herausfinden, indem du den Linien folgst.

Lies nun unter Nummer 6 weiter.

4

Niedergeschlagen setzte Richard sich auf den Brunnenrand. „Jetzt weiß ich nicht mehr, wo wir noch suchen sollen. Jemand muss es genommen haben."

„Tut mir leid, Brüderchen." Thea hockte sich neben ihn. „Da wirst du dir wohl ein neues Heft kaufen müssen."

„Hey Alter" – Paolo schlug Richard auf die Schulter –, „erst verschwindet ein Mann und dann dein Notizbuch. Das ist höchst verdächtig!"

„Du wiederholst dich, Paolo!" Nadine warf ihr Haar zurück. „Ich bin sicher, dass es dafür eine einfache Erklärung gibt. Und jetzt habe ich keine Lust mehr, nach diesem ollen Buch zu suchen. Kommt jemand mit auf den Seigerturm? Von da oben hat man eine tolle Aussicht."

Richard schüttelte den Kopf. „Ich will noch mal in den Keller gehen."

„Ich bin dabei, Alter! Wir gehen noch mal unter Tage."

„Ach, Paolo." Richard lächelte schwach. „*Unter Tage* sagt man im Bergbau."

„Na und?" Paolo zuckte mit den Schultern. „Ich finde, es passt trotzdem."

„Ihr habt vielleicht Probleme!" Thea verdrehte die Augen und nickte Nadine zu. „Ich komme mit auf den Turm."

4 Als Richard und Paolo nach dem Kellerrundgang noch einmal zur Cafeteria gingen, kam die freundliche Frau hinter dem Tresen hervor, lief ihnen entgegen und reichte Richard sein Notizbuch.

„Meine Kollegin hat es neben dem Grab der Gräfin Cosel gefunden."

„Das ist unmöglich!" Richard griff hastig nach dem Büchlein. „Es lag auf dem Tisch da drüben. Ich hatte es dort liegen gelassen. Am Coselgrab bin ich nicht mal vorbeigegangen. Auf dem Tisch standen außerdem ..."

„Schon gut, junger Mann", unterbrach ihn die Frau. „Hauptsache, es ist wieder da. Ihr müsst mich jetzt entschuldigen, die anderen Gäste warten."

Richard schluckte. „Ja, natürlich. Vielen Dank."

Während sie zum Burgtor liefen, stieß Paolo Richard in die Seite. „Das ist spannender als ein Krimi, Alter! Wir müssen unbedingt noch mal herkommen und jeden Winkel in diesem Keller erforschen!"

„Auf alle Fälle!", antwortete Richard und blätterte in seinem Heft. „Und wir sollten Luca anrufen. Der wohnt jetzt hier in Stolpen und könnte uns vielleicht bei der Erkundung der unterirdischen Gänge helfen."

„Das ist gut, Alter. Und wenn Luca seinen Karlson mitbringt, haben wir gleich noch eine Spürnase mehr dabei."

„Falls Hunde überhaupt auf die Burg dürfen", gab Richard zu bedenken.

Paolo kickte einen Stein zur Seite. „Das dürfte für Luca kein Problem sein. Oder hast du schon vergessen, wie er den Hund in einer Tasche ins Krankenhaus geschmuggelt hat?"

„So etwas kann man nicht vergessen." Richard grinste. „Außerdem habe ich es aufgeschrieben."

Paolo lachte. „Ich glaube, ich muss mich mal bei dir einschleichen und deine Notizbücher kontrollieren. Wer weiß, was da alles über mich drinsteht. Wie viele hast du eigentlich schon vollgeschrieben?"

„Hm, das könnte ein Motiv sein", murmelte Richard.

„Hey, was meinst du denn damit?" Paolo packte Richard am Arm. „Denkst du jetzt etwa, dass ich dein Heft heimlich gelesen und dann neben das Coselgrab geschmissen habe?"

„Unsinn." Richard schüttelte Paolos Hand ab. „Aber jemand könnte es genommen haben, um nachzusehen, was über eine Person oder eine bestimmte Sache drinsteht."

„Du meinst, jemand aus unserer Klasse?"

„Keine Ahnung." Richard blätterte zu seinem letzten Eintrag, blieb stehen und riss die Augen auf. „Da ... da hat jemand etwas hineingeschrieben! Mit großen Druckbuchstaben!"

„Was?" Paolo trat an seine Seite und las laut: „HÖRT AUF ZU SCHNÜFFELN SONST PASSIERT WAS!"

Die beiden schauten sich an.

Paolo fand als Erster die Sprache wieder. „Boah, Alter! Das ist voll krass."

Richard nickte schwach, klappte das Heft zu und ging weiter.

„Du hast wieder mal gut beobachtet!" Paolo folgte ihm und schlug ihm auf die Schulter. „Die Sache mit dem verschwundenen Koffermann ist höchst verdächtig. Und wenn die denken, sie können uns Angst machen, dann haben die sich aber geirrt. Schließlich sind ...“

„In dem Satz fehlt ein Komma“, murmelte Richard. „Das könnte bedeuten, dass der Schreiber ein Kind ist ... oder ein Erwachsener, der selten schreibt.“

Da kam Thea um die Ecke gestürmt und rief: „Kommt endlich, wir müssen uns beeilen! Die anderen warten schon alle am Tor auf euch.“

Schreibe die Antworten auf folgende Fragen in die Zeilen des Rätsels ein.

1. *Wohin setzt sich Richard nach der Suche nach dem Notizbuch?*
2. *Wer hockt sich neben ihn?*
3. *Wen will Richard anrufen?*
4. *Welches Haustier hat Luca?*

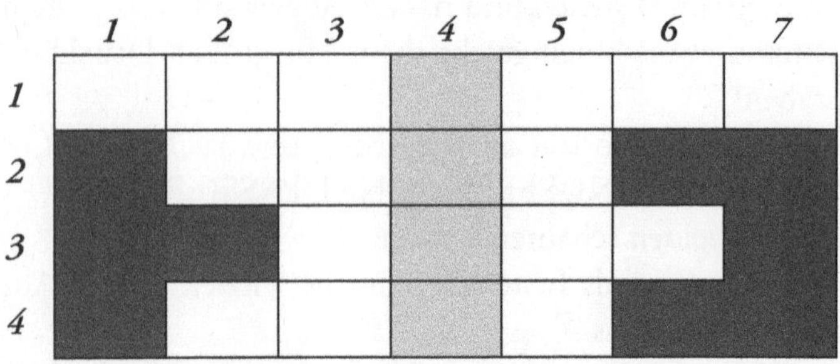

Die markierte Spalte verrät dir die Nummer, bei der es weitergeht.

5

Richard räusperte sich und schrieb in sein Notizbuch:

Verdächtige Personen:

- Koffermann
- Blonde Frau mit großen, vollen Hosentaschen.

Er schaute auf. „Damit meine ich die Frau, die neben mir stand, als ich den Arm durch das Gitter steckte."

„Ich erinnere mich", sagte Thea. „Sie hat so laut geschimpft, dass Herr Sommer aufmerksam wurde."

„Und im Zehrgarten war sie auch", ergänzte Nadine. „Zusammen mit dem dunkelhaarigen Mann hat sie mir ihren ekligen Zigarettenrauch ins Gesicht gepustet."

„Das Pusten wird wohl eher der Wind besorgt haben", murmelte Richard. „Aber da du gerade das Thema Zehrgarten ansprichst ..." Er fasste sich ans Kinn und massierte es. „Ich habe dort auch den dicken Mann sitzen sehen, der mit im Keller war. Deshalb ist er auch verdächtig. Denn derjenige, der diese Drohung in mein Heft geschrieben hat, muss sowohl im Keller als auch im Zehrgarten gewesen sein und uns beobachtet haben."

„Und dieser Typ mit dem schwarzen Basecap war auch

dort“, ergänzte Thea. „Der hat in der Cafeteria am Tisch hinter uns gesessen.“

„Gut, dann haben wir also neben dem Koffermann und der blonden Frau noch den dicken Mann und den Basecap-Typen.“ Richard schrieb die beiden ebenfalls in sein Notizbuch. Danach schaute er auf seine Armbanduhr. „Schade, heute hat die Bibliothek schon geschlossen. Aber gleich morgen hole ich mir alle verfügbaren Bücher über die Burg Stolpen. Vielleicht finde ich etwas über die unterirdischen Gänge heraus.“

Nadine nahm ihr Smartphone aus der Tasche. „Ich sehe mal bei Google nach.“

Während Nadine auf dem Display rumtippte und -wischte und Richard noch einmal sein Notizbuch durchblätterte, hob Thea einen Stock auf und hielt ihn sich vor den Mund, als sei er ein Mikrofon. „Professor Historikus Altmodikus und Lady Fortschritt arbeiten fieberhaft an der Aufklärung ihres neuesten Falles! Wer wird das Burgkellergeheimnis als Erster lösen?“

Nadine schaute von ihrem Smartphone auf, verpasste ihrer Freundin eine Kopfnuss und sagte: „Im Internet finde ich nichts über unterirdische Gänge. Nur dieses alberne Gespenst kommt immer wieder vor.“

Richard steckte sein Notizbuch ein. „Ich finde dieses Gespenst auch doof. Kleinen Kindern wird damit etwas vorgegaukelt und Angst gemacht. Außerdem gefällt Gott das ganz bestimmt nicht. Christen sollten nichts mit Gespenstern und Geistern zu schaffen haben.“

„Da bin ich ganz deiner Meinung, Brüderchen.“ Thea klopfte Richard auf die Schulter und stand auf. „Jetzt sollten wir aber gehen, ich muss noch die Hausaufgabe für Mathe machen.“

Vergleiche deine Eintragungen unter Nummer 9 mit denen in Richards Notizheft. Findest du dieselben Leute verdächtig?

5

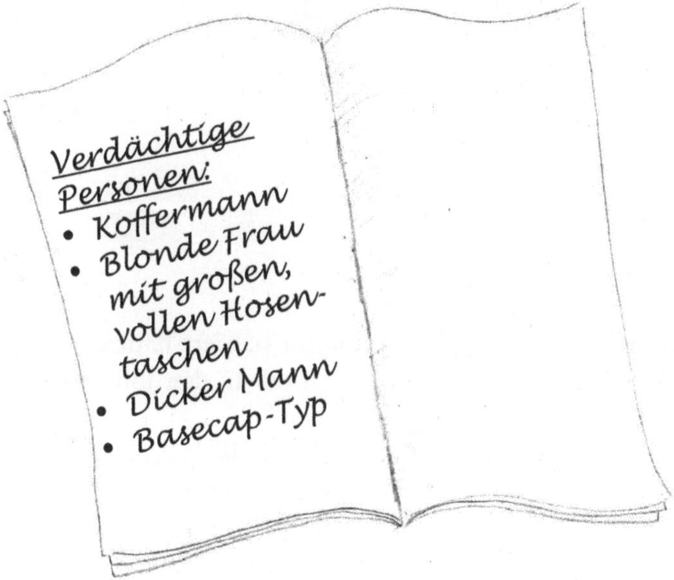

Lies dann bei Nummer 10 weiter.

6

Nachdem sie das nächste Burgtor passiert hatten, wandte Richard sich an Nadine. „Wenn du in den Johannisturm willst, sollten wir uns hier trennen."

„Gute Idee, Alter." Paolo rieb sich die Hände. „Wir sollten gleich in den Keller gehen und ihn uns genauer ansehen. Heute habe ich auch meine Taschenlampe dabei."

Nadine stupste Thea an. „Kommst du mit in den Johannisturm?"

Thea rückte ihren Hut zurecht und seufzte. „Dazu hab ich nicht viel Lust."

„Denkst du etwa, mir macht es Spaß, in diese Ausstellung zu gehen?", schmollte Nadine.

„Wenn du möchtest, komme ich mit", bot Tobias an.

„Das willst du für mich tun?" Nadine schenkte ihm ein strahlendes Lächeln. „Oh ja, das wäre sehr nett von dir! Dann kannst du mich auch beschützen, falls diese ... diese Schwarzkappen hier auftauchen und Ärger machen."

Luca schnalzte mit der Zunge. „Ach du grüne Spinne!

Gleich turteln sie noch wie im schönsten Liebesfilm!"

Nadine holte zu einer Ohrfeige aus, doch Luca rannte mit Karlson davon.

„Gut, dann wäre das geklärt", sagte Richard. „Wir treffen uns also später im Keller."

„Alles klar", entgegnete Tobias. „Bis nachher."

Während Nadine und Tobias zum Johannisturm abbogen, spazierten Richard, Paolo, Luca und Thea weiter über den Burghof.

Jetzt musst du eine wichtige Entscheidung treffen. Mit wem möchtest du weitergehen?

- *Möchtest du mit Nadine und Tobias in den Johannisturm gehen? Dann merke dir das Schlüsselwort* **Berg** *und lies bei Nummer 13 weiter.*

- *Wenn du lieber mit Richard, Paolo, Thea, Luca und Karlson in den Burgkeller gehen möchtest, dann merke dir das Schlüsselwort* **Burg** *und schlage jetzt Nummer 11 auf.*

Damit du dein Schlüsselwort nicht vergisst, solltest du dir unter Nummer 72 ankreuzen, welches du gewählt hast. Dann kannst du dort später immer wieder nachsehen.

7

Nach der Führung wartete Richard, bis die anderen den Keller verlassen hatten, und wandte sich dann an Herrn Ringelband. „Gibt es noch alte Pläne von der Burg?“

„Selbstverständlich gibt es noch Pläne. Allerdings liegen die gut verwahrt im Stadtarchiv. Wir haben hier auf der Burg nur Kopien.“

„Ich finde solche Sachen sehr interessant, egal ob Original oder Kopie“, schwärmte Richard. „Gibt es vielleicht auch Pläne, in denen unterirdische Gänge eingezeichnet sind?“

„Unterirdische Gänge?“ Der Burgführer lächelte. „Nun, die Gänge, die wir uns angeschaut haben, kann man durchaus als unterirdisch bezeichnen. Obgleich viele Leute auch von Kellergängen sprechen.“

„Aber“ – Richard fasste sich ans Kinn – „es gab doch bestimmt noch mehr Gänge. Geheimgänge, von denen nicht jeder etwas wusste. So etwas gibt es doch auf fast jeder Burg. Meist wussten nur der Burgherr und seine Familie davon. Und im Falle eines Angriffs auf die Burg nutzten sie den Gang zur Flucht.“

„Du kennst dich ja gut aus mit solchen Sachen“, lobte Herr Ringelband.

„Ach, das ist doch nichts Besonderes.“ Richard winkte ab. „Ich finde es spannender als jedes Computerspiel.“

„Nun, du hast deine Frage eigentlich schon selbst beantwortet. Falls es hier Geheimgänge gab, dann hat man sie bestimmt nicht eingezeichnet. Man hat allerhöchstens ein paar rätselhafte Andeutungen auf den Plänen vermerkt. Allerdings habe ich noch keine entdeckt. Wenn du magst, hole ich einen Plan und zeige ihn dir gleich im Zehrgarten."

„Oh ja, das wäre super!"

Herr Ringelband eilte davon und Richard folgte seinen Klassenkameraden in die Cafeteria, die hier auf der Burg *Zehrgarten* genannt wurde.

Er holte sich an der Theke eine Cola und hielt dann Ausschau nach Thea, Nadine und Paolo. Er entdeckte sie an einem der Tische. An dem Tisch dahinter saß eine Familie mit zwei kleinen Kindern – den Vater hatte er mit einem der Kinder im Keller gesehen. Am Tisch neben der Familie saß der Junge mit dem schwarzen Basecap und aß Pommes.

Einen Moment lang spielte Richard mit dem Gedanken, den Jungen zu fragen, ob er den Koffermann gesehen hatte, wurde dann aber von Paolo abgelenkt, der aufsprang und mit den Armen fuchtelte. „Hey, hierher, Alter!"

Richard ging zu ihnen, setzte sich und trank einen Schluck.

Paolo ließ sich wieder auf seinen Stuhl fallen. „Nun zeig mal her, was du alles in deinem schlauen Heft stehen hast!"

Richard steckte die Hand in die Hosentasche, um sein Notizbuch herauszuholen, erwischte aber seine kleine Taschenbibel.

Nadine lachte. „Sag bloß, du schleppst auch noch dieses olle Buch mit dir herum!"

„Dieses Buch" – Paolo deutete auf die Bibel – „ist zwar

alt, aber die Geschichten, die darin stehen, sind voll cool. Seit ich den Herrn Jesus kennengelernt habe, lese ich auch in der Bibel."

„Schon gut, ich weiß ja, dass ihr alle an diesen Jesus glaubt." Nadine wedelte mit der Hand, als wollte sie dieses Thema beiseiteschieben.

Richard steckte die Bibel wieder ein, holte sein Notizbuch heraus, öffnete es und erklärte Paolo und den Mädchen seine Eintragungen.

Als er damit fertig war, sagte Thea: „Von deiner ganz persönlichen Besprechung mit dem Ringelbändchen steht hier nichts drin. Konntest du ihm noch paar Geheimnisse entlocken?"

„Bis jetzt noch nicht." Richard klappte sein Notizheft zu und trank erneut einen Schluck. „Aber er kommt gleich noch mal her. Er will mir einen alten Plan von der Burg zeigen. Bitte helft mir, nach Hinweisen auf Geheimgänge zu suchen. Es ist völlig klar, dass die nicht so offensichtlich eingezeichnet wurden, denn dann wären es ja keine Geheimgänge mehr gewesen. Versteckte Hinweise könnte es trotzdem geben."

„Mach doch ein Foto", schlug Paolo vor. „Dann können wir es uns später in Ruhe ansehen."

„Tolle Idee." Richard verzog das Gesicht, als hätte er in eine Zitrone gebissen. „Leider ist der Akku meines Handys leer."

„Und ich habe meins zu Hause vergessen", erklärte Thea.

„Wie kann man so etwas Wichtiges nur vergessen?" Nadine klopfte auf ihre Handtasche. „Mein Smartphone ist immer einsatzbereit. Und ich frage mich, warum du so rückständig bist, Richard. Warum tippst du dein Geschreibsel nicht in eine Notizbuch-App? Dann kannst du sie gleich in deine Cloud hochladen oder ..."

„Du mit deinem Handyfimmel!", maulte Paolo, der immer noch kein Handy besaß, obwohl er sich schon lange eins wünschte. „Ein Notizbuch ist doch nicht rückständig."

„Und wenn schon", brummte Richard. „Mir gefällt es. Außerdem hätte mir Herr Sommer sicher verboten, auf dem Handy herumzutippen."

„Ja, weil die Lehrer eben auch von gestern sind", keifte Nadine. „Aber wenn ich erst mein Tablet habe, dann lasse ich mir nicht verbieten, darauf meine Notizen festzuhalten."

Thea kicherte. „Als ob du dir jemals Notizen machen würdest."

„Warum nicht? Wenn es sein muss, mache ich das." Nadine fuhr sich durch ihr langes, blondes Haar.

Richard räusperte sich. „Aber die Idee mit dem Foto ist gar nicht so schlecht. Sag mal, Nadine, könntest du vielleicht mit deinem Handy ..."

„Smartphone!", verbesserte sie. „Und ob ich ein Foto machen kann, willst du wissen? – Kein Problem. Obwohl ich nicht verstehen kann, was du so toll an diesen finsteren Gängen findest. Da unten ist es muffig und kalt wie in einer Grabhöhle. Ich ziehe das Sonnenlicht und die frische Luft vor." Damit reckte sie ihr Gesicht der Sonne entgegen, schloss die Augen und atmete tief ein.

In diesem Moment zog eine Wolke Zigarettenrauch herüber.

Empört drehte Nadine sich um und hustete demonstrativ.

Richard folgte ihrem Blick. Am Tisch hinter Nadine saß die blonde Frau, der sie schon im Keller begegnet waren. Sie unterhielt sich mit einem dunkelhaarigen Mann. Beide rauchten. Und einen Tisch weiter las der dicke Mann, den sie ebenfalls im Burgkeller gesehen hatten, in einem Buch.

Endlich kam Herr Ringelband mit einer Papierrolle in die Cafeteria, sah sich um und steuerte dann auf Richard zu. „Komm mit, da drüben ist ein sauberes Plätzchen." Er deutete mit der Hand auf einen Tisch im hinteren Bereich des Zehrgartens. „Ich habe nur wenig Zeit, gleich kommt die nächste Gruppe zur Führung."

Sofort sprangen Richard, Paolo, Thea und Nadine auf und folgten dem Burgführer. Nach und nach kamen weitere Klassenkameraden und Herr Sommer dazu.

Herr Ringelband zeigte ihnen das alte Dokument und begann, es zu erklären.

Als Richard sein Notizbuch hervorholen wollte, merkte er, dass er es auf dem Tisch liegen gelassen hatte. Er eilte zurück, doch das Heft war verschwunden. Sein Glas stand noch da, die Gläser der anderen ebenfalls. Der Junge mit dem schwarzen Basecap war gegangen, auch der dicke Mann und die blonde Frau mit ihrem Begleiter.

Aufgeregt lief er zur Theke und fragte bei der Verkäuferin nach seinem Büchlein.

Sie schüttelte den Kopf. „Vom Personal hat es niemand hierhergebracht. Aber falls es noch auftaucht, hebe ich es für dich auf."

Ärgerlich über sich selbst lief er wieder zu den anderen.

Leider rollte Herr Ringelband den Plan gerade zusammen und schaute auf die Uhr. „Tut mir leid, ich muss jetzt wirklich gehen." Der Burgführer verabschiedete sich und eilte davon.

Herr Sommer rief die Klasse zusammen und verkündete: „Bis zur Abfahrt des Busses haben wir noch eine Stunde Zeit. Ihr dürft selbst entscheiden, was ihr euch noch anschauen wollt. Wir treffen uns in 45 Minuten unten am großen Tor."

„Warum bist du weggerannt?", fragte Thea, während sie wieder zu ihrem Tisch gingen. „Erst willst du den Plan sehen und dann ..."

„Mein Notizbuch ist weg", seufzte Richard. „Ich hatte es auf unserem Tisch liegen gelassen und als ..."

„Dein Notizbuch ist verschwunden?" Thea schaute ihn ungläubig an.

Paolo schüttelte den Kopf und deutete auf den Tisch. „Komisch. Unsere Getränke stehen noch da. Bist du sicher, dass du es hier liegen gelassen hast?"

„Natürlich bin ich das", brummte Richard.

Paolo boxte Richard in die Seite. „Das ist höchst verdächtig, Alter."

„Pfff." Nadine warf ihr Haar zurück. „Was soll daran verdächtig sein? Wer interessiert sich schon für dein komisches Heft! Vielleicht hat es ein kleines Kind genommen, weil es Langeweile hatte."

Richard ignorierte ihr überhebliches Getue und fragte: „Hast du das Foto gemacht?"

„Na klar, hier ist es!" Sie holte ihr Smartphone aus der Tasche, tippte und wischte kurz darauf herum und gab es Richard.

Er sah sich das Bild an und murmelte: „Hm, na ja, nicht besonders deutlich. Hast du nur eine Aufnahme gemacht?"

„Sei froh, dass ich überhaupt eine gemacht habe." Sie nahm Richard das Smartphone wieder weg und stöhnte:

7 „Das war vielleicht ein Gedränge an dem Tisch, dabei mag ich es gar nicht, wenn man mir so auf die Pelle rückt."

„Ich hätte das Bild gern auf meinem Computer. Kannst du es mir bitte mailen?", sagte Richard. Dann wandte er sich an Paolo und Thea. „Habt ihr auf dem Plan Hinweise auf unterirdische Gänge entdeckt?"

„Ich nicht." Paolo nahm sein Glas in die Hand und schaute prüfend hinein. „Mir kam das Gekritzel wie ein Bilderrätsel für Superhirne vor. Ich erkunde so etwas lieber selbst." Er trank den Rest seiner Cola in einem Zug aus.

Thea fasste sich wieder an den Kopf, als wollte sie ihren Hut zurechtrücken. „Ich habe auch nichts gefunden."

„Schade", seufzte Richard. „Helft ihr mir dann bitte noch, mein Notizbuch zu suchen?"

Die unterirdischen Gänge einer Burg sind manchmal wie ein Irrgarten. Es gibt Sackgassen und andere Pfade, bei denen man immer im Kreis geht. Suche den Weg, der zum Ziel führt. Die Nummer des Ganges sagt dir, wo du weiterlesen sollst.

6 4 3

8

„Sag mal“ – Paolo tippte Nadine an –, „hast du kapiert, wo wir jetzt hingehen?“

„Hast wohl wieder mal nicht zugehört?“, flötete Nadine. „Herr Sommer hat gesagt, wir gehen in den Zehrgarten.“

„Und was soll das sein?“, fragte Paolo laut. „Wurde da früher irgendetwas herumgezerrt?“

Herr Sommer wandte sich um und lachte. „Zehrgarten kommt nicht von zerren oder ziehen, sondern von zehren oder verzehren.“

„Ah, jetzt kapier ich!“ Paolo schnippte mit dem Finger. „Zehren heißt verzehren und das heißt essen.“

Herr Sommer nickte. „Ihr könnt euch dort etwas zu essen oder zu trinken kaufen.“

„Also ist es so eine Art Cafeteria.“ Nadine tippte auf ihrem Smartphone herum. „Wenn ich hier etwas zu sagen hätte, hätte ich das Ding längst umbenannt.“

Paolo verdrehte die Augen. „Du hast hier aber zum Glück nichts zu sagen.“

Nadine hob die Hand, doch bevor sie zuschlagen konnte, duckte Paolo sich, sprang zur Seite und schaute sich suchend um.

„Wo ist Richard?“, wandte er sich an Thea.

„Pst, nicht so laut“, raunte Thea. „Richard ist zurückgeblieben, er will Herrn Ringelband noch ein bisschen ausfragen.“

„Ah, ich verstehe“, flüsterte Paolo. „Er will was über die unterirdischen Gänge rauskriegen. Alles klaro!“

Als sie den Zehrgarten erreichten, blieben sie stehen.

Paolo ließ seinen Blick von einem Tisch zum anderen wandern. „Ist ja schon total voll hier“, murmelte er und eilte an das Ende der Schlange vor der Verkaufstheke.

Nadine blies sich eine Haarsträhne aus dem Gesicht. „Wenn ihr mir ein Glas Sprite mitbringt, halte ich für uns schon mal einen Tisch frei.“

„Gute Idee!“, rief Thea und stellte sich hinter Paolo an.

8 *Paolo mustert die Leute, die bereits an den Tischen sitzen. Er entdeckt fünf Personen, die ihm bekannt vorkommen. Wer könnte es sein?*

Gehe nun zu Nummer 7 und schau nach, was Richard in der Zwischenzeit macht.

9

Nachdem sie sich am Neustädter Busbahnhof von ihren Klassenkameraden und Herrn Sommer verabschiedet hatten, wandte Richard sich an Nadine. „Hast du noch einen Moment Zeit? Ich würde dir und Thea gern etwas zeigen."

„Klar." Nadine zuckte mit den Schultern. „So lange wird's doch wohl nicht dauern, oder?"

„Nein, sicher nicht." Richard deutete auf den gegenüberliegenden Park. „Dort können wir uns auf eine Bank setzen."

Thea zog die Stirn kraus. „Was ist los? Warum tust du so geheimnisvoll?"

„Das werdet ihr gleich sehen." Richard ging voran, überquerte die Straße und steuerte auf eine freie Bank zu. Dort holte er sein Notizbuch hervor, schlug es auf und hielt es den Mädchen abwechselnd vor die Nase. „Hier, schaut euch das an!"

„Gib schon her!" Nadine riss ihm das Büchlein aus der Hand. „Bei deinem Gezappel kriegt man ja Augenzittern." Sie schaute in das Heft und las vor: „HÖRT AUF ZU SCHNÜFFELN SONST PASSIERT WAS!"

„Echt? Das steht da?" Thea nahm Nadine das Notizbuch weg. „Zeig her!"

„Glaubt ihr mir jetzt endlich, dass da etwas faul ist?" Richard schaute Nadine vorwurfsvoll an. „Und du dachtest, irgendwelche kleinen Kinder hätten es genommen."

„Hm", grummelte Nadine. „Kleine Kinder vielleicht nicht – aber große. Oder denkst du etwa, dass sich ein Erwachsener so ausdrückt? Das klingt doch total primitiv." Sie fasste sich an den Hinterkopf und prüfte, ob ihre Haare noch richtig lagen.

„Das kann jeder geschrieben haben." Thea klappte das Notizheft zu und gab es Richard. „Der Täter kann sich verstellt haben, damit man denkt, er sei ein Kind. Auf jeden Fall klingt es nach einem Abenteuer."

Nadine kramte ihren Spiegel heraus und schaute hinein. „Ich gebe zu, dass du recht hattest, Richard. An diesem Mann, den du im Keller gesehen hast, ist wohl wirklich irgendetwas faul. Deshalb bin ich dabei. Gehen wir der Sache also auf den Grund." Nadine versenkte den Spiegel wieder in ihrer Tasche.

Richard zupfte sich am Kinn. „Ich schlage vor, dass wir möglichst bald wieder nach Stolpen fahren und die Kellergänge der Burg noch einmal erkunden. Paolo kommt auch mit. Und wir sollten Luca anrufen. Denn Luca hat mir von einem Klassenkameraden erzählt, der im Burgverein ist. Vielleicht kann der uns helfen."

„Gute Idee!" Thea hob den Finger, als wollte sie sich melden. „Vielleicht hat der sogar die Schlüssel für die Burg!"

„Wenn es unbedingt sein muss", seufzte Nadine und verdrehte die Augen. „Luca mag ja noch gehen, aber sein Köter geht mir auf die Nerven. Ständig bellt er herum oder macht einen dreckig." Sie holte ihr Smartphone heraus und schaute Richard an. „Hast du Lucas Nummer?"

„Leider nicht." Richard schüttelte den Kopf. „Die habe ich nur in meinem Handy gespeichert."

„Tja, da sieht man es wieder.“ Nadine tippte auf ihrem Smartphone herum. „Dein Notizbuch ist eben ein Relikt aus der Vergangenheit.“

„Unsinn“, murrte Richard. „Es ist nur unvollständig. Ich sollte alle wichtigen Daten hineinschreiben.“

Nadine schaute auf. „Ich verbiete dir, meine Nummer da reinzuschreiben! Wenn du es wieder mal liegen lässt, kann sie jeder dort nachlesen.“

Richard stand auf. „Wenn du stänkern willst, dann gehe ich jetzt lieber.“

„Sei doch nicht gleich eingeschnappt.“ Thea nahm Richards Hand und versuchte, ihn wieder auf die Bank zu ziehen.

Nadine tippte weiter auf ihrem Smartphone herum und murmelte: „Hm, leider. Luca ist zwar bei Facebook, aber seine Handynummer steht nicht dabei und er ist gerade nicht online.“

„Ich rufe ihn von zu Hause aus an“, entschied Richard und setzte sich wieder hin. „Aber wir sollten schon mal überlegen, wie wir weiter vorgehen wollen.“

„Hast du bereits eine Idee?“, fragte Nadine, während sie ihr Smartphone einsteckte.

„Zuerst einmal schreibe ich die Leute auf, die uns verdächtig vorkommen.“ Richard fischte in seiner Hosentasche nach dem kleinen Stift. Dann schlug er eine neue Seite des Notizbuches auf.

9 *Hilf Richard und den beiden Mädchen. Schreibe die Personen auf, die du verdächtig findest.*

Lies anschließend bei Nummer 5 weiter. Dort kannst du auch nachsehen, ob Richard und die Mädchen dieselben Personen verdächtig finden wie du.

10

Am nächsten Abend kam Thea in Richards Zimmer und deutete auf die Bücherstapel auf seinem Schreibtisch. „Na, Brüderchen, was hast du rausgefunden?“

Richard schlug das dicke Buch zu, in dem er gerade gelesen hatte, lehnte sich auf seinem Stuhl zurück und rieb sich die Augen. „Es stehen viele interessante Sachen über die Geschichte der Burg Stolpen drin, aber nirgends habe ich etwas über geheime unterirdische Gänge gefunden. Natürlich gibt es noch mehr Bücher über Stolpen, aber die haben gerade andere Leute ausgeliehen.“

„Hast du auch mal im Internet nachgeschaut?“ Thea tippte auf den Computerbildschirm.

Richard winkte ab. „Das hat Nadine doch gestern schon getan. Damit vergeudet man nur seine Zeit.“

„Du bist wirklich ein kauziger Historikus Altmodikus!“ Thea lachte. „Ich arbeite viel lieber mit dem Laptop als mit staubigen Büchern. Das geht doch viel schneller.“

„Es kommt immer darauf an, was man sucht.“ Richard stand auf und streckte sich. „Natürlich habe ich noch mal im Internet nachgeschaut, ist doch klar. Aber da findet man auch nichts über Geheimgänge. Nur der Basaltus-Gang mit diesem doofen Gespenst wird erwähnt. Und auch den von Nadine abfotografierten Plan habe ich mir genau angesehen. Nicht der geringste Hinweis auf geheime Gänge.“

Er fasste sich ans Kinn und nickte nachdenklich. „Aber es muss mindestens einen Geheimgang geben. Vor einiger Zeit habe ich mal irgendwo etwas darüber gelesen. Wenn ich nur wüsste, wo das war!“

Thea nahm Richards Notizheft und blätterte darin. „Hast du deine Notizbücher alle durchgesehen?“

„Nein.“ Richard nahm ihr das Büchlein ab und legte es wieder hin. „Denn ich bin mir sicher, dass es in keinem Notizbuch steht.“

„Wie kannst du das so genau wissen?“

„In mein Notizbuch passt das nicht alles hinein. Deshalb habe ich ja noch die verschiedensten Mappen für meine Exzerpte.“

Thea verzog das Gesicht und schüttelte sich, als hätte sie etwas Ungenießbares gegessen. „Deine Ex... – was war das gleich noch mal?“

„Meine Exzerpte.“ Richard nahm einen Hefter und blätterte darin. „Ich schreibe mir aus den Büchern heraus, was ich wichtig finde. Und was mir sonst noch dazu einfällt.“ Er klappte die Mappe zu und reichte sie seiner Schwester. „Dieser Hefter enthält alles Wichtige über die Burg Stolpen. Aber da steht leider nichts über einen Geheimgang.“

„Ich werde wohl nie begreifen, was du an diesem langweiligen Kram so toll findest“, seufzte Thea, setzte sich auf Richards Schreibtischstuhl und drehte ein paar Runden. „Mir reicht es, wenn ich vormittags in der Schule still sitzen muss.“

„Ach Thea, du müsstest mich doch langsam kennen. Ich bin eben anders als du, obwohl wir Zwillinge sind.“ Richard nahm einen herumliegenden Füllhalter und steckte ihn in die Stiftdose.

Thea schüttelte den Kopf. „Ich glaube echt nicht, dass uns die Bücher weiterbringen."

„Oh, das habe ich dir ja noch gar nicht gesagt!" Richard schlug sich an die Stirn. „Ich habe Luca erreicht. Er findet das alles total spannend und will sich am Samstag mit uns treffen."

„Super!", rief Thea und sprang zur Tür. „Ich schicke gleich eine WhatsApp-Nachricht an Nadine."

Willst du wissen, wie es weitergeht?

Beantworte folgende Frage:
Was halten Richard und Thea von dem Gespenst auf der Burg Stolpen?

1. *Sie finden es cool, weil es voll lustig ist.* ☞ *Lies weiter bei Nummer 5.*
2. *Es ist ihnen egal. Aber wenigstens trägt es dazu bei, dass mehr Besucher auf die Burg kommen, und viele Kinder haben Spaß daran.* ☞ *Lies weiter bei Nummer 5.*
3. *Sie meinen, Christen sollten nichts mit Gespenstern und Geistern zu schaffen haben.* ☞ *Lies weiter bei Nummer 15.*

11

„So, da sind wir“, raunte Richard Luca zu. „In diesem Raum ist der Koffermann verschwunden.“

„Hey Alter, hier ist ja ein Betrieb wie auf dem Dresdner Hauptbahnhof“, stöhnte Paolo leise.

Richard flüsterte: „Damit hätten wir rechnen müssen, schließlich ist Wochenende.“

Luca ging mit Karlson herum und der Hund beschnüffelte alle Ecken des Raumes ausgiebig. Die anderen stellten sich vor die große Tafel und lasen die Informationen über den Stolpener Basalt – oder taten zumindest so.

„Endlich ist die Luft rein!“, stellte Richard fest, nachdem er die Tafel zum zweiten Mal durchgelesen hatte. „Lasst uns schnell dieses Loch da inspizieren!“

Sofort eilten alle zu der fenstergroßen Öffnung, die durch das Gitter mit dem Sicherheitsschloss verschlossen war. Paolo schaltete seine Taschenlampe an und leuchtete hinein.

„Ich hab auch eine mit“, sagte Luca, holte ebenfalls eine Taschenlampe aus seiner Hosentasche und knipste sie an.

Die Strahlen beider Lampen verloren sich in der Tiefe.

„Dachte ich's mir doch“, brummte Richard. „Da ist keine Wand, also könnte es ein Gang sein.“

Luca machte seine Lampe aus, steckte sie wieder ein und rüttelte am Schloss. „Wir hätten Tobias überreden sollen, mit hierher zu kommen. Der kennt sich mit solchen Dingern aus, und wenn sie nicht allzu kompliziert sind, kriegt er sie auch auf. Er hat nämlich ein merkwürdiges Hobby: Er sammelt Schlüssel. Hoffentlich kommt er bald."

Richard schaute auf. „Das kann lange dauern dort im Coselturm. Bis sie da alles genau durchgelesen haben ..."

„Du solltest nicht von dir auf andere schließen." Thea boxte ihren Bruder in die Seite. „Nicht jeder findet solche Sachen sooo spannend. Ich denke, Nadine wird nur das Nötigste lesen."

Da fing Karlson an zu bellen. Schnell standen sie auf und wandten sich wieder der Schautafel zu.

Schon erklangen Schritte und Stimmen, und kurz darauf tauchte ein junges Pärchen auf. Kaum waren die beiden wieder gegangen, kam eine große Gruppe mit einem Burgführer herein.

Richard gab den anderen ein Zeichen, woraufhin sie den Raum verließen und erst einmal die angrenzenden Kellergänge erforschten. Es gab an mehreren Stellen verschlossene Türen oder Gitter, hinter denen Treppen in die Tiefe führten oder die Gänge versperrten. Richard skizzierte einen Plan in sein Notizheft.

„Wirklich schade, dass Tobias nicht mit hier unten ist", sagte Luca immer wieder.

Richard schüttelte den Kopf. „So viele Schlösser können wir nicht heimlich knacken. Noch dazu mitten am Tag. Besser wäre es, wenn uns mal jemand vom Burgverein hier herumführen würde. Der hätte sicher auch alle Schlüssel und könnte uns die dahinter liegenden Gänge zeigen."

Thea, die ein Stück entfernt stand, schoss plötzlich heran und drängte sich an Richard. „Ja ... Ja, das ... das wäre wirklich das Beste“, stammelte sie und schaute sich schaudernd in die Richtung um, aus der sie gekommen war.

Richard folgte ihrem Blick, entdeckte eine fette Spinne und grinste. „Na, bist du wieder einem Ungeheuer begegnet, Schwesterchen?“

Als Antwort erhielt er einen Ellenbogenstoß in die Rippen, der ihn fast aus dem Gleichgewicht brachte.

„Na, na.“ Paolo hob drohend den Zeigefinger. „Willst du etwa auch so ein Schläger werden, wie ich es bis vor Kurzem war, Thea?“

„Das hier ist was ganz anderes.“ Sie warf Paolo einen grimmigen Blick zu. „Er hat es verdient. Jedes Mal wenn ...“

„Schon gut“, rief Richard. „Tut mir leid, dass ich dich schon wieder damit aufgezogen habe, Thea. – Okay?“ Als seine Schwester mit zusammengepressten Lippen nickte, wandte er sich an Luca. „Sag mal, du hast mir doch erzählt, dass du einen Jungen kennst, der im Burgverein ist.“

„Ich fürchte, den kannst du vergessen“, entgegnete Luca. „Wir sind ihm heute schon begegnet. Es ist Lothar Amselbach, einer von den Schwarzkappen. Als ich hierher gezogen bin, sind wir uns mal im Schwimmbad begegnet und haben uns ganz gut verstanden. Aber wenn er mit den Schwarzkappen zusammen ist, benimmt er sich genauso fies wie die anderen.“

„Das ist ja interessant.“ Richard fasste sich ans Kinn. „Dieser Lothar war hier im Keller, als wir mit unserer Klasse die Führung mit Herrn Ringelband hatten.“

„Und er war zur gleichen Zeit im Zehrgarten wie wir“, erinnerte Thea.

„Gut, dass wir jetzt seinen Namen wissen", murmelte Richard und schrieb in sein Notizheft:

Lothar Amselbach, Schwarzkappenbande.
Burgverein = Schlüssel.

Warum hält Richard Lothar für verdächtig?

Entscheide, welche Antwort richtig ist. Lies dann unter der dahinterstehenden Nummer weiter!

1. *Weil Tobias und Luca berichtet haben, dass die Schwarzkappen eine miese Bande sind.* ☞ *Nummer 1*
2. *Weil seine Familie im Burgverein ist und Lothar an die Schlüssel der Burg herankommt.* ☞ *Nummer 5*
3. *Weil er im Keller war, als der Koffermann verschwand, weil er das Notizbuch im Zehrgarten genommen haben könnte und außerdem an die Schlüssel zur Burg kommt.* ☞ *Nummer 16*

12

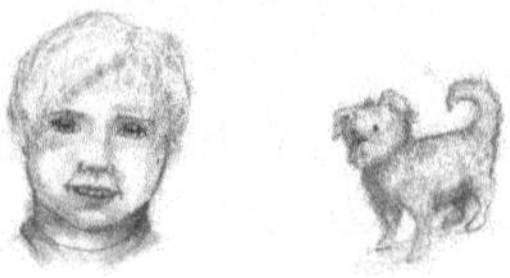

Als die Besucher endlich hinausgingen, folgte Luca ihnen durch den Gang bis zum nächsten größeren Raum. Zwei weitere Gänge mündeten hier.

Luca postierte sich so, dass er in beide Gänge hineinsehen konnte. Ein paar Meter hinter ihm stand ein großes Weinfass an der Wand.

Karlson schnüffelte an der Wand entlang und tappte dabei immer näher an das Fass heran. Schließlich zog er an der Leine und winselte.

„Hierher!“, befahl Luca.

Doch der Hund hörte nicht, zerrte stattdessen stärker an der Leine und winselte noch lauter. Gleich würde er anfangen zu bellen – dann dachten Richard, Thea und Paolo, das sei eine Warnung.

Also drehte Luca sich um und folgte Karlson zum Fass. Der Hund zog ihn mit sich hinter das Fass und schnupperte aufgeregt an einer Öffnung, die mit einer Art Schiebetür verschlossen war. – Ob man in das Fass hineinsteigen konnte?

Neugierig ruckelte Luca an der Tür, sie schien zu klemmen, aber nicht verschlossen zu sein. Um beide Hände frei zu bekommen, legte er die Hundeleine auf den Boden und machte sich weiter an dem Mechanismus zu schaffen.

Endlich gab es einen Ruck und die Tür sprang auf. Sofort hopste Karlson hinein.

Luca nahm seine Taschenlampe heraus und folgte dem Hund. Das Innere des Fasses war leer, bot aber Platz für mindestens fünf Personen. Durch ein Loch, das so groß war wie eine Zwei-Euro-Münze, konnte er in den Kellerraum schauen. Das war ein tolles Versteck, von hier aus konnte man ungesehen die hinein- und herausgehenden Besucher beobachten. Aber im Moment war niemand zu sehen.

Am Boden scharrte und schnaufte Karlson hektisch herum. Luca blickte zu ihm hinunter und stellte angewidert fest, dass er mit einer toten Ratte spielte.

„Pfui!" Luca zerrte ihn mit aller Kraft aus dem Fass. „Pfui, Karlson! Was findest du nur an diesem ekelhaften Zeug! Pfui, pfui, pfui!"

Widerstrebend folgte der Hund ihm wieder in die Nähe des Raumes, in dem sich Richard und die anderen befanden.

Plötzlich hörte er eine schimpfende Männerstimme. Luca eilte weiter den Gang entlang, blieb dann aber erschrocken am Eingang des Raumes stehen.

Paolo und Thea standen mit hängenden Köpfen neben der abgenommenen Schautafel, und Richard trat von einem Fuß auf den anderen und biss auf seiner Unterlippe herum. Hinter ihnen klaffte eine Öffnung in der Wand, die genau so groß war wie die vergitterte Öffnung an der gegenüberliegenden Seite des Raumes. Als Richard Luca bemerkte, warf er ihm vorwurfsvolle Blicke zu.

Ein Mann, der wahrscheinlich zum Personal der Burg gehörte, hampelte mit dem Rücken zu Luca vor ihnen herum und schimpfte: „Das wird ernste Konsequenzen nach sich ziehen!"

12 *Achtung! Teste jetzt dein neues Schlüsselwort:*

- Vor dem Burg_______ gibt es auf manchen Burgen eine Zugbrücke. ☞ *Bei Nummer 17 erfährst du, was Richard, Thea und Paolo in der Zwischenzeit erlebt haben.*
- Vom Burg________ aus hat man eine gute Aussicht. ☞ *Nummer 14*
- Ein Berg________ ist manchmal ziemlich schmal. ☞ *Nummer 14*
- Manchmal findet man auf einem Berg_______ ein Gipfelbuch. ☞ *Bei Nummer 17 erfährst du, was Richard, Thea und Paolo in der Zwischenzeit erlebt haben.*

Wenn du dein Schlüsselwort vergessen hast, kannst du unter Nummer 72 nachsehen, welches du ausgewählt hast.

13

Gemeinsam stiegen Tobias und Nadine die Wendeltreppe des Johannisturms hinauf. Als sie die Tür zur ersten Etage erreichten, wandte Tobias sich zu Nadine um.

„Willst du hier reingehen oder weiter oben anfangen?", fragte er mit einer ausladenden Handbewegung und traf dabei eine Frau, die gerade die Treppe herunterkam, am Bein.

Die Frau taumelte, kreischte und hielt sich am Geländer fest.

„Bist du verrückt geworden?", donnerte ein dicker Mann, der hinter der Frau ging.

„Entschuldigung", rief Tobias. „Das wollte ich nicht."

„Was lungert ihr auf der Treppe herum und gefährdet andere Leute?", schimpfte der Mann weiter. „Verschwindet, aber ein bisschen plötzlich!"

„Entschuldigung", murmelte Tobias noch einmal und eilte Nadine voran die Treppe zur nächsten Etage hinauf.

Als sie oben ankamen, hörte Tobias immer noch die wetternde Stimme des dicken Mannes von unten.

„Gott sei Dank, dass die Frau nicht die Treppe hinuntergefallen ist", sagte Tobias.

„Oh, mein Gott!" Nadine fuhr sich durchs Haar. „Das hätte dumm ausgehen können."

Tobias druckste ein wenig herum und berührte sie am Arm. „Du ..."

„Was?“ Nadine schaute auf.

„Du solltest das nicht sagen. Ich weiß, es ist so eine Art Mode, aber ...“

Nadine blickte ihn an und schüttelte den Kopf. „Ich kapiere gar nichts. Was meinst du?“

Tobias spürte, wie sein Herz schneller schlug. „Du solltest Gott nicht anrufen, wenn du Ihm gar nichts sagen willst. Dann missbrauchst du Seinen Namen.“

„Gott anrufen?“, fragte Nadine. „Wann habe ich denn Gott angerufen?“

„Du hast gesagt: *Oh, mein Gott.*“

Hier musst du dich wieder entscheiden, aber dazu brauchst du dein Schlüsselwort diesmal nicht. Wie soll Nadine reagieren?

- ***Nadine versteht sofort, was Tobias meint.*** ☞ ***Dann lies bei Nummer 19 weiter.***
- ***Nadine reagiert genervt.*** ☞ ***Wie es nun weitergeht, erfährst Du bei Nummer 25.***

14

Während der Mann auf sie einschimpfte, schaute Richard zu Luca hinüber, der am Eingang des Raumes stand, und formte mit seinen Lippen lautlos die Frage: *Wie konnte das passieren?*

Luca zuckte entschuldigend mit den Schultern.

„Aber wir haben den Gang da nicht freigelegt", beteuerte Thea, als der Mann endlich einmal Luft holte. „Wir waren nur neugierig, wie es hinter der Tafel aussieht und haben diese Öffnung so vorgefunden!"

„Ph, wie es hinter der Tafel aussieht – dass ich nicht lache!" Der Mann fuchtelte wild mit den Händen herum. „Demnächst komme ich zu euch in die Wohnung und rücke die Schränke weg, weil ich sehen will, wie es dahinter aussieht! Das ist doch Unsinn!"

„Na ja", sagte Richard, „Sie haben ja recht, aber trotzdem ist das etwas anderes. Auf so einer Burg, da rechnet man doch damit, dass ..."

„... dass die Leute hereinspazieren und alles demolieren?" Der Mann ging mit ausgestrecktem Zeigefinger auf Richard zu, als wollte er ihn aufspießen. „Meinst du, damit muss man rechnen, häh?"

Richard wich einen Schritt zurück und stand nun genau vor der Öffnung in der Wand. „Nein, ich ... ich meine, da ... da rechnet man damit, dass es unterirdische Gänge geben könnte und ..."

„Und das gibt dir das Recht, Sachen kaputt zu machen, ja?“ Der Mann stand so dicht vor Richard, dass er befürchtete, jeden Moment von diesem in den Gang gestoßen zu werden. „Ich bin hier der Burgwächter! Seit Jahren sorge ich für Recht und Ordnung auf dieser Burg, aber so etwas ist mir noch nicht untergekommen!“

Thea zog den Mann am Ärmel und rief: „So hören Sie uns doch bitte erst einmal zu. Wir wollten doch nur hinter diese Tafel schauen, weil sich mein Bruder für Geschichte interessiert!“

Der Mann fuhr zu ihr herum, und sie ließ ihn los und zog den Kopf ein.

„Für Geschichte interessiert? Häh?“, donnerte er. „Und dazu muss man hier das Mauerwerk aufbrechen und Löcher öffnen, die verschlossen bleiben sollten?“

Richard nutzte die Gelegenheit und trat schnell einen Schritt zur Seite, weg von der Öffnung.

„Hey Mann“, murrte Paolo, „wir haben gar nichts aufgebrochen. Oder sehen Sie hier irgendwelches Werkzeug?“

Jetzt wandte der Mann sich Paolo zu und schrie: „Wie sprichst du denn mit mir, du ... du ... du ...“

Schnell rief Richard dazwischen: „Wir haben die Tafel nur etwas nach vorn gezogen, dabei ist sie leider runtergefallen. Aber es ist nichts kaputtgegangen und ...“

„Nichts kaputtgegangen, häh?“ Der Mann stiefelte wieder zu dem Loch in der Mauer und stieß seinen Arm hinein. „Ihr habt die Mauer aufgebrochen und behauptet, es sei nichts kaputtgegangen? Das ist eine Unverschämtheit!“

„Nein!“, riefen die Zwillinge wie aus einem Mund, und Richard fuhr fort: „Wir haben die Mauer nicht aufgebrochen, das war schon so, wir haben ...“

„Schluss jetzt!", polterte der Mann. „Hier seid ihr und da ist der offene Gang, das ist Beweis genug!"

„Aber wenn wir es gewesen wären, dann müssten hier doch Steine und Mörtel und Dreck zu sehen sein", versuchte Paolo es noch einmal. „Oder glauben Sie etwa, wir haben das in der kurzen Zeit entsorgt?"

„Spar dir deine frechen Reden!" Der Mann fuchtelte wieder wie wild mit den Händen und ließ niemanden mehr zu Wort kommen. „Ihr seid die Randalierer, die ich schon lange suche! Bisher habt ihr euch immer nachts hier zu schaffen gemacht, weiß der Himmel, wie ihr reingekommen seid. Ihr habt euch wohl zu sicher gefühlt, was? Dachtet wohl, ihr hättet eure Spuren verwischt? Aber nicht mit mir, nicht mit Willy Wachhaupt!" Er schlug sich an die Brust.

Während der Mann weiterschrie, schaute Richard seine Schwester fragend an: *Was sollen wir machen?*

Doch Thea zuckte nur mit den Schultern.

Dann sah Richard zu Luca hinüber, der immer noch am Eingang stand und den Burgwächter mit genauso großen Augen anstarrte wie Karlson.

„Ich habe gesehen, dass hier etwas im Gange ist, ich habe eure Spuren gefunden, mir entgeht nichts! Und heute, heute habe ich euch endlich erwischt!" Herr Wachhaupt packte Richard und Paolo am Arm und zerrte sie zur Tafel. „Los, los, helft mir, die Tafel wieder aufzuhängen und dann ... dann kommt ihr sofort mit nach vorn zur Hauptwache! Wenn wir Glück haben, ist die Polizei noch da, dann können wir das gleich mit denen klären!"

Luca trat näher. „Ich werde mithelfen."

Doch Herr Wachhaupt fuhr ihn an: „Hey, was machst

14 du mit dem Köter hier drin? Verschwinde, aber plötzlich! Und kein Wort über das, was du hier gesehen hast!“

„Aber ich ...“

„Halt den Mund und verschwinde! Na los, raus hier!“

Hier brauchst du wieder dein Schlüsselwort:

- Der Burgwächter konnte entscheiden, ob er das Burg________ öffnet. ☞ *Nummer 21*
- Ein Burg________ ist schon von Weitem zu sehen. ☞ *Nummer 18*
- Manchmal führt ein Berg__________ nicht nach oben, sondern um den Berg herum. ☞ *Nummer 18*
- Manche Berg________ sollte man nur mit einem Bergführer besteigen. ☞ *Nummer 21*

Wenn du dein Schlüsselwort vergessen hast, kannst du unter Nummer 72 nachsehen, welches du ausgewählt hast.

15

Am Samstag wartete Luca mit seinem Hund Karlson an der Bushaltestelle in Stolpen auf Richard, Thea, Nadine und Paolo.

Noch bevor Nadine ganz ausgestiegen war, zeterte sie: „Halt bloß deinen Köter fest! Ich möchte nicht, dass er mir gleich früh am Morgen die Kleidung ruiniert!“

Thea schob ihren Hut zurecht und drängte sich an ihrer Freundin vorbei. „Ich werde Karlson von dir ablenken. Mir macht es nichts aus, wenn er mich anspringt.“

„Ach du grüne Spinne!“ Luca musterte Nadine von oben bis unten. „Du siehst wieder aus, als wolltest du den Modewettbewerb der Stadt Stolpen gewinnen.“

„Was man von dir nicht behaupten kann“, gab Nadine zurück und deutete auf Lucas ausgebeulte Jeans.

Er zuckte mit den Schultern. „Hauptsache praktisch.“

„Hört auf zu streiten“, mahnte Richard und knuddelte Karlson, der wild mit dem Schwanz wedelte und an ihm hochsprang.

15 Als der Hund endlich von Richard abließ, fasste Luca die Leine kurz und fragte: „Habt ihr was dagegen, wenn mein neuer Freund mitkommt? Tobias ist der Sohn unseres Pfarrers. Er ist voll in Ordnung."

„Das ist ja cool, Alter!" Paolo boxte Luca in die Seite. „Ich kenne Tobias vom Judotraining."

Bevor Luca antworten konnte, wandte Richard sich an ihn. „Ist der Pfarrer im Burgverein?"

Luca schüttelte den Kopf. „Sie wohnen noch nicht lange hier. Dadurch sind wir auch Freunde geworden, weil wir beide neu in der Klasse waren."

„Und wer ist der Junge, dessen Familie im Burgverein ist?", bohrte Richard weiter.

„Er heißt Lothar Amselbach." Luca wickelte die Leine um sein linkes Handgelenk und zog Karlson näher zu sich. „Wenn Burghoffest ist, verkleiden sie sich und spielen eine Familie aus dem Mittelalter. Aber ... na ja, Lothar gehört nicht gerade zu meinen besten Freunden." Karlson stand jetzt direkt neben Luca und schaute ihn hechelnd an. „Was ist nun, kommt ihr mit, Tobias abholen?"

Richard nickte. „Von mir aus gern."

„Wenn der nicht auch noch so 'nen Kläffer mit sich herumschleppt, bin ich einverstanden", antwortete Nadine und fuhr sich durchs Haar.

Auch Thea stimmte zu, und so machten sie sich auf den Weg zum Pfarrhaus.

Dort erklärte Thea sich bereit, mit Karlson vor der Haustür zu warten, während Luca zusammen mit Richard und Paolo seinen Freund abholte. Nadine musste nun zwischen zwei Übeln wählen – mit Thea bei dem Hund zu bleiben oder als einziges Mädchen mit hineinzugehen – und entschied sich schließlich dafür, ihrer Freundin Gesellschaft zu leisten.

Richard und Paolo folgten Luca die Treppe hinauf. Schon von Weitem hörten sie erregte Stimmen. Im ersten Stock standen ein Mann, eine Frau und ein Junge vor einer offenen Tür. Sie diskutierten so aufgeregt miteinander, dass sie die Besucher nicht bemerkten.

Luca sagte leise zu Richard: „Da ist Tobias mit seinem Vater, dem Pfarrer. Und die Frau arbeitet im Pfarrbüro, das sich hinter der offenen Tür befindet."

„Ich habe niemandem etwas herausgegeben", beteuerte Tobias gerade. „Ich weiß doch, dass diese Bücher sehr wertvoll sind."

Der Pfarrer schüttelte den Kopf. „Aber ich verstehe das nicht. Irgendjemand muss das doch wissen. So ein Buch kann sich ja nicht in Luft auflösen. Bitte, Frau Wilkert, überlegen Sie noch einmal genau. War vielleicht jemand von den Leuten da, die für Touristen Kirchenführungen anbieten? Vielleicht hat sich von denen jemand das Buch geliehen, um etwas über die Geschichte nachzulesen?"

„Außer Herrn Maurer hat sich bisher keiner dafür interessiert", versicherte Frau Wilkert. „Und als ich gestern nach Hause ging, stand das Buch noch im Regal, da bin ich sicher. Normalerweise bin ich ja samstags gar nicht hier, ich bin heute nur gekommen, weil ich gestern meinen Terminplaner liegen gelassen habe. Gleich als ich die Tür aufschloss, fiel mir die Lücke in der Buchreihe auf."

Sie verschwand im Raum, gefolgt von Tobias und dessen Vater.

Luca, Richard und Paolo traten vor die offene Tür.

Frau Wilkert stand nun am Bücherregal und legte ihre

Hand zwischen einen Ordner und ein Buch. „Genau hier hat es gestern noch gestanden. Und jetzt mache ich mir Vorwürfe, weil ich das Buch nach Herrn Maurers Besuch nicht wieder im Archivschrank verschlossen habe." Sie schlug die Hand vor den Mund und schüttelte den Kopf.

„Das ist nicht Ihre Schuld, Frau Wilkert", versuchte der Pfarrer sie zu beruhigen. „Ich hatte Ihnen ja gesagt, Sie sollen es bis Montag hier im Büro lassen, weil Herr Maurer dann wiederkommen will. Wir sollten überlegen, wer es noch genommen haben könnte."

„Wer hat denn überhaupt alles einen Schlüssel zum Pfarrbüro?", erkundigte Tobias sich.

„Das können wir gleich nachsehen, das steht im Schlüsselverzeichnis." Frau Wilkert eilte zum Schreibtisch und schloss die rechte Seitentür auf. „Jedenfalls haben die meisten Kirchvorsteher einen."

Paolo trat einen Schritt in den Raum hinein und fragte: „Was sind denn Kirchvorsteher?"

Der Pfarrer, Frau Wilkert und Tobias fuhren herum.

„Oh", sagte Tobias, „ich habe euch gar nicht bemerkt." Dann wandte er sich an seinen Vater und Frau Wilkert. „Das ist Luca mit seinen Freunden aus Neustadt."

„Guten Tag und herzlich willkommen", sagte Pfarrer Hirte, und Frau Wilkert winkte ihnen lächelnd zu.

Richard hob die Hand. „Hallo."

„Darf ich jetzt gehen?", fragte Tobias seinen Vater, während Frau Wilkert sich bückte und einen Aktenordner aus dem Schreibtisch holte.

Der Pfarrer nickte gedankenverloren, und Tobias eilte auf Paolo zu, fasste seinen Arm und zog ihn mit sich zur Tür.

„Was ist denn nun ein Kirchvorsteher?“, erkundigte Paolo sich erneut, noch bevor sie draußen waren.

Tobias schob ihn hinaus, schloss die Tür hinter sich und erklärte dann: „Kirchvorsteher sind die Leute, die mitentscheiden, was in der Kirchgemeinde geschieht. Sie werden von allen Gemeindemitgliedern gewählt und arbeiten eng mit dem Pfarrer zusammen. In manchen Gemeinden heißt es auch Kirchenvorstand, Gemeindekirchenrat, Ältestenrat oder Presbyterium.“

Welches Buch fehlt? Die Nummer verrät dir, wo es weitergeht.

16

Ein älteres Ehepaar mit einem Mischlingshund ging an Richard und seinen Freunden vorbei. Karlson bellte und zog an der Leine, ebenso der andere Hund.

Luca hielt Karlson zurück und wickelte sich die Leine weiter ums Handgelenk. „Dieser Hund sieht aus wie Bobby, der Hund von Andreas Immerfroh“, murmelte er dabei. „Ah, da fällt mir etwas ein.“ Luca schlug sich mit der freien Hand an die Stirn. „Andreas Immerfroh ist auch im Burgverein. Manchmal verkleidet er sich als Nachtwächter und macht hier Führungen.“

„Er macht Führungen?“ Richard horchte auf. „Dann hat er bestimmt viele Schlüssel. Kannst du ihn mal fragen, ob er uns die Gänge zeigt?“

„Ihr könnt ihn selber fragen“, antwortete Luca. „Wenn ihr morgen ins *HUGO* zur Schatzsuche kommt.“

Thea kicherte. „Ins *HUGO*? Was ist denn das?“

„*HUGO* ist die Abkürzung für *Haus unter Gottes Obhut.* Es ist das ehemalige Pfarrhaus in Langenwolmsdorf.“

„Was für ein Schatz wird denn da gesucht?“, fragte Paolo.

„In Neustadt heißt es Kindertreff, in Langenwolmsdorf ist es die Schatzsuche. Weil wir da Geschichten aus der Bibel hören. Und weil Gottes Wort und der Glaube an den Herrn Jesus auch als Schatz bezeichnet werden. Es fängt um 9.30 Uhr an und hört mit dem Mittagessen auf. Dann wird der Schatz gesucht, irgendeine Kiste mit einer Überraschung für jeden Teilnehmer. Andreas Immerfroh, der die Schatzsuche leitet, ist auch im Burgverein und kennt sich super hier aus."

„Ich weiß nicht, ob wir kommen können", antwortete Richard. „Sonntagmorgens gehen wir mit unseren Eltern zum Gottesdienst. Aber wenn du hingehst, kannst du ihn ja fragen. – Und jetzt will ich noch mal in den Raum gehen, aus dem der Koffermann verschwunden ist. Mir ist nämlich etwas eingefallen."

Diesmal brauchten sie nicht lange zu warten, bis sie allein waren.

Sofort steuerte Richard auf die Schautafel zu. „Ich will mal nachsehen, was sich dahinter verbirgt. Ich schlage vor, einer von euch steht draußen Wache und die anderen helfen mir, die Tafel abzunehmen."

„Ich stelle mich nicht allein in den Gang", protestierte Thea. „Das kann Luca mit Karlson übernehmen."

„Aber ich habe mehr Kraft", wandte Luca ein. „Die Tafel ist bestimmt schwer und ..."

„Deshalb muss ich unbedingt hierbleiben", rief Paolo. „Ich habe starke Muskeln." Er hob den angewinkelten linken Arm hoch und fasste mit der rechten Hand an seinen Oberarm.

„Oder Richard steht Schmiere", versuchte Luca es noch einmal.

„Kommt gar nicht infrage", wehrte Richard ab. „Es war meine Idee und ich muss selbst sehen, was dahinter ist."

„Na gut, dann geh ich eben", brummte Luca. „Ihr werdet eh nur die nackte Wand finden. Was soll hinter so einer Tafel schon versteckt sein."

„Das werden wir ja sehen, Alter." Paolo trat ungeduldig von einem Fuß auf den anderen und bedeutete Luca mit beiden Händen, endlich zu gehen. „Kontrolle muss sein, da beißt der Hund keine ... keine Melone ab."

Luca zeigte Paolo einen Vogel. „So ein Quatsch, das Sprichwort heißt ..."

„Schluss jetzt", befahl Richard. „Luca, welches Zeichen gibst du uns, wenn jemand kommt?"

„Ich soll euch ein Zeichen geben?" Luca schüttelte den Kopf. „Das ist viel zu verdächtig. Ich gebe Karlson ein Zeichen und dann bellt er. Das werdet ihr wohl hören."

Thea stemmte die Arme in die Seite und wiegte den Kopf hin und her. „Das soll funktionieren?"

„Glaubst mir wohl nicht, was?" Luca verzog beleidigt das Gesicht. „Dann passt auf! – Karlson, gib Laut!"

Sofort bellte Karlson los und wedelte mit dem Schwanz.

„Aus!", befahl Luca, und als der Hund aufhörte zu bellen, lobte Luca ihn überschwänglich.

„Alle Achtung, Alter", staunte Paolo. „Das hast du uns noch gar nicht vorgeführt."

Luca zuckte mit den Schultern. „Warum auch? Er bellt so schon genug."

„Können wir jetzt endlich anfangen?", fragte Richard und schaute auf die Uhr.

„Nein, da kommt schon wieder jemand", flüsterte Thea.

16

Achtung! Hier ist dein Schlüsselwort ganz wichtig.

<u>*Schlüsselprüfung 1:*</u>

Eine B______ hat fast immer einen Brunnen.

Hat dein Schlüssel nicht gepasst? Dann probiere es bei Schlüsselprüfung 2 noch einmal.

Wenn der Schlüssel gepasst hat, kannst du hier entscheiden, wie es weitergeht. Aber vergiss nicht, dein gewähltes neues Schlüsselwort unter Nummer 72 anzukreuzen.

- *Willst du mit Luca und Karlson gehen? Dann merke dir das neue Schlüsselwort* **Burgtor** *und lies bei Nummer 12 weiter.*

- *Wenn du bei Richard, Thea und Paolo bleiben möchtest, merke dir das neue Schlüsselwort* **Burgturm** *und gehe zu Nummer 17.*

<u>*Schlüsselprüfung 2:*</u>

Auf einem B_______ gibt es manchmal einen Aussichtsturm.

Hat dein Schlüssel nicht gepasst? Dann probiere es bei Schlüsselprüfung 1 noch einmal.

Wenn der Schlüssel gepasst hat, kannst du hier entscheiden, wie es weitergeht. Aber vergiss nicht, dein gewähltes neues Schlüsselwort unter Nummer 72 anzukreuzen.

- *Willst du mit Luca und Karlson gehen? Dann merke dir das neue Schlüsselwort* **Berggipfel** *und lies weiter bei Nummer 12.*

- *Wenn du bei Richard, Thea und Paolo bleiben möchtest, merke dir das neue Schlüsselwort* **Bergpfad** *und gehe zu Nummer 17.*

17

Endlich verließen die Besucher den Raum und Luca folgte ihnen.

Sofort musterte Richard die Haken, an denen die Schautafel oben befestigt war. „Vielleicht müssen wir die Tafel gar nicht abhängen, vielleicht können wir sie unten so weit von der Wand wegziehen, dass man dahintergucken kann." Er kniete sich vor der Tafel auf den Boden. „Kommt schnell! Wir müssen uns beeilen!"

„Geht schon los, Alter", raunte Paolo. Er hockte sich an Richards rechter Seite hin und fing an, an der Unterkante der Tafel zu ziehen.

„Warte noch!", sagte Richard. „Gib Thea deine Taschenlampe. Wir beide versuchen, die Tafel von der Wand wegzuziehen. Und du, Thea, stellst dich an den Rand der Tafel und schaust mit der Taschenlampe dahinter."

Paolo reichte Thea seine Taschenlampe, und Richards Schwester quetschte sich in den schmalen Bereich zwischen dem linken Rand der Schautafel und der Wand.

„Ich zähle bis drei", sagte Richard. „Dann ziehen wir an der Tafel."

„Alles klar", antwortete Paolo.

„Eins, zwei, drei", zählte Richard und zog mit aller Kraft am unteren Rand der Tafel. Bevor er begriff, was geschah, löste sich die Tafel von der Wand und krachte zu Boden.

Er konnte gerade noch rechtzeitig seine Hände wegziehen.
„Mist", schimpfte Paolo.
Thea drückte sich kreidebleich mit dem Rücken in eine Ecke. „Ihr spinnt wohl! Ihr könnt doch nicht wie zwei wild gewordene Ochsen daran ziehen!"
„Ich verstehe das nicht." Richard stand auf, trat zurück und schaute nach oben. „Die Haken müssten die Tafel doch halten."
Langsam verließ Thea ihre Ecke und blickte ebenfalls nach oben. „Ihr hattet zu viel Schwung", meinte sie. „Die Haken sind zwar lang, aber nicht hoch. Die Tafel ist drübergerutscht."
„Ist doch jetzt egal, Leute", sagte Paolo, der immer noch rechts vor der Tafel stand. „Lasst uns das Teil schnell zur Seite schieben, damit wir sehen können, was dahinter ist!"
„Okay, wir tragen sie dort links hinüber", entschied Richard und eilte mit Thea an die linke Seite der Tafel. „Eins, zwei, drei!"
Unter Ächzen und Stöhnen gelang es ihnen, die Schautafel zur Seite zu tragen.
Noch bevor sie die Tafel wieder abgesetzt hatten, rief Paolo: „Bingo! Das ist voll cool!"
Richard prüfte noch einmal, ob die Tafel sicher an der Wand lehnte und sprang dann schnell zu Paolo, der auf eine Öffnung in der Wand deutete und lachte: „Das ist es, Alter! Das ist die Lösung des Rätsels!"
Richards Herz schlug wie wild. „Das ist ein unterirdischer Gang! Wir haben ihn gefunden!"
Paolo streckte Thea die Hand entgegen. „Gib mir die Taschenlampe, ich werde gleich mal nachsehen, wohin der Mann ..."

„Nein!“ Richard hielt ihn am Arm fest. „Wir können jetzt nicht da reinkriechen. Wir müssen die Tafel wieder aufhängen, bevor ...“

„Ha, hab ich euch endlich erwischt“, dröhnte plötzlich eine Männerstimme vom Eingang her. „Ihr seid also die Randalierer, denen ich seit Wochen auf der Spur bin! Das wird ernste Konsequenzen nach sich ziehen!“

Achtung! Hier brauchst du wieder dein Schlüsselwort:

17

- In einem Burg______ gab es früher keinen Fahrstuhl. ☞ *Nummer 12*
- Das Burg________ wurde nachts geschlossen. ☞ *Nummer 14*
- Manchmal ist ein Berg________ so schmal, dass man sich an Ketten festhalten muss. ☞ *Nummer 12*
- Es gibt Berg________, die über 3 000 Meter hoch sind. ☞ *Nummer 14*

Wenn du dein Schlüsselwort vergessen hast, kannst du unter Nummer 72 nachsehen, welches du ausgewählt hast.

18

Mit hängenden Köpfen folgten Richard, Paolo und Thea dem Burgwächter zur sogenannten Hauptwache, in der sich auch die Kasse befand. Dort stand ein Polizist und unterhielt sich mit der Kassiererin.

„Gut, dass Sie noch da sind“, schnaufte Willy Wachhaupt. „Ich habe hier drei Randalierer aufgegriffen. Sie haben im Keller einen Gang freigelegt, und ...“

„Langsam, langsam.“ Der Polizist machte eine beruhigende Geste. „Sie haben tatsächlich Glück, dass ich noch da bin, mein Kollege ist soeben gegangen.“

„Ich habe Ihnen doch von den Dingen erzählt, die ich seit Wochen hier beobachte“, fuhr Herr Wachhaupt atemlos fort, während sich die ersten neugierigen Zuschauer herandrängten. „Heute habe ich ...“

„Warten Sie!“, schnitt der Polizist ihm erneut das Wort ab. „Wir suchen uns erst einmal eine ruhige Ecke. Herr Wachhaupt, bitte gehen Sie voran und zeigen Sie uns einen Raum, in dem wir ungestört sind!“

„Aber die Kinder ...“

„Die werden nicht weglaufen“, entgegnete der Polizist. „Oder trauen Sie mir nicht zu, dass ich auf sie aufpassen kann?“

„Doch, doch, aber ...“

„Gehen wir!“, befahl der Polizist in strengem Ton.

Herr Wachhaupt nickte und eilte voran.

Sie verließen den Kassenraum, betraten das Kornhaus und stiegen eine Treppe hinauf. Unter dem Dach war ein großer Raum, in dem Tische und Stühle standen.

„Das ist der Kornboden", schnaufte Herr Wachhaupt. „Manchmal sind hier Veranstaltungen, aber heute wird uns niemand stören."

„Setzt euch", befahl der Wachtmeister Richard, Thea und Paolo. „Und Sie bitte auch, Herr Wachhaupt." Dann wandte er sich wieder an die Kinder. „Mein Name ist Schröder. Und wer seid ihr?"

„Also, ähm ..." Richard räusperte sich. „Ich heiße Richard Maiwald, das ist meine Zwillingsschwester Thea und das ist unser Freund Paolo Matuschek."

„Da fällt mir gerade ein" – Herr Wachhaupt sprang auf –, „dieser Junge mit dem Hund – gehörte der etwa auch zu euch? Ich hätte ihn gleich mitnehmen sollen, allein habt ihr diese Sache ja sicher nicht gemacht, ich werde sofort nachsehen, ob er noch ..."

„Bitte beruhigen Sie sich, Herr Wachhaupt." Herr Schröder hob die Hand. „Bitte setzen Sie sich wieder und erzählen Sie, was vorgefallen ist."

Der Burgwächter ließ sich auf seinen Stuhl plumpsen und deutete mit dem Finger abwechselnd auf Paolo, Richard und Thea. „Ich habe sie auf frischer Tat ertappt! Ich war gerade auf meinem üblichen Kontrollrundgang und kam unten im Keller in den Raum, in dem sich schon seit Wochen jemand zu schaffen macht. Nicht so offensichtlich, nein, aber ich habe es gemerkt." Herr Wachhaupt sprang wieder auf und schlug sich an die Brust. „Niemand sonst hat es bemerkt, aber mir entgeht nichts, darauf können Sie sich verlassen, Herr Wachtmeister!"

Der Beamte zog einen kleinen Block hervor und schrieb etwas auf. „Bitte erzählen Sie weiter."

Willy Wachhaupt setzte sich wieder. „Bisher hatten die Täter ihre Aktivitäten gut verdeckt, aber ich bin ja nicht dumm, nicht wahr!" Er sah Richard, Paolo und Thea nacheinander mit zusammengekniffenen Augen an. „Ich bin euch schon lange auf die Schliche gekommen, habe doch längst bemerkt, dass ihr heimlich diesen alten Gang freilegt, der schon vor Jahren zugemauert wurde."

„Entschuldigen Sie bitte, aber ich komme da noch nicht ganz nach." Herr Schröder sah von seinem Block auf. „Sie sagen, der Gang wurde zugemauert, kürzlich aber wieder von irgendjemandem freigelegt?"

„Der Gang ist sehr baufällig, er bedeutete eine Gefahr für jeden, der hineinging. Zunächst hatten wir den Gang nur mit einer Gittertür verschlossen, aber Sie glauben ja nicht, Herr Wachtmeister, auf was für Ideen diese neugierigen, unverschämten Besucher kommen! Nicht nur einmal wurde das Schloss geknackt, ständig musste ich es erneuern." Während er sprach, holte Herr Wachhaupt ein Taschentuch aus der Hosentasche und wischte sich den Schweiß von der Stirn. „Deshalb wurde beschlossen, den Gang zu verschließen. Und um die zugemauerte Stelle zu verdecken, hängten wir eine große Schautafel davor."

„In Ordnung." Der Polizist nickte. „Und dann haben Sie irgendwann bemerkt, dass die Wand aufgebrochen wurde!?"

Der Burgwächter steckte das Taschentuch wieder ein. „Also, ich bin ja nicht blöd, wie gesagt, ich habe es gleich bemerkt, als das Treiben begann. Obwohl diese Kinder hier außerordentlich vorsichtig vorgegangen sind, das muss ich schon sagen. Es hat mir keiner geglaubt, als ich den anderen von der Burgverwaltung davon erzählt habe. Niemand hat sich die Mühe gemacht, einen Blick hinter die Tafel zu werfen. Alle haben gedacht, die Wand sei schlecht gemauert worden und beginne schon zu bröckeln. Deshalb habe ich es im Stillen beobachtet und meinen Mund gehalten. Ich dachte, sie werden schon sehen, wohin das führt, und wenn die Täter ihr Ziel erreicht haben, werden sie mir endlich glauben. Denn dann ist es ja nicht mehr zu übersehen, nicht wahr?“ Er holte tief Luft und schaute den Polizisten fragend an.

Doch Herr Schröder lächelte nur.

„Ja, also ...“ Herr Wachhaupt räusperte sich. „Zuerst war nur der Mörtel zwischen den Steinen entfernt worden, später verschwanden nach und nach auch die Steine. Ich bin nur darauf gestoßen, weil eines Morgens schwarze Fingerabdrücke auf dem Rand der Tafel waren, obwohl gerade erst der Putztrupp durch war – da habe ich mal dahinter geschaut. Ansonsten gab es weder Schmutzspuren noch sonst irgendetwas, die Schautafel hing an ihrem Platz wie vorher. Nie war jemand beobachtet worden ... aber neulich, da haben sie doch einen kleinen Erdhaufen liegen gelassen und ...“

„Was ist mit den Videoaufzeichnungen?“, unterbrach der Polizist ihn.

„Wir können uns nicht für jeden kleinen Winkel eine Kamera leisten“, empörte sich der Burgwächter. „Sie wissen doch, wie wenig finanzielle Unterstützung wir bekommen ... die wichtigen Sachen sind gut gesichert, aber diese kahlen Kellerlöcher ... was soll da schon passieren.“

„Na ja, dieser unterirdische Gang scheint ja doch recht interessant zu sein“, warf der Polizist ein.

Herr Wachhaupt winkte ab. „Im Grunde genommen ist dieser Gang völlig bedeutungslos. Ja, er führt ein Stück in die Tiefe, aber das ist schon alles. Schon nach wenigen Metern endet er, und niemand weiß, wozu er früher überhaupt einmal da war. Aber wie gesagt, es besteht die Gefahr, dass der Gang einbricht. Es ist kein kilometerlanger Stollen erforderlich, um einen Menschen lebendig zu begraben. Es ist eine Unverschämtheit, dass sich da jemand heimlich zu schaffen macht und diesen Gang wieder freilegt! Das ist Sachbeschädigung und Gefährdung der Öffentlichkeit! Wenn da jemand hineinkriecht und ...“

„Aber das waren wir nicht!“, rief Paolo.

„Was fällt dir ein, mich zu unterbrechen? Ich habe euch doch ...“

„Aber wir haben diesen Gang wirklich nicht freigelegt“, sagte nun auch Thea. „Wir haben ...“

„Ihr wagt es, das abzustreiten!“ Herr Wachhaupt wurde ganz rot im Gesicht. „Ich habe doch mit eigenen Augen gesehen, wie ihr euch an diesem Gang zu schaffen gemacht habt!“

Endlich fasste auch Richard Mut, sich zu Wort zu melden. „Wir wussten bis heute gar nichts von diesem Gang. Wir wollten nur ...“

„Lügen! Alles Lügen!“, polterte Herr Wachhaupt und fuchtelte mit den Händen in der Luft herum, als kämpfte er gegen ein ganzes Raubritterheer. „Ich habe euch erwischt und damit ...“

„Lassen Sie die Kinder ausreden!“, sagte Herr Schröder streng. „Bitte sprich weiter, Richard!“

Richard nickte. „Also, ich interessiere mich für Geschichte. Für die Menschen, die früher gelebt haben, für alte Kirchen, Burgen und Schlösser, und ... na ja ... und eben für unterirdische Gänge." Er stützte seine Unterarme auf die Tischplatte und beugte sich nach vorn. „In Österreich zum Beispiel waren wir im Urlaub mit unseren Eltern auf einer Burg, von der aus es ein ganzes System von unterirdischen Gängen gab. Man konnte sie alle besichtigen, das war richtig toll. Ich hätte sie stundenlang erforschen können, nur meine Eltern und Thea wollten dann weiter, das fand ich schade."

Thea verdrehte die Augen. „Ich fand, wir waren schon lange genug in diesen finsteren Löchern herumgekrochen, draußen war schönstes Sommerwetter und ich hatte viel mehr Lust aufs Freibad!"

Der Polizist lächelte. „Ich kann dich gut verstehen, Richard. Als Kind fand ich solche Gänge auch spannend. Na, eigentlich finde ich sie auch heute noch spannend. Bitte sprich weiter!"

„Ich habe mir gedacht, hier auf der Burg Stolpen gibt es bestimmt auch unterirdische Gänge. Und irgendwo habe ich mal von solch einem geheimen Gang gelesen, ich weiß nur nicht mehr, in welchem Buch es war. Und heute ... heute dachten wir eben, wir schauen mal, ob wir einen Gang finden. Der Keller hat ja bereits ein interessantes Gängesystem. Da gibt es bestimmt auch noch Wege, die tiefer hinabführen, Gänge, die für die Öffentlichkeit nicht zugänglich sind oder etwas versteckt liegen. Wir haben uns ein wenig umgesehen – und dann haben wir ihn gefunden, hinter dieser Schautafel."

„Aber er war schon offen!", ergänzte Paolo. „Und die

Tafel ist uns aus Versehen runtergekracht."

„Ja, so war es." Richard wandte sich an Herrn Wachhaupt. „Und bevor wir uns den Gang überhaupt ansehen konnten, kamen Sie."

Der Burgwächter sprang wieder auf. „Ha, das soll ich euch glauben? Ihr spaziert hier herein und findet so mir nichts, dir nichts diesen Gang hinter der Schautafel?" Er musterte Richard mit zusammengezogenen Brauen. „Nein, Bürschchen, das kannst du mir nicht weiß machen, mir nicht! Bestimmt hat dir jemand, der den Gang noch kannte, einen Tipp gegeben und dann hast du schon vor Wochen mit deinen Freunden angefangen, ihn freizulegen! Wahrscheinlich habt ihr euch nachts hier hereingeschlichen, und dann ..."

„Schluss jetzt!", sagte Herr Schröder laut. „Hinsetzen!"

Schwer atmend ließ Herr Wachhaupt sich wieder auf seinen Stuhl fallen.

Der Polizist wandte sich erneut an Richard, Thea und Paolo. „Und ihr sagt die Wahrheit?"

Paolo nickte heftig. „Aber klar doch!"

„Ja, Herr Schröder", antworteten die Zwillinge wie aus einem Mund.

Und Thea fuhr fort: „Wissen Sie, wir wohnen nicht hier, wir kommen aus Neustadt. Unsere Eltern würden es nie erlauben, dass wir uns nachts draußen herumtreiben. Sie können sie gern fragen."

„Wie sollten wir nachts überhaupt hierher kommen, wo doch zu dieser Zeit kein Bus oder Zug mehr fährt?", gab Paolo zu bedenken. „Und wie sollten wir heimlich in die Burg kommen? Gibt es denn irgendwo einen geheimen Eingang?"

Herr Wachhaupt murmelte etwas Unverständliches vor sich hin und funkelte Paolo wütend an.

„Bitte glauben Sie uns!" Richard blickte Herrn Wachhaupt offen ins Gesicht. „Entschuldigen Sie bitte, es war falsch, dass wir die Schautafel abgenommen haben, aber mehr haben wir nicht gemacht."

Herr Schröder sah auf seinen Notizblock hinunter. „Bisher wissen wir Folgendes:

Erstens: Sie, Herr Wachhaupt, haben die Kinder angetroffen, nachdem sie die Schautafel abgenommen hatten. Mehr wissen Sie nicht, alles andere sind Vermutungen.

Zweitens: Die Kinder behaupten, den Gang heute erst entdeckt zu haben.

Hier steht also Aussage gegen Aussage. Wer den Gang freigelegt hat, wissen wir nicht. Das Beste wird sein, dass Sie, Herr Wachhaupt, dafür sorgen, dass der Gang schnellstens wieder zugemauert wird."

„Und diese Randalierer kommen ungeschoren davon?", ereiferte sich Herr Wachhaupt. „Wenn sie nun doch den Gang freigelegt haben? Bestimmt waren sie auch im Johannisturm und haben den Plan geklaut. Und vorher haben sie die Videoüberwachung ..."

„Bitte, Herr Wachhaupt." Der Polizist schlug mit der flachen Hand auf den Tisch. „Ich glaube den Kindern. Ein wenig Menschenkenntnis dürfen Sie mir schon zutrauen. Das Abhängen einer Schautafel ist kein schwerwiegendes Verbrechen, und ob etwas beschädigt wurde, schaue ich mir noch an. Um mehr geht es nicht. – Der Diebstahl des Planes und ... ähm, die andere Sache ... das ist etwas ganz anderes. Das sollten wir nicht miteinander vermischen. Und nun will ich mir den Ort des Geschehens selbst ansehen!"

18 *Auch hier ist es wieder wichtig, dass du dein Schlüsselwort richtig einsetzt:*

- Früher mussten deutsche Könige und Kaiser auf ihrer Reise nach Italien die Alpen auf einem Berg________ überqueren. ☞ *Nummer 21*
- Wenn früher in einem Burg________ jemand wohnte, sprach man von einem Wohnturm. ☞ *Nummer 21*
- Durch das Burg________ gelangt man in den Burghof. ☞ *Nummer 13*
- Auf manche Berg________ kann man mit einer Seilbahn fahren. ☞ *Nummer 24*

Wenn du dein Schlüsselwort vergessen hast, kannst du unter Nummer 72 nachsehen, welches du ausgewählt hast.

19

„Du hast recht, das ist so eine Redensart“, sagte Nadine. „Ich werde mich in Zukunft bemühen, Gottes Namen nicht so unbedacht auszusprechen.“

Tobias nickte. „In den Zehn Geboten steht: *Du sollst den Namen deines Gottes nicht missbrauchen.*“

„Okay, ich hab's ja schon begriffen.“ Nadine lächelte. „Ich glaube zwar nicht an Gott ... aber na ja ... ach, reden wir ein anderes Mal darüber. Jetzt muss ich mich erst mal um meinen Vortrag kümmern.“ Sie nahm ihre Tasche und fing an, darin herumzukramen. Plötzlich hielt sie inne und schaute auf. „Oh, fast hätte ich vergessen, das zu erzählen! Den dicken Mann kannte ich.“

„Ähm ...“ Tobias kratzte sich am Kopf. „Welchen Mann meinst du?“

„Na, den dicken Mann, der hinter der Frau die Treppe herunterkam“, antwortete sie. „Er steht auf Richards Verdächtigenliste.“

„Okay“, sagte Tobias gedehnt. „Das war also der dicke Mann, der euch verdächtig vorkam? Interessant, dass einige Leute von eurer Liste heute auch wieder hier sind.“

„Darüber soll Richard sich den Kopf zerbrechen, so etwas ist sein Spezialgebiet.“ Nadine holte ihr Smartphone aus der Tasche und tippte und wischte darauf herum. „Ich fang jetzt mal an mit meiner Arbeit. Das hier ist einer der

Räume, in denen die Gräfin Cosel als Gefangene des Kurfürsten August des Starken gelebt hat."

Während Nadine sich alles durchlas, Informationen in ihr Smartphone eintippte und Fotos von den Einrichtungsgegenständen machte, wanderte Tobias durch die Ausstellung. Er hatte keine Lust, die Texte durchzulesen.

Schließlich ging er zu einem der Fenster und schaute hinaus. Tobias wünschte, er wäre jetzt bei Luca und seinen Freunden. Die unterirdischen Gänge waren doch viel interessanter als die trockenen Informationen über die stolze Geliebte eines Kurfürsten. Aber wenn er jetzt bei den anderen wäre, hätte es dieses Gespräch mit Nadine nicht gegeben.

Herr Jesus, betete er. *Danke, dass ich mit Nadine über Gott reden konnte. Du kannst machen, dass sie Dich findet. Amen.*

Tobias atmete tief durch. *Wie mag es sich anfühlen, wenn man nicht an Gott glaubt?*, überlegte er. *Ob es das überhaupt gibt, dass jemand ganz und gar nicht an einen Gott oder ein Weiterleben nach dem Tod glaubt? Bestimmt sind Menschen, die nicht an Gott glauben, unsicher, ob es Ihn vielleicht doch gibt.*

Er erinnerte sich an die Zeit nach dem Umzug hierher. Als er neu in der Klasse war, hatten ihn manche geärgert und verspottet, weil er ein Pfarrerskind war. Einmal hatten sie ihn sogar geschlagen.

Damals hatte ihm sein Vater gesagt: *Lass dich nicht unterkriegen, geh deinen Weg mit Gott. Der Herr Jesus wird dir dabei helfen. Manchmal fordern dich die Menschen deshalb heraus, weil sie mehr über Gott erfahren wollen. Das ist nicht bei allen so, aber bei manchen. Im Grunde ihres Herzens sind sie auf der Suche. Aber sie können es nicht zugeben. Deshalb ärgern sie dich und warten gespannt auf deine Reaktion.* – Seitdem betrachtete Tobias Leute, die nicht an Gott glaubten oder gar spotteten, mit anderen Augen.

Da trat Nadine zu ihm. „Ich bin hier fertig. Gehen wir weiter?"

Tobias löste sich von seinem Ausguck und stieg mit ihr zur obersten Etage des Turmes hinauf. Von hier aus hatten früher die Wachen einen weiten Ausblick. Jetzt gab es in diesem Stockwerk eine Ausstellung über die ehemalige Festung Stolpen. An den Wänden hingen alte Karten und Bilder. Tobias wunderte sich über die vielen Menschen, die hier herumstanden. Schließlich entdeckte er zwei Polizisten, die hinter einer Absperrung einen Teil der Wand untersuchten.

Unter den Zuschauern sah Tobias einen Mann, den er vom Gottesdienst kannte. Er ging auf ihn zu und zupfte ihn am Ärmel. „Was ist denn da los?"

„Ach, Tobias, du bist's." Der Mann begrüßte ihn mit Handschlag. „Ja, also ... ähm ... einer der alten Pläne ist verschwunden."

„Ein Plan von der Burg?"

Der Mann nickte. „Eine detaillierte Zeichnung aus der Zeit, zu der die Cosel hier lebte."

Tobias deutete auf die Überwachungskamera an der Decke. „Gibt es keine Videoaufzeichnung?"

„Keine Ahnung. Ich bin auch nur durch Zufall dazugekommen."

Tobias und Nadine schauten den Polizisten eine Weile zu. Dann schlug Tobias vor, Luca und die anderen zu suchen.

19

Nadine nickte, kramte ihr Smartphone heraus und tippte darauf herum. „Mal hören, wo sie stecken." Kurz darauf schüttelte sie den Kopf. „Sind nicht zu erreichen. Wahrscheinlich stecken sie im tiefsten aller tiefen Keller."

Entscheide bei jeder Frage, welche Antwort richtig ist. Rechne anschließend die Zahlen zusammen, die hinter den richtigen Antworten stehen. Die Summe verrät dir, wo es weitergeht.

1. *Wie heißt die Burg, auf der die Freunde unterwegs sind?*
   - *Meißen 5*
   - *Stolpen 10*
   - *Polenz 15*

2. *Wie hieß die Frau, die auf dieser Burg gefangen war?*
   - *Anna Amalia 8*
   - *Sissi 5*
   - *Gräfin Cosel 7*

3. *Warum stört es Tobias, dass Nadine „Oh, mein Gott" ruft?*
   - *Weil es altmodisch ist. 6*
   - *Weil das alle machen und er dagegen ist, dass man sich der Masse anpasst. 2*
   - *Weil damit der Name Gottes missbraucht wird. 3*

20

Im Burghof blieb Tobias vor einer Tafel stehen, auf der ein Plan der Burg zu sehen war. „Wollen wir über die Kräuterküche der Mutter Anna in den Keller gehen oder über einen anderen Eingang?“

„Keine Ahnung.“ Nadine zuckte mit den Schultern. „Wir wissen ja nicht genau, in welchem Keller unsere Geheimgangforscher gerade herumkriechen.“

„Okay, dann gehen wir durch die Annaküche“, entschied Tobias. „Der Einstieg in den Keller befindet sich dort drüben, im Siebenspitzenturm.“

Sie schlenderten durch den vierten Burghof und stiegen die Stufen zum Plateau neben dem Siebenspitzenturm hinauf. Oben angekommen drehte Tobias sich um und schaute zurück.

„Die nach Bösem trachten, werden in die Irre gehen[2]“, murmelte er.

„Was redest du da?“ Nadine wandte sich um und blickte in die gleiche Richtung wie Tobias. „Oh nein!“, stöhnte sie. „Da steht ja wieder dieser Siggi Sauer mit seinen Schwarzkappen.“

Tobias berührte sie am Arm. „Komm, lass uns schnell die anderen suchen!“

Nadine nickte und eilte Tobias voran in den Turm.

2 Sprüche 14,22 (Luther)

20 Dort angekommen deutete sie auf eine Treppe, die von der Kräuterküche in den Keller führte. Sie konnte mit einer Klapptür im Fußboden verschlossen werden.

„Diese Luke sieht aus wie eine Falle." Nadine wechselte ihre Tasche von der rechten auf die linke Schulter und schüttelte sich, als wäre ihr kalt. „Wenn ich nicht wüsste, dass der Keller noch einen anderen Ausgang hat, würde ich niemals da hinuntersteigen. Am Ende macht oben jemand diese Klappe zu und ich komme nicht wieder raus."

Tobias grinste. „Solange du mich an deiner Seite hast, brauchst du nichts zu befürchten."

„Haha, bilde dir nur nichts darauf ein, dass ich mit dir hier herumsteige!" Nadine gab ihm einen Klaps auf den Arm.

Blitzschnell stibitzte Tobias ihre Tasche, sprang die Treppe hinab und neckte: „Fang mich doch!" Dabei stieß er wieder mit dem dicken Mann zusammen, der ihnen schon im Johannisturm begegnet war.

„Jetzt reicht es aber", donnerte der Mann. „Das ist eine Unverschämtheit, ihr solltet Burgverbot bekommen!"

„Entschuldigung", murmelte Tobias, drängte sich an dem schimpfenden Mann vorbei und wartete unten auf Nadine.

In der Kräuterküche haben sich sechs Gegenstände versteckt, die es zur Zeit der Burgbewohner noch gar nicht gab. Welche sind es?

Hier kommt dein Schlüsselwort zum Einsatz:

- Manche Wanderer steigen gern auf einen B__________.
  ☞ *Nummer 11*
- Viele Burgen haben nur ein einziges Burg__________.
  ☞ *Nummer 24*
- Die Gräfin Cosel war in einem Burg________ eingesperrt. ☞ *Nummer 24*

Wenn du dein Schlüsselwort vergessen hast, kannst du unter Nummer 72 nachsehen, welches du ausgewählt hast.

21

„Dummer Hund“, schimpfte Luca, während er über den dritten Burghof ging. „Wegen deiner doofen Ratte denken die anderen jetzt, ich hätte nicht richtig Wache gehalten.“

Karlson schnupperte an jeder Ecke und hob sein Bein, als hätte er mit dem allen nichts zu tun.

„Und was soll ich nun tun, um sie vom Gegenteil zu überzeugen? Kannst du mir das sagen?“ Wütend ruckte Luca an der Leine. „Ach, sie hören mir sicher gar nicht erst zu. Und wenn sie das Tobias erzählen, bin ich diesen Freund auch noch los. Und wie soll ich dann in der neuen Klasse zurechtkommen? Tobias ist der Einzige, der zu mir hält.“ Abermals zerrte er an der Leine und wickelte sie sich mehrmals ums Handgelenk. „Ab jetzt machst du, was ich sage, und wehe das klappt nicht!“

Der Hund winselte kurz und schaute zu ihm auf.

„Wir müssen unbedingt Tobias finden und ihm alles erzählen, bevor er durch Paolo, Richard und Thea von der Sache erfährt. Nadine kann mir egal sein, die kann dich eh nicht ausstehen. Aber Tobias darf keinen falschen Eindruck von mir bekommen.“

Karlson schnupperte an einem weggeworfenen Semmelrest.

Luca zerrte ihn weiter, bis zum Johannisturm. „Komm schon, vielleicht sind Tobias und Nadine noch hier.“

Unten an der Treppe kamen ihm zwei Polizisten entgegen. „Besser, du lässt den Hund draußen, da drin sind zu viele Leute“, sagte der eine.

Luca blickte sich um, ging zu einem Baum und band Karlsons Leine fest. „Bleib!“, befahl er. „Ich bin gleich wieder da.“

Dann hastete er die Wendeltreppe hinauf und sah sich auf jeder Etage um. Im obersten Stockwerk standen die Leute dicht gedrängt und diskutierten über irgendetwas. Tobias und Nadine waren nicht dabei.

Luca trat ans Fenster und sah hinaus. Bestimmt hatten die beiden den Turm schon verlassen und waren die anderen suchen gegangen. *Aber warum bin ich ihnen nicht begegnet*, überlegte Luca. *Wenn sie direkt in den Keller gegangen wären, hätte ich sie doch treffen müssen. Andererseits gibt es ja noch mehr Zugänge, wahrscheinlich sind sie gerade an einer anderen Stelle hineingegangen, als ich herausgekommen bin. Ich muss sie unbedingt finden!*

Er raste die Wendeltreppe wieder hinab, verließ den Turm, stolperte die letzten Stufen vor der Eingangstür hinunter und blieb wie angewurzelt stehen. Karlson war nicht mehr da, er war samt Leine verschwunden.

Luca schaute sich um und fing an, nach dem Hund zu rufen.

Plötzlich kam Lothar Amselbach mit einem anderen Jungen aus Siggis Clique auf ihn zugeschlendert. Herausfordernd blieben sie vor ihm stehen.

Der fremde Junge spöttelte: „Oh, du armer Junge, ist dir dein Kuscheltier abhandengekommen? Geh schnell zu deiner Mama und heul dich aus!“

Die beiden lachten laut und rannten davon.

21 *Luca besitzt für Karlson verschiedene Hundeleinen. Wenn er sie nicht aufräumt, können sie sich leicht miteinander verheddern. Welche Hundeleine ist die kürzeste? Sie verrät dir, bei welcher Nummer es weitergeht.*

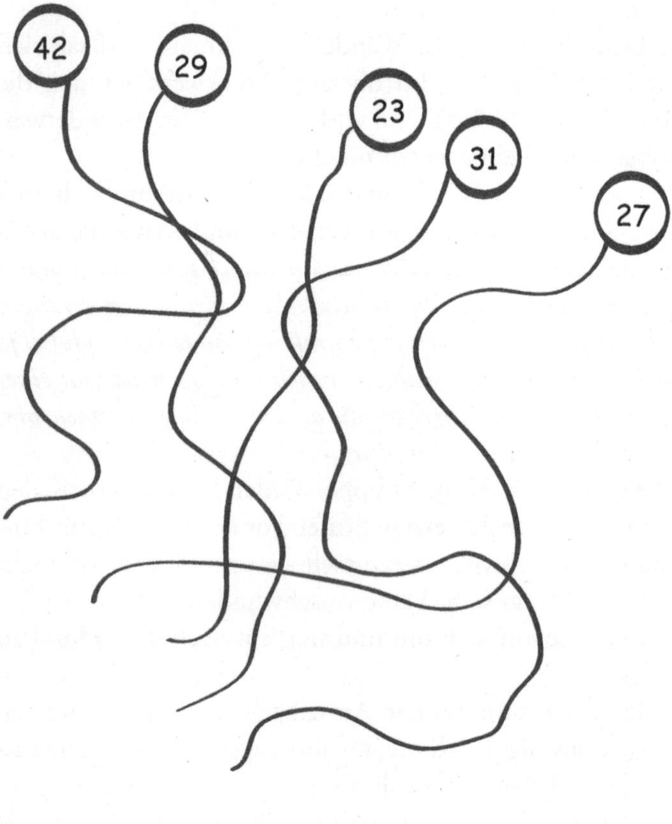

22

„Hier sind wir!", rief Richard und winkte Nadine und Tobias heran.

„Was habt ihr nur angestellt?", fragte Nadine und lehnte sich gegen den Brunnen. „Wir haben gehört, wie die beiden Männer sich unterhalten haben, nachdem ihr rausgegangen wart. Der ältere Herr hat euch als Randalierer bezeichnet."

Richard blickte sich um. „Wir sollten lieber woanders weiterreden. Wenn sie herauskommen und uns sehen, wissen sie, dass wir zusammengehören. Dann fängt die Fragerei womöglich wieder von vorn an."

„Ich verstehe gar nichts", seufzte Nadine. „Und wo ist überhaupt Luca?"

„Das erzählen wir euch später, lasst uns schnell verschwinden!", drängte nun auch Thea und gab Richard einen Schubs. „Los komm!"

„Wir sollten zur Sicherheit getrennt gehen", sagte Richard leise, während Paolo schon loslief. „Ihr könnt euch Zeit lassen, wir treffen uns nachher unten am Markt, bei den Basaltsäulen!"

„Ähm ... also ..." Nadine fuhr sich durchs Haar. „Nun wartet doch mal ..."

Aber Richard und Thea rannten schon hinter Paolo her.

Auf dem schmalen Weg zum Markt stieß Paolo in einer

22 Kurve fast mit einem von Siggi Sauers Freunden zusammen.

„Hey, spinnst du?“, schimpfte der Junge. „Du willst wohl was aufs Maul haben?“

Schon kam eine weitere Schwarzkappe um die Ecke. Er stellte sich breitbeinig neben seinen Freund, sodass der ganze Weg versperrt war und fragte: „Was ist los, Freddy? Gibt’s ein Problem?“

„Ja, Toni, dieser Kuchenkrümel hier hat mich angerempelt.“

Richard sah, wie Paolo die Fäuste ballte. Fieberhaft überlegte er, was zu tun sei.

Entscheide, wie sich Richard verhält.

- *Er denkt: „Wir sind drei, die anderen nur zwei. Wir werden sie locker besiegen.“ ☞ Weiter geht’s bei Nummer 30.*
- *Er entschuldigt sich bei den Schwarzkappen. ☞ Wie es dann weitergeht, erfährst Du bei Nummer 27.*

23

Luca spürte, wie ihm übel wurde. Ob die Schwarzkappen seinen Karlson entführt hatten? Zuzutrauen wäre es ihnen. Wo sollte er jetzt suchen?

Ruhig bleiben, ermahnte er sich. *Bleib ganz ruhig.*

Dann zog er sein Handy aus der Hosentasche, wählte die Nummer von Tobias ... und erhielt die Auskunft, dass der Teilnehmer leider nicht zu erreichen sei.

„Ausgeschaltet oder daheim gelassen“, murmelte er. „Hätte ich mir denken können. Oder er ist schon im Keller und hat dort keinen Empfang.“

Luca überlegte, wen er noch anrufen könnte. Richard und Thea waren jetzt garantiert nicht gut auf ihn zu sprechen, und Paolo besaß kein Handy. Blieb also nur Nadine. Mit der verstand er sich zwar nicht besonders gut, aber das war ein Notfall. Und im Notfall musste man auch mit Freunden von Freunden zusammenhalten.

Er durchsuchte sein Handy nach Nadines Nummer, fand sie aber nicht. Wahrscheinlich hatte er sie nie eingespeichert.

Seufzend steckte er das Handy wieder ein, schloss dic Augen und betete in Gedanken: *Herr Jesus, bitte hilf mir, Karlson zu finden. Vor allem bitte ich dich, dass du ihn beschützt. Lass ihm nichts Schlimmes passieren. Amen.*

Dann machte er sich auf die Suche nach seinem Hund.

23 ***Auch auf diesem Bild hat sich Karlson irgendwo versteckt. Findest Du ihn?***

Lies nun bei Nummer 26 weiter.

24

Tobias und Nadine fanden Paolo, Richard und Thea in dem kleinen Raum am Ende des Kellers, in dem vor ein paar Tagen der Koffermann verschwunden war. Sie verabschiedeten sich gerade von einem Polizisten, während ein anderer Mann sich an der Schautafel zu schaffen machte und irgendetwas vor sich hinbrummelte.

Nadine holte Luft und öffnete den Mund, um etwas zu sagen, doch Thea warf ihr einen warnenden Blick zu und tat, als müsste sie husten. Dabei legte sie den Finger auf den Mund und machte eine Seitwärtsbewegung mit dem Kopf. Offensichtlich sollten sie nicht zeigen, dass sie sich kannten.

Sofort wandten Tobias und Nadine sich ab und taten, als schauten sie sich im Raum um. Als Paolo, Richard und Thea den Kellerraum verließen, warteten Tobias und Nadine noch eine Weile und beobachteten die beiden Männer.

„Nichts für ungut, Herr Wachhaupt", sagte der Polizist. „Bleiben Sie weiterhin so wachsam! Und sorgen Sie dafür, dass diese Baumaßnahmen bald durchgeführt werden! Sie wissen ja, was ich damit meine."

„Darauf können Sie sich verlassen, Herr Wachtmeister", antwortete der andere Mann. „Aber überzeugt haben Sie mich mit Ihrer Theorie nicht. Ich halte diese Kinder immer noch für die Randalierer. Und ich habe mir ihre Gesichter genau eingeprägt. Ich werde sie wiedererkennen, wenn sie noch mal hier auftauchen, das versichere ich Ihnen!"

„Komm!", raunte Nadine Tobias zu. „Hier gibt es nichts mehr zu sehen, und ich will endlich wieder an die frische Luft."

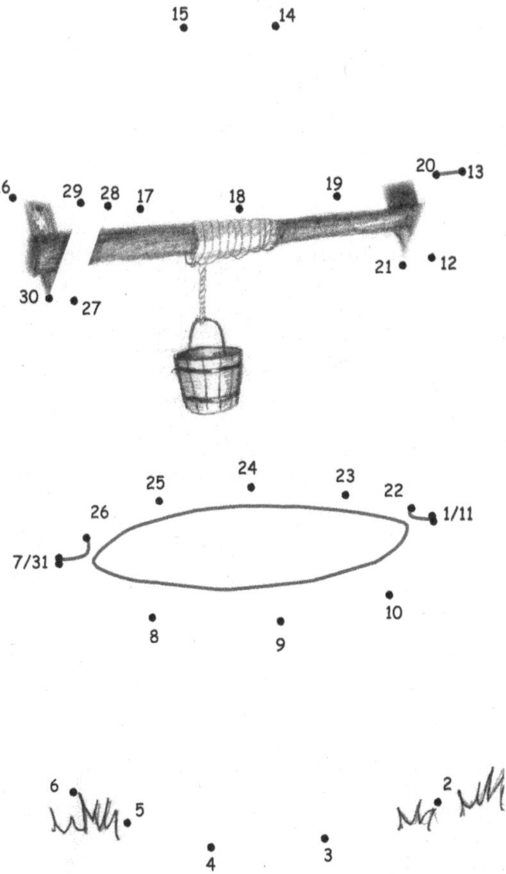

Richard, Paolo und Thea haben den Raum vor Nadine und Tobias verlassen. Wenn du die Zahlen verbindest, findest du heraus, wo sie sich anschließend treffen.

Lies nun weiter bei Nummer 22.

25

„Na und?“ Nadine schaute Tobias herausfordernd an. „Das sagen doch alle.“

Statt zu antworten, entfernte Tobias sich ein Stück von ihr und murmelte dabei: „Nadine.“

„Ja?“, fragte sie und folgte ihm. „Was ist los?“

Tobias ging weiter und seufzte: „Nadine.“

„Was denn?“, fragte Nadine wieder, während sie ihm hinterherlief.

Tobias tat, als ob er stolpere, und rief: „Oh, Nadine!“

Nadine packte ihn am Arm und schimpfte: „Jetzt reicht's mir aber! Was soll das?“

„Nadine“, sagte Tobias erneut, machte sich von ihr los und rannte zum Fenster.

„Du spinnst wohl!“, zeterte Nadine hinter ihm und knuffte ihn, sobald sie ihn eingeholt hatte. „Warum sagst du ständig meinen Namen, ohne mir zu erklären, was los ist, häh?“

Tobias wandte sich ihr zu. „Damit du es verstehst.“

„Was verstehst?“, fauchte Nadine.

„Dass es Gott nicht gefällt, wenn man Seinen Namen missbraucht. Wenn du ständig *oh, mein Gott* rufst, dann tust du das Gleiche, was ich eben gemacht habe. Du rufst Ihn, ohne Ihm etwas sagen zu wollen.“

„Und du?“ Nadine deutete mit dem Finger auf seine

Brust. „Du darfst das wohl, häh?"

„Was meinst du?", fragte Tobias.

„Du hast selbst *Gott sei Dank* gesagt."

„Ja, das habe ich ganz bewusst gesagt", entgegnete Tobias. „Ich habe Gott gedankt, dass Er Schlimmeres verhindert hat."

„Hm." Nadine fuhr sich durchs Haar. „Langsam kapiere ich es."

„Ich will dich ja nicht belehren", sagte Tobias ruhig. „Aber ich glaube an Gott. Und ich möchte so leben, wie es Ihm gefällt. Da kann ich nicht einfach drüber hinwegsehen oder -hören, wenn andere etwas tun, das nicht richtig ist."

„Weißt du was?" Nadine schlug ihm auf die Schulter. „Ich mag Leute, die ehrlich ihre Meinung sagen."

Auf der nächsten Seite kannst Du die Zehn Gebote nachlesen.

Ich bin der HERR, dein Gott, der ich dich herausgeführt habe aus dem Land Ägypten, aus dem Haus der Knechtschaft. Du sollst keine anderen Götter haben neben mir.

Du sollst dir kein geschnitztes Bild machen noch irgendein Gleichnis dessen, was oben im Himmel und was unten auf der Erde und was im Wasser unter der Erde ist. Du sollst dich nicht vor ihnen niederbeugen und ihnen nicht dienen; denn ich, der HERR, dein Gott, bin ein eifernder Gott, der die Ungerechtigkeit der Väter heimsucht an den Kindern, an der dritten und an der vierten Generation derer, die mich hassen; und der Güte erweist auf Tausende hin an denen, die mich lieben und meine Gebote halten.

Du sollst den Namen des HERRN, deines Gottes, nicht zu Eitlem aussprechen; denn der HERR wird den nicht für schuldlos halten, der seinen Namen zu Eitlem ausspricht.

Gedenke des Sabbattages, ihn zu heiligen. Sechs Tage sollst du arbeiten und all dein Werk tun; aber der siebte

Tag ist Sabbat dem HERRN, deinem Gott: Du sollst keinerlei Werk tun, du und dein Sohn und deine Tochter, dein Knecht und deine Magd und dein Vieh und dein Fremder, der in deinen Toren ist. Denn in sechs Tagen hat der HERR den Himmel und die Erde gemacht, das Meer und alles, was in ihnen ist, und er ruhte am siebten Tag; darum segnete der HERR den Sabbattag und heiligte ihn.

Ehre deinen Vater und deine Mutter, damit deine Tage verlängert werden in dem Land, das der HERR, dein Gott, dir gibt.

Du sollst nicht töten.

Du sollst nicht ehebrechen.

Du sollst nicht stehlen.

Du sollst kein falsches Zeugnis ablegen gegen deinen Nächsten.

Du sollst nicht begehren das Haus deines Nächsten; du sollst nicht begehren die Frau deines Nächsten noch seinen Knecht, noch seine Magd, noch sein Rind, noch seinen Esel, noch alles, was dein Nächster hat.

2. Mose 20,2-17
(Elberfelder Übersetzung Edition CSV Hückeswagen)

Lies nun bei Nummer 19 weiter.

26

Zunächst suchte Luca einen Burghof nach dem anderen ab. Dann entschloss er sich, in den sogenannten Tiergarten zu gehen, der sich unterhalb der Burgmauer befand und in dem der Kurfürst früher zahlreiche Wildtiere gehalten hatte – jetzt war es eine Parkanlage.

Auf dem Weg dorthin fiel sein Blick auf das Kassenhäuschen, in dem der Monitor eines Computers flimmerte.

Er schlug sich an die Stirn und murmelte: „Das ist es!“

Sofort eilte er auf die Kassiererin zu.

„Entschuldigen Sie bitte.“ Luca räusperte sich. „Ich habe ein Problem.“

Die Frau nickte ihm zu und lächelte. „Ja? Was ist denn passiert?“

„Mein Hund ist weg“, seufzte Luca. „Ich hatte ihn vor dem Johannisturm an einen Baum gebunden. Und als ich jetzt Ihren Monitor sah, fiel mir ein, dass es überall auf der Burg Überwachungskameras gibt.“

„Tut mir leid“, erwiderte die Frau. „Ich kann auf meinem Monitor nur den Eingangsbereich sehen.“

Luca kratzte sich am Kopf. „Aber gibt es nicht jemanden, der die anderen Bereiche ...“

„Warte!“, unterbrach die Frau ihn. „Ich rufe Herrn Wachhaupt an.“

Luca schluckte. Herr Wachhaupt? Auch das noch.

„Ähm ... also ... vielleicht ...“

Doch die Kassiererin tippte schon auf ihrem Telefon herum. „Hallo Herr Wachhaupt, hier ist Kunkel von der Kasse. Ich möchte gern wissen, ob die Überwachungsanlage wieder funktioniert.“

Luca konzentrierte sich und versuchte mitzubekommen, was der Mann am anderen Ende sagte. Aber er hörte die tiefe, erregte Stimme von Herrn Wachhaupt nur undeutlich.

„Schade“, sagte Frau Kunkel. „Dann hoffen wir, dass bald wieder alles in Ordnung ist. Auf Wiederhören, Herr Wachhaupt.“ Die Kassiererin wandte sich wieder an Luca. „Tut mir leid, es gibt heute keine Überwachung, die Anlage ist kaputt. Du wirst deinen Hund ohne meine Hilfe suchen müssen.“

„Trotzdem vielen Dank“, sagte Luca und rannte den Burgberg hinab.

Jetzt brauchst du wieder dein Schlüsselwort:

- **Das Burg______ wurde immer gut bewacht.** ☞ *Nummer 18*
- **Auf dem Burg______ wehte oft eine Fahne.** ☞ *Nummer 13*
- **Auf einem hohen Berg______ findest du meist ein Gipfelkreuz.** ☞ *Nummer 18*
- **In anderen Ländern begegnet man auf einem Berg______ manchmal Männern mit Eseln, die etwas auf den Berg hinauftragen.** ☞ *Nummer 24*

Wenn du dein Schlüsselwort vergessen hast, kannst du unter Nummer 72 nachsehen, welches du ausgewählt hast.

27

Richard fasste Paolo am Arm und raunte ihm zu: „Lass dich nicht provozieren."

Paolo fuhr herum. „Aber ..."

„Wir wollen keinen Streit", sagte Richard laut.

Fred ging einen Schritt auf Richard zu. „Das kannst du deiner Großmutter erzählen!"

„Bitte glaubt uns", schaltete sich Thea ein. „Paolo hat dich nicht mit Absicht angerempelt."

Toni stieß seinen Freund in die Seite und lachte. „Ich glaube, die meinen das wirklich, diese Schisser."

„Wir sind keine Schisser", zischte Paolo und versuchte, Richards Hand abzuschütteln.

Doch Richard hielt ihn weiter fest und wandte sich an Toni. „Es tut uns leid."

In diesem Moment kam Siggi Sauer mit zwei weiteren Schwarzkappen um die Ecke.

Richard zwickte Paolo in den Arm und flüsterte: „Entschuldige dich!"

„Na gut", murmelte Paolo. Etwas lauter sagte er: „Mein Freund hat recht. Es war keine Absicht. Tschuldigung."

„Was ist denn hier los?", fragte Siggi Sauer und kam lässig auf sie zugeschlendert.

„Ach, nichts weiter, Siggi." Fred deutete grinsend auf Richard und Paolo. „Toni und ich haben gerade überlegt, ob wir diese Kuchenkrümel wegpusten sollen. Aber dann haben wir beschlossen, dass unsere Puste zu schade für sie ist.“

Siggi lachte dröhnend und schlug Fred auf die Schulter. „Der war gut, Alter.“

Dann wandte er sich an Richard, Paolo und Thea und wedelte mit der Hand, als wollte er einen Schwarm Fliegen verscheuchen. „Nun macht schon, verschwindet! Mit Kuchenkrümeln machen wir uns nicht die Hände dreckig.“

Gefolgt vom Gelächter der Schwarzkappen eilten Richard, Paolo und Thea davon.

„Und lasst euch am besten nie wieder in Stolpen blicken!“, rief Freddy ihnen nach. „Vor allem nicht auf der Burg!“

Paolo fiel es nicht leicht, sich zurückzuhalten und zu entschuldigen. Er ist sportlich und er kann boxen. Zu Hause hat er einen Boxsack.

Schau dir die Boxhandschuhe an. Immer zwei gehören zusammen. Leider ist ein Boxhandschuh kaputtgegangen. Deshalb gibt es von einem Paar nur noch einen Handschuh. Welcher ist es? Er verrät dir, wo es weitergeht.

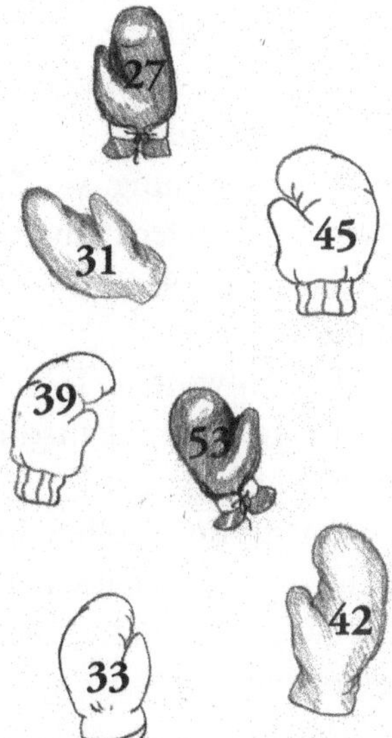

28

Richard stand auf und ging Tobias und Nadine entgegen. Thea und Paolo folgten ihm.

„Jetzt müssen wir auch noch Hundesitter spielen“, schimpfte Nadine, sobald sie in Hörweite waren.

„Wie kommt ihr denn an Karlson?“, wollte Thea wissen. „Und wo ist Luca?“

„Keine Ahnung, wo der steckt.“ Nadine strich sich die Haare glatt. „Der Hund war jedenfalls auf dem Klo.“

„Auf dem Klo?“, fragten die Zwillinge wie aus einem Munde.

„Ja“, antwortete Tobias, „ich habe ihn auf der Herrentoilette gefunden. Jemand hatte ihn dort mit der Leine an ein Rohr gebunden.“

„An ein Rohr? Oh nein!“ Thea riss die Augen auf. „Stellt euch vor, was da hätte passieren können! Vielleicht war das eine Wasserleitung ... wenn Karlson richtig an der Leine gezerrt hätte ...“

Richard bückte sich, um Karlson am Kopf zu kraulen.

„Auf jeden Fall würde Luca seinen Hund nie allein auf dem Klo lassen ..." Plötzlich ertasteten seine Finger etwas Ungewöhnliches am Halsband des Hundes. „Hey, was hast du denn da?" Er zog einen zusammengefalteten Zettel heraus und richtete sich auf.

Neugierig beobachteten die anderen, wie er den Zettel auseinanderfaltete und las:

WARNUNG!
WIR
HABEN EUCH
IM BLICK!

„Da muss etwas passiert sein." Richard drückte Tobias den Zettel in die Hand, holte sein Handy aus der Tasche und tippte darauf herum. „Ich rufe Luca an."

„Aber er hat uns vorhin hängen lassen", gab Paolo zu bedenken.

Richard schüttelte den Kopf. „Ich fand es auch gemein, dass er uns nicht gewarnt hat, als Herr Wachhaupt kam. Das werde ich ihm auch noch sagen, darauf könnt ihr euch verlassen. Aber das ist eine andere Sache."

„*Wer darf sagen: Ich habe mein Herz rein gehalten, ich bin rein von meiner Sünde?*[3]", murmelte Tobias.

„Was soll das denn heißen, Alter?" Paolo boxte Tobias in die Seite. „Ich verstehe nur Bahnhof."

Tobias lächelte. „Das ist einer der Sprüche Salomos aus der Bibel. Ich übersetze ihn mal für dich: Wer kann von sich behaupten, dass er noch nie etwas Böses getan hat?"

3 Sprüche 20,9 (Rev. Elberfelder)

„Hm." Paolo kratzte sich am Kopf. „Das kann keiner."

Endlich fand Richard Lucas Nummer und drückte die Anruftaste.

Schon nach dem ersten Klingeln ertönte Lucas Stimme am anderen Ende. „Hallo Richard, bin ich froh, dass du anrufst. Stell dir vor, Karlson ist weg. Und dass ich euch nicht gewarnt habe, das tut mir leid, das war ..."

„Jetzt hör mir doch erst mal zu", unterbrach Richard ihn. „Karlson ist bei uns."

„Bei euch? Wieso ist er bei euch? Habt ihr ihn vom Baum losgebunden? Weil ihr sauer auf mich wart?", fragte Luca. „Und wo seid ihr überhaupt?"

„Wir sind auf dem Markt, bei den Basaltsäulen." Grinsend fügte Richard hinzu: „Und Karlson war nicht an einem Baum angebunden, sondern auf dem Klo."

„Auf dem Klo? Ach du grüne Spinne, das gibt's doch nicht!" Lucas Stimme wurde immer lauter. „Also wartet bitte auf mich, ich bin gleich da!"

Richard steckte sein Handy wieder ein und wandte sich an Tobias. „Bist du auf der Toilette jemandem begegnet?"

Tobias verzog das Gesicht, als hätte er gerade ein Stück bittere Mandel zerbissen. „An der Tür bin ich mit einem Mann zusammengestoßen, mit dem wir heute schon zweimal ein Problem hatten."

Und Nadine fügte hinzu: „Es war der dicke Mann, der mit im Keller war, als wir die Führung mit unserer Klasse dort hatten."

„Aber ich kann mir nicht vorstellen, dass der den Hund dahin gebracht hat." Tobias atmete tief durch. „Der war nämlich total in Panik und auf der Flucht vor Karlson. Diesmal hat er nicht mal geschimpft, als er mit mir zusammengerannt ist, und das will was heißen."

Nadine verdrehte die Augen. „Ihr könnt euch nicht vorstellen, wie der herumgebrüllt hat, als Tobi das zweite Mal mit ihm aneinandergeraten ist!"

„War er der Einzige, dem du begegnet bist?", fragte Richard weiter.

„Ein anderer Mann war noch auf der Toilette. Als Karlson mich mit lautem Gebell begrüßt hat, hat der Mann mich angeschnauzt. Ist ja klar, der dachte, es sei mein Hund."

„Aber ich habe noch etwas beobachtet." Nadine hob bedeutungsvoll den Zeigefinger. „Als ich vor der Toilette auf Tobi gewartet habe, kam aus der Damentoilette die Frau, die neulich auch mit im Keller war. Die mit der Hose mit den vielen Taschen. Sie ist dort stehen geblieben und hat mich komisch angeguckt. Und dann ist sie mit diesem Mann, der schimpfend aus der Herrentoilette kam, zusammen weggegangen."

„Na, dann ist das doch ein klarer Fall!" Paolo fing an, hin und her zu laufen, als könnte er es nicht erwarten, endlich loszurennen und die verdächtigen Personen zu stellen. „Dieser Typ hat den Hund da angebunden. Und die Frau steckt mit ihm unter einer Decke. Und bestimmt ..."

„Bleib doch mal stehen und hör uns erst einmal zu!" Tobias trat auf Paolo zu und fasste ihn am Arm. „Wir haben nämlich noch mehr zu berichten. Die Schwarzkappen waren ebenfalls auf der Burg." Er ließ Paolos Arm wieder los und wandte sich an Richard. „Wir haben sie schon gesehen, bevor wir uns mit euch getroffen haben. Sie könnten also auch etwas mit Karlsons Entführung zu tun haben."

„Die Schwarzkappen sind uns vorhin auch begegnet."

28 Thea rückte ihren Hut zurecht. „Als wir von der Burg hier heruntergingen. Aber sie kamen uns entgegen."

„Das besagt gar nichts." Paolo machte eine wegwerfende Handbewegung. „Hier gibt es so viele Wege ... und außerdem: Erinnert ihr euch, was Fred uns nachgerufen hat? Das war eindeutig eine Drohung!"

Da kam Luca keuchend auf den Markt gerannt. Karlson wollte gar nicht aufhören, ihn mit Gebell und Freudensprüngen zu begrüßen. Als er sich einigermaßen beruhigt hatte, setzten sie sich auf zwei Bänke, die sich gegenüberstanden, und erzählten sich gegenseitig, was sie erlebt hatten.

Richard schrieb alles Wichtige in sein Notizbuch.

Was wird Richard wohl aufschreiben? Trage es in die Seite des Notizbuches ein und vergleiche dann mit Nummer 29.

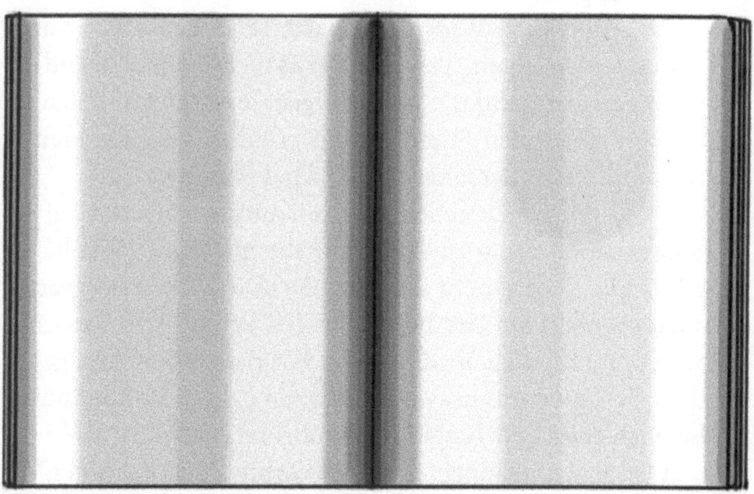

29

Nachdem Richard mit seinen Eintragungen fertig war, zeigte er die Notizen den anderen. „Bei den Sachen, die wir neu entdeckt haben, habe ich dahinter eure Namen vermerkt. Damit ich auch später noch weiß, an wen ich mich wenden muss, falls ich Fragen habe."

Luca räusperte sich und schaute erst Richard, dann Thea und zuletzt Paolo an. „Seid ihr noch sauer?", fragte er leise. „Es tut mir leid, dass ich nicht richtig Wache gehalten habe, aber ..."

„Lass mal, Alter." Paolo winkte ab. „Du hast uns doch inzwischen erklärt, wie das gelaufen ist. Es war keine Absicht." Grinsend fügte er hinzu: „Außerdem hat der weise König Salomo gesagt: *Es gibt niemanden, der noch nie nichts Böses gemacht hat.* – Ähm ... oder so ähnlich."

Tobias lachte. „So ähnlich stimmt es schon. Aber genau geht der Spruch so: „*Wer darf sagen: Ich habe mein Herz rein gehalten, ich bin rein von meiner Sünde?*"

Richard nickte. „Ich hätte es nicht besser sagen können.

29 Jeder von uns hat schon mal anderen wehgetan."

Thea schob ihren Hut zurecht. „Außerdem haben wir jetzt Wichtigeres zu tun, als alte Fehler aufzuwärmen wie kalten Kaffee."

„Danke", seufzte Luca. „Ihr seid echt gute Freunde!"

Nachfolgend findest du, was Richard in sein Notizbuch geschrieben hat. Für dich haben wir außerdem noch die wichtigsten Nummern hinter die neuen Entdeckungen geschrieben. Damit du bei Bedarf noch einmal nachlesen kannst.

Verdächtige Personen auf der Burg:

1. Koffermann
2. Schwarzkappen. Lothar Amselbach war im Keller und im Zehrgarten.
3. Dicker Mann
4. Frau mit der Hose mit den vielen Taschen und ihr Begleiter

Neue Entdeckungen:

- Verschwundenes Buch im Pfarramt (Tobias) ☞ *Nr. 15*
- Geheimgang (Paolo, Thea, Richard) ☞ *Nrn. 17 und 18*
- Leeres Fass, begehbar, gutes Versteck (Luca) ☞ *Nr. 12*
- Ein wertvoller, alter Plan ist aus dem Johannisturm verschwunden (Tobias und Nadine) ☞ *Nr. 19* / (Richard, Thea, Paolo) ☞ *Nr. 18*

- Die Überwachungsanlage ist außer Betrieb (Luca) ☞ *Nr. 26*
- Neue Warnung (entführter Karlson) ☞ *Nr. 28*

Im hinteren inneren Umschlag findest du Bilder der **Schwarzkappen.**

Richard und seine Freunde kennen nun schon vier ihrer Namen. Kennst du sie auch?

Ergänze hinter jedem Bild den Namen des abgebildeten Jungen. Falls du noch mehr über eine der Schwarzkappen weißt, schreibe es dazu. Du kannst gern noch einmal nachlesen, zum Beispiel bei den Nummern 1, 3, 11, 15, 22, 27 und 30.

Lies nun weiter bei Nummer 35.

30

Richard trat neben Paolo.

Der tänzelte von einem Fuß auf den anderen. „Wir werden gleich sehen, wer hier ein Kuchenkrümel ist!" Blitzschnell schoss seine Faust vor.

Fred taumelte zurück, stürzte zu Boden und hielt sich das Kinn.

„Ihr habt angefangen", tönte Richard. „Wir sind keine Kuchenkrümel. Außerdem: Wie kann es wehtun, wenn man von einem Kuchenkrümel angerempelt wird."

Statt zu antworten, zog Toni plötzlich eine Trillerpfeife aus der Hosentasche und blies hinein. Dann stürzte er sich mit einem Schrei auf Paolo, wurde aber von ihm mit einer Rechts-links-Kombination empfangen und ging ebenfalls zu Boden.

In diesem Moment tauchten an der Wegbiegung drei weitere Schwarzkappen auf. Noch bevor Richard verstand, was vor sich ging, spürte er, wie jemand seine Beine umklammerte und versuchte, ihn umzuwerfen.

„Euch werden wir's zeigen", keuchte Fred von unten.

Richard ruderte mit den Armen, doch nun hängte sich auch Toni an ihn, sodass er sich nicht mehr halten konnte und nach vorn stürzte. Aus dem Augenwinkel sah er, wie Siggi Sauer seine Schwester an den Haaren hinter sich herzog.

„Aufhören!", rief Richard. „Bitte hört auf! Wir wissen jetzt, dass ihr stärker seid!"

„Das hättet ihr euch eher überlegen sollen!", keuchte Toni, kniete sich auf Richard und schlug ihm ins Gesicht.

Fred stand daneben und grinste breit von oben herab.

Dann spürte Richard, wie ihm jemand gegen das Bein trat. Ein rasender Schmerz durchzuckte ihn und nach dem nächsten Schlag von Toni verlor er das Bewusstsein.

Erst im Krankenhaus wachte Richard wieder auf. Er hatte eine Gehirnerschütterung, zahlreiche Prellungen und ein gebrochenes Bein.

Und damit endete seine Suche nach dem Geheimnis des Burgkellers.

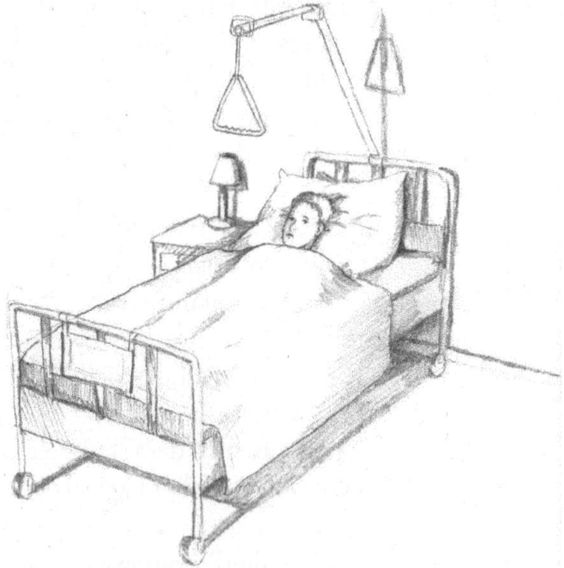

Dieses Ende gefällt dir nicht? Dann geh noch einmal zu Nummer 22 zurück.

31

Richard schaute sich um. Alle Bänke auf dem Spielplatz waren besetzt, aber im Sandkasten spielte kein Kind.

Er deutete auf die Holzeinfassung des Sandkastens. „Kommt, wir setzen uns dort hin." Dann wandte er sich an Luca. „Du musst aber darauf achten, dass Karlson nicht in den Sand geht."

„Ach du grüne Spinne, wofür hältst du mich denn?", brummte Luca. „Das weiß ich doch selbst!" Damit band er Karlsons Leine an einen Zaunpfahl und bedeutete dem Hund, sich hinzulegen.

„Tut mir leid", sagte Richard, als Luca sich neben Paolo setzte.

„Schon okay." Luca schob mit dem Fuß eine Sandschaufel zur Seite. „Dafür will ich als Erster erzählen, was wir erlebt haben."

„*Wir* werden es erzählen, Alter!", verbesserte Paolo ihn.

Richard klappte sein Notizbuch auf. „Von mir aus könnt ihr anfangen. Wenn Nadine und Tobias einverstanden sind?“ Er warf den beiden einen fragenden Blick zu.

„Ich habe eine andere Idee“, meinte Tobias. „Wir sollten chronologisch vorgehen. – Der Tag begann bei mir mit der Entdeckung von lockeren Bodenplatten in der Kirche. Dann kommen Luca und Paolo mit dem dran, was sie bei der Schatzsuche erlebt haben.“

„Und danach wir mit unserem Erlebnis in der Kirche!“, rief Nadine und zwinkerte Tobias zu. Dann wandte sie sich an die anderen. „Leute, ihr werdet staunen, was wir da gehört haben! Wir waren nämlich zufällig ...“

„Stopp!“ Richard hob die Hand. „Wir machen es so, wie Tobias vorgeschlagen hat. Das ist die logische Reihenfolge.“

Paolo und Luca murrten noch ein bisschen, wurden aber von den anderen überstimmt.

31 *Im Sandkasten findest du Spielzeug. Aber leider liegen auch vier Dinge dort, die gefährlich für kleine Kinder sind. Findest du sie?*

Willst du noch einmal nachlesen, was Tobias am Morgen erlebt hat? Dann schau unter Nummer 40 nach.
Andernfalls kannst du gleich bei Nummer 39 lesen, was Paolo und Luca zu berichten haben.

32

Nadine schaute Tobias zu, wie er ein paar lockere Bodenplatten untersuchte, und fand das ziemlich langweilig. Deshalb spazierte sie durch das Kirchenschiff.

Als Tobias endlich fertig war, deutete Nadine auf die Empore und fragte: „Können wir mal da hochsteigen? Ich möchte gern mal eine Orgel aus der Nähe sehen."

Tobias nickte und ging ihr voraus zur Treppe. Sie schauten sich zuerst die Orgel an und blickten dann von oben hinab ins Kirchenschiff.

Plötzlich hörte Nadine, wie unten die Tür geöffnet wurde.

Tobias fasste sie am Arm und bedeutete ihr, sich hinter die Holzbrüstung zu kauern. „Ich habe vergessen, abzuschließen", flüsterte er und hockte sich neben sie. „Das sind bestimmt Touristen. Wenn die jemanden sehen, haben sie immer tausend Fragen. Am besten sind wir ganz still!"

Nadine reckte sich und linste vorsichtig über den Rand hinunter. An der Tür standen ein dunkelhaariger Mann und eine blonde Frau und schauten sich um.

„Es ist niemand hier", sagte die Frau. „Wahrscheinlich lassen die sonntags die Kirche offen, damit sich die Touristen umsehen können."

„Kann sein", brummte der Mann.

Langsam richtete Nadine sich auf, um die beiden weiter

beobachten zu können. Das Pärchen ging zum Altar und blieb vor den lockeren Bodenplatten stehen.

„Theo denkt, dass hier nichts mehr sein kann", sagte die Frau. „Die haben vor Kurzem alles saniert."

„Ich weiß." Der Mann nickte. „Die Arbeit hätten wir uns sparen können. Ich habe heute in der Bibliothek meines Onkels ein Heft gefunden, eine Dokumentation der Erkenntnisse, zu denen sie aufgrund der letzten Sanierungsarbeiten an der Kirche gelangt sind. Da haben sie hier jeden Stein dreimal umgewendet."

„In dem Buch, das dieser Pole geschrieben hat, steht aber, dass es einen Gang zur Kirche gab", entgegnete die Frau. „Zaklika wollte der Cosel durch diesen Gang zur Flucht verhelfen. Doch dann kam ihm der junge Soldat Wehlen zuvor und hat alles vermasselt."

„Und wenn der Gang nicht zur Kirche, sondern woanders hingeführt hat?"

„Na, hör mal, ich weiß doch, was ich gelesen habe! Zu dumm, dass ich das Buch nicht mehr habe. In der Bibliothek hatten sie es leider auch nicht da. Aber auch der alte Herr, der mir im Pflegeheim vor seinem Tod vom Schatz der Cosel erzählt hat, hat es gesagt – sein Großvater habe ihm davon berichtet und der wusste es von seinem Urgroßvater ..."

„... und der wiederum von seinem Großonkel – ist schon klar." Der Mann machte eine ungeduldige Handbewegung.

Die Frau wandte sich ab und grummelte: „Wenn du mir nicht glaubst, kannst du ja wieder nach Hause fahren. Dann ziehe ich das Ding mit Theo allein durch. Aber denk ja nicht, dass du dann was abbekommst, wenn wir den Schatz finden."

„Jetzt sei nicht gleich eingeschnappt!" Er trat an ihre Seite. „Lass uns lieber weitersuchen, vielleicht findet sich doch noch ein Hinweis."

„Und wie, bitte schön, stellst du dir das vor?" Sie machte eine ausladende Handbewegung. „Etwa die Wände hier aufhacken?"

„Unsinn. Wir müssen weiter nach alten Plänen oder sonst irgendwelchen Dokumenten suchen." Er ging zu einer Tür im hinteren Bereich des Altars, rüttelte daran und murrte: „Abgeschlossen." Dann stapfte er zur nächsten Tür und rüttelte auch da vergeblich. „Und wir müssen auf der Burg weitermachen. Und dieses Buch ... das muss es doch auch noch irgendwo geben."

Die Frau eilte zu ihm. „Vielleicht hat der Junge etwas Neues für uns. Wann trifft Theo sich wieder mit ihm?"

„Um 18.00 Uhr, auf der Burg." Der Mann blickte sich um.

Schnell zog Nadine den Kopf ein. – Hoffentlich kamen die beiden nicht auf die Idee, hier hochzusteigen!

„Er muss ihm ordentlich Angst machen", sagte die Frau. „Damit er die Klappe hält."

„Ich finde, Theo macht ihm schon genug Angst", brummte der Mann. „Aber nun los, wir gehen! Hier ist nichts mehr zu holen. Und Theo wartet bestimmt schon auf uns!"

Die Frau antwortete: „Vielleicht begleite ich Theo, wenn er sich mit dem Bürschchen trifft."

Dann waren nur noch Schritte zu hören. Schließlich fiel die Tür zu.

„Volltreffer!", rief Tobias und sprang auf.

„Wow!" Nadine richtete sich ebenfalls auf und blickte

Tobias an. „Die suchen also einen Schatz!"

„Und dabei machen sie jede Menge kaputt." Tobias streckte sich. „Aber wie sagt schon der weise Salomo? – *Wer redlich lebt, findet Hilfe; wer aber krumme Wege geht, wird auf einem davon fallen.*[4]"

„Cooler Spruch." Nadine grinste. „Ich frage mich nur, wie du dir das alles merken kannst."

Tobias zuckte mit den Schultern. „Was man mag und wofür man sich interessiert, das merkt man sich auch. Kennst du das nicht?"

„Doch, das kenne ich. Meine Mutter fragt mich auch immer, woher ich weiß, welche Schuhe gerade in sind." Nadine klopfte unsichtbaren Schmutz von ihrer Hose ab und zog ihr T-Shirt straff. Dann deutete sie mit dem Kopf zur Tür. „Leider weiß ich nicht, ob dieser Mann da der Koffermann war."

„Ich auch nicht", antwortete Tobias. „Ich konnte sein Gesicht nicht richtig sehen. Aber das werden wir schon noch herausfinden."

„Oder vielleicht ist dieser Theo der Koffermann?" Nadine fuhr sich durchs Haar.

„Das ist auch möglich." Tobias zeigte auf die Treppe. „Lass uns gehen! Ich muss sofort alles aufschreiben, sonst vergesse ich noch etwas!"

In seinem Zimmer kramte Tobias einen Zettel und einen Stift heraus, setzte sich an seinen Schreibtisch und notierte:

4 Sprüche 28,18 (Rev. Elberfelder)

- Das Buch aus dem Pfarrbüro ist wieder da.
- Bodenplatten gelockert.
- Trinkflasche in der Kirche gefunden.
- Dunkelhaariger Mann, blonde Frau in der Kirche.
- Sie erwähnen den Namen Theo.
- Sie suchen einen Gang.
- Sie suchen den Schatz der Gräfin Cosel.
- Tipp von einem alten Mann aus einem Pflegeheim.

Nadine schaute ihm beim Schreiben über die Schulter. „Du machst das richtig gut, fast wie Richard." Als Tobias den Stift zur Seite legen wollte, sagte sie: „Aber du hast den Jungen vergessen."

„Welchen Jungen?" Er schaute zu ihr auf.

Nadine wich ein Stück zurück. „Sie haben von einem Jungen gesprochen. Mit dem sich dieser Theo heute auf der Burg treffen will."

„Stimmt! Um 18 Uhr will er sich mit ihm treffen." Tobias wandte sich wieder seinen Aufzeichnungen zu.

- Um 18 Uhr trifft sich Theo mit einem Jungen auf der Burg.

„Und du hast noch etwas vergessen." Nadine beugte sich erneut über ihn.

„Noch was?", fragte Tobias. Diesmal drehte er sich nicht zu ihr um.

„Ja, das Buch. Die Frau hat von einem Buch gesprochen, in dem sie etwas über einen Gang gelesen hat."

„Ah, ja!" Tobias tippte sich mit dem Stift an die Stirn. „Sie sprach von einem Buch, das ein Pole geschrieben hat. Und davon, dass dieser ... dieser ... ach, egal, dass irgendein Mann der Cosel helfen wollte, durch den Gang zu flüchten." Rasch notierte er auch noch das Buch auf dem Zettel.

Währenddessen trat Nadine ans Fenster. „Die blonde Frau denkt, in dem Buch steht, dass der Gang von der Burg zur Kirche geführt hat."

„Hey, das ist die Erklärung!" Tobias sprang auf und wandte sich um. „Deshalb haben sie sich das alte Buch bei uns *ausgeborgt*! Sie haben darin nach Hinweisen über diesen Gang gesucht!"

„Dieses feine Pärchen und dieser Theo suchen nach dem Schatz der Gräfin Cosel und sie vermuten ihn in einem unterirdischen Gang." Nadine beugte sich hin und her und versuchte vergeblich, sich in der Reflexion der Scheibe zu betrachten. Schließlich wandte sie sich um und seufzte: „Warum habt ihr Jungs eigentlich nie einen Spiegel im Zimmer?" Dann strich sie sich durchs Haar und fragte: „Sollen wir zur Polizei gehen und diese Leute anzeigen?"

„Wir haben keine Beweise. Wir können nur von diesem Gespräch erzählen, das wir belauscht haben." Tobias schüttelte den Kopf. „Und wir wissen nicht einmal, wie sie heißen. Aber selbst wenn sie aufgrund unserer Beschreibung gefunden werden sollten – sie werden es abstreiten. Da steht Aussage gegen Aussage." Er trat neben sie und schaute durchs Fenster. „Außerdem haben sie bis jetzt, außer diesen Bodenplatten in der Kirche und dem aufgebrochenen Gang auf der Burg, nichts verbrochen."

Sie drehte sich wieder um und schaute ebenfalls hinaus. „Du vergisst den Plan, der aus dem Johannisturm gestohlen wurde. Der ist bestimmt etwas wert."

„Das Buch ist auch wertvoll", sagte Tobias. „Aber es ist wieder da."

„Komisch." Nadine schüttelte den Kopf. „Ich frage mich, warum die das machen. Ein Buch wegnehmen und wieder zurückbringen. Das ist doch komisch."

„Ja, das ist äußerst komisch." Tobias schaute sie an. „Und es bleibt die Frage, wie sie ins Pfarrbüro und die Kirche gekommen sind." Er grinste. „Das sind sogenannte Schlüsselfragen."

Nadine zwinkerte ihm zu, hob dann den Arm und schaute auf die Uhr. „Es ist gleich drei. Wenn wir pünktlich sein wollen, müssen wir los."

„Wir nehmen die Trinkflasche mit." Tobias ging zu seinem Schrank und holte einen kleinen Rucksack heraus. „Vielleicht fällt uns unterwegs ein, wie wir den Besitzer damit überführen können."

Als sie kurz darauf an der Bushaltestelle ankamen, schlug Tobias sich an die Stirn und stöhnte: „Jetzt habe ich den Zettel auf dem Schreibtisch liegen gelassen."

„Macht nichts." Nadine kramte in ihrer Handtasche und holte ihr Smartphone heraus. „Wir kriegen die Punkte schon wieder zusammen."

32 *Nadine findet den von Tobias zitierten Spruch gut und tippt ihn auch mit in ihr Smartphone ein. Schreibe den Spruch in das Textfeld.*

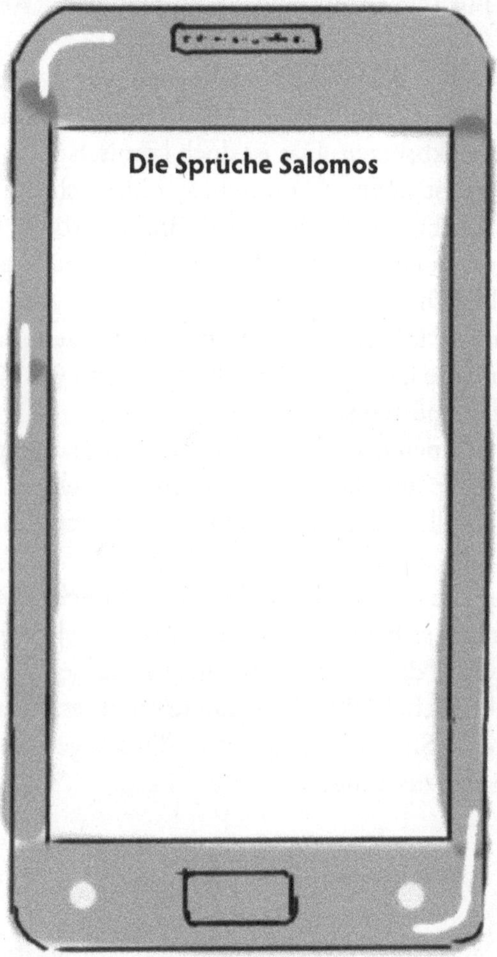

Lies nun weiter bei Nummer 34.

33

Richard war froh, dass sie sich nicht mit den Schwarzkappen hatten schlagen müssen. Doch Paolo starrte den ganzen Weg bis zum Marktplatz mit zusammengekniffenen Augen vor sich hin. Offensichtlich war er anderer Meinung.

Als sie schließlich an den Basaltsäulen ankamen, brach es aus ihm heraus: „Das war ja wohl das Letzte! So feige habe ich mich noch nie verhalten."

„Das war nicht feige", antwortete Thea. „Es war sehr mutig von dir, dich zu entschuldigen."

„Aber meine Ehre ..." Paolo schüttelte den Kopf. „Ich fühle mich wie ... wie ..."

„Danke, Paolo." Richard schaute ihm in die Augen und nickte. „Danke, dass du auf mich gehört hast. Ich kann mir denken, wie du dich fühlst. Aber gegen fünf hätten wir keine Chance gehabt."

„Ich hätte mindestens drei von ihnen zu Boden geboxt", schmollte Paolo. „Mindestens drei, das versichere ich dir."

Thea holte tief Luft. „Aber ..."

Richard bedeutete seiner Schwester, ihn weiterreden zu lassen. „Das glaube ich dir, Paolo. Du hast uns oft genug bewiesen, wie gut du kämpfen kannst." Er schaute Paolo immer noch in die Augen. „Doch das war früher. Als du noch der alte Paolo warst. Da hast du deine Probleme mit Gewalt gelöst."

„Hm.“ Paolo senkte den Blick. „Du hast recht. Das war, bevor ich den Herrn Jesus kennengelernt habe.“ Dann sah er wieder auf. „Aber muss man sich als Christ denn alles gefallen lassen?“

„Nein, das muss man nicht“, entgegnete Richard. „Aber man sollte überlegen, welche Waffen man benutzt.“

„Kapier ich nicht“, murrte Paolo. „Das, was wir eben gemacht haben, war doch keine Waffe!“

„Doch!“ Thea nahm ihren Hut ab. „Ich weiß, was mein Bruder meint. Auch Klugheit ist eine Waffe. Und es ist eine Waffe, wenn man sich beherrschen kann. Und es ist eine Waffe, wenn man weiß, wann man den anderen aus dem Weg gehen sollte.“

„Den anderen aus dem Weg gehen? Das ist doch feige!“, rief Paolo. Da aber weder Richard noch Thea etwas dazu sagte, schaute er von einem zum anderen, stutzte und fügte dann leiser hinzu: „Dachte ich zumindest immer.“

„Lass uns die Sache noch mal durchgehen“, schlug Richard vor. „Nehmen wir mal an, du hättest zugeschlagen.“

Paolo boxte sich mit der rechten Faust in die linke Hand. „Ich hätte zuerst diesen ... diesen Fred niedergeboxt und dann Toni. Und als Nächstes hätte ich mir den Siggi vorgenommen.“ Paolos Faust fuhr durch die Luft. „Ha, diesem Anführer der Schwarzkappen hätte ich's mächtig gegeben. Und dann ...“

„Halt!“ Richard berührte ihn an der Schulter. „Jetzt bin ich dran.“

Paolo ließ seinen Arm sinken und nickte ihm zu.

„Während du dich mit Siggi geschlagen hättest, hätten sich die beiden anderen Schwarzkappen auf Thea und mich gestürzt. Und vielleicht wären Fred und Toni inzwischen langsam wieder aufgestanden."

„Gegen einen hätte ich mich vielleicht sogar wehren können" – Thea fasste die Krempe ihres Hutes mit einer Hand und bewegte den Arm, als sei der Hut eine Frisbeescheibe –, „aber sicher bin ich mir nicht. Und wenn mich dann noch ein Zweiter angegriffen hätte ... diese Kerle schrecken doch vor nichts zurück, sie schlagen garantiert auch Mädchen."

„Und wie du sicher weißt", fuhr Richard fort, „bin ich weder ein guter Boxer, noch habe ich jemals an einem Selbstverteidigungskurs teilgenommen. Womöglich wäre ich eher zu Boden gegangen als meine Schwester."

„Okay, okay." Paolo hob die Hände, als würde er sich ergeben. „Ich hab's kapiert, wir hatten keine Chance gegen sie. – Aber ..." Er tippte sich an die Schläfe und richtete den Zeigefinger dann auf Richard. „Du konntest doch gar nicht wissen, dass die anderen Schwarzkäppchen hinter der nächsten Ecke lauern."

„Nein, das wusste ich nicht." Richard schluckte. „Aber ich weiß, dass solche Typen nur dann so auftreten, wenn sie sich überlegen fühlen."

Paolo grinste. „Mal ehrlich, hast du dir nie gewünscht, ein richtiger Kerl zu sein?"

Für einen Moment spürte Richard einen Stich in der Brust. Doch dann lächelte er und fragte: „Was willst du damit sagen, Paolo? Meinst du, dass ich kein richtiger Kerl bin, weil ich mich nicht mit anderen schlage?"

„Ähm ..." Paolo biss sich auf die Lippe.

„Richard hat eben andere Stärken", sagte Thea. „Er kann gut ..."

Erneut bedeutete Richard ihr, still zu sein. „Früher habe ich mich auch mal so gefühlt, als sei ich kein richtiger Junge. Weil ich nicht so stark war wie andere. Und weil ich nicht so frech war. Ich hab mich einfach nicht getraut. Aber eines Tages hatte ich ein wichtiges Gespräch mit meinem Opa. Und von da an wurde alles anders."

Thea deutete auf eine Bank. „Da drüben können wir uns setzen."

Während die beiden Jungen Thea zur Bank folgten, fuhr Richard fort: „Opa erklärte mir, dass jeder Mensch etwas Besonderes ist. Ich weiß jetzt, Gott hat mich so geschaffen wie ich bin. Ich bin nicht besonders sportlich, dafür kann ich mir gut irgendwelche Fakten merken. Ich kann nicht gut mit der Faust kämpfen, dafür aber mit dem Verstand."

„Und Richard ist der megabeste Bruder, den man sich vorstellen kann", quasselte Thea dazwischen. „Es ist ein dummes Vorurteil, dass nur die richtige Jungs sind, die sich mit anderen herumschlagen. Wichtig ist, dass man herausfindet, welche Gaben einem Gott geschenkt hat. Und dass man sie nutzt."

„Schon gut." Paolo klopfte Richard auf die Schulter. „Ich nehme zurück, was ich vorhin gesagt habe."

„Aber ich bin noch nicht fertig, ich will dir noch etwas erzählen", erwiderte Richard. „Mein Opa las mir nämlich noch eine Geschichte aus der Bibel vor. Darin ging es um einen König von Israel, der sich mit einem anderen Volk im Krieg befand. Eines Tages hatte er die Feinde in der Hand. Er hätte sie töten können, aber er tat es nicht. Stattdessen lud er sie zum Essen ein."

„Boah, Alter“, staunte Paolo. „Das ist ja völlig verrückt.“

„Ja, auf den ersten Blick sieht es so aus.“ Richard lächelte. „Aber Gott wollte das so. Und nachdem die Feinde bei diesem König gegessen und getrunken hatten, gingen sie nach Hause und versuchten nie mehr, die Israeliten anzugreifen.“

„Diese Geschichte will ich mal lesen!“, rief Paolo. „Bei Gelegenheit musst du mir sagen, wo sie in der Bibel steht.“

„Kein Problem.“ Richard grinste, holte seine Taschenbibel heraus und blätterte zum 6. Kapitel des 2. Buches der Könige. „Jedenfalls hat mir mein Opa durch diese Geschichte deutlich gemacht, dass es am wichtigsten ist, auf Gott zu hören.“

Richard reichte Paolo die aufgeschlagene Bibel und deutete auf den entsprechenden Abschnitt. Während Paolo anfing zu lesen, nahm Richard sein Notizbuch, riss eine Seite heraus und schrieb: *2. Könige 6,8ff* darauf.

Dann gab er Paolo den Zettel und sagte: „Mir fällt gerade noch ein anderer Spruch dazu ein. Er kommt gleich zweimal in der Bibel vor: *Wenn nun deinen Feind hungert, so speise ihn; wenn ihn dürstet, so gib ihm zu trinken! Denn wenn du das tust, wirst du feurige Kohlen auf sein Haupt sammeln.*[5]“

Paolo klappte das Buch zu, legte es sich auf den Kopf und verzog das Gesicht. „Feurige Kohlen? Das ist ja ein voll krasser Vergleich!“

„Ja, in der Bibel findet man viele gute Vergleiche.“ Richard nahm Paolo die Taschenbibel ab und steckte sie wieder ein.

5 Römer 12,20 (Luther)

33 Thea setzte ihren Hut auf und stieß Richard in die Seite. „Seht mal, da kommen Nadine und Tobias. Und sie haben Karlson dabei. Aber wo ist Luca?“

Möchtest du auch die Geschichte von dem König lesen, der seine Feinde zum Essen einlud? Dann gehe zu Nummer 60.

Wenn du die Geschichte schon kennst, kannst du direkt bei Nummer 28 weiterlesen.

34

Gerade als Tobias und Nadine mit den Notizen fertig waren, tauchten Paolo und Luca mit Karlson auf. Und fast im gleichen Moment hielt auch der Bus aus Neustadt.

„Wir haben wichtige Neuigkeiten!“, rief Paolo, kaum dass Thea und Richard aus dem Bus gestiegen waren.

„Wir auch.“ Nadine fuhr sich durchs Haar und zwinkerte Tobias zu. „Tobi und ich haben alles aufgeschrieben.“

„Ich weiß einen ruhigen Platz im Tiergarten, wo wir uns hinsetzen und erzählen können“, schlug Luca vor. „Und während wir reden, kann ich Karlson dort ohne Leine laufen lassen.“

Nadine zog die Augenbrauen zusammen. „Aber wehe, wenn der mich wieder dreckig macht!“

„Der Tiergarten ist eine gute Idee“, stimmte Tobias zu.

„Schön“, freute sich Luca. „Ich gehe mit Paolo und Karlson voraus und zeige euch den Weg.“

Rasch gingen sie los.

Als sie den Tiergarten unterhalb des dritten Burghofes

durchquerten, blieb Luca plötzlich stehen und deutete auf eine Absperrung. „Hey Leute! Dieses Gitter da – wenn ich mich recht erinnere, war es gestern noch nicht da. Was mag das für eine Grube am Hang sein, die damit abgesperrt wird?“

Thea tippte sich an die Nase. „Vielleicht ist etwas an der Kanalisation kaputt?“

Richard schüttelte den Kopf und deutete zur Burgmauer hinauf. „Die alten Wasserrohre verlaufen zwanzig Meter weiter drüben. Und die jetzige Wasserversorgung kommt garantiert vom Markt her.“

Nadine schüttelte sich. „Was interessiert euch so ein Dreckloch?“

Tobias trat an Lucas Seite, um die Öffnung im Hang besser sehen zu können.

„Mir kommt das merkwürdig vor“, erklärte Richard. „Gestern war die Absperrung noch nicht da und heute ist Sonntag. Ich halte es für unwahrscheinlich, dass in der Nacht oder am Sonntagmorgen hier gearbeitet wurde. Es sei denn, es handelt sich um einen Notfall.“ Er fasste sich ans Kinn. „Oder unsere Verdächtigen waren wieder einmal am Werk.“

„Das werden wir gleich haben!“ Paolo sprang über die Absperrung, holte seine Taschenlampe heraus und leuchtete in die Öffnung. „Boah, Alter! Da führt ein Gang schräg in den Hang hinein! Wer kommt mit?“

„Niemand. Und du bleibst auch hier!“ Richard deutete mit dem Kopf nach rechts. „Wir sind nicht allein hier.“

Tobias blickte in die angedeutete Richtung. Dort saßen Siggi Sauer und zwei andere Schwarzkappen auf einem umgefallenen Baumstamm. Alle drei schauten zu ihnen herüber.

34

„Na gut“, murrte Paolo. „Obwohl ich vor diesen drei Schwarzkäppchen keine Angst habe.“ Er kletterte über die Absperrung zurück. „Diesmal sind wir in der Überzahl. Aber wir haben ja was Besseres vor, als uns mit denen anzulegen.“

„Wir sollten auf dem unteren Weg an den Schwarzkappen vorbei zum Spielplatz gehen“, schlug Tobias vor. „Dort gibt es viele Bänke. Und die Schwarzkappen werden es nicht wagen, dort Streit anzufangen. Denn da sind immer Eltern mit ihren Kindern.“

Unter der Burg scheint es ein Labyrinth von Gängen zu geben. Suche den richtigen Weg durch das Labyrinth und sammle die Buchstaben ein, dann erfährst du, bei welcher Nummer es weitergeht.

35

„Wir müssen unbedingt an der Sache dranbleiben“, sagte Richard schließlich. „Können wir uns morgen wieder hier treffen?“

„Vormittags kann ich nicht, da gehe ich zur Schatzsuche ins HUGO“, antwortete Tobias. „Aber am Nachmittag müsste es gehen.“

Nun erzählte jeder, was er am Sonntagvormittag vorhatte.

Paolo hörte sich zunächst still an, was die anderen sagten. Dann wandte er sich an Tobias: „Kann ich auch mit dorthin kommen?“

Bevor Tobias antworten konnte, rief Luca: „Na klar, das habe ich dir doch schon tausend Mal gesagt! Jeder kann mitkommen.“

Paolo zuckte mit den Schultern. „Aber ob ich das finde? Schade, dass ich mit einem anderen Bus komme als ihr.“

„Es ist gleich neben der Kirche, du kannst es nicht verfehlen“, erklärte Tobias. „Dein Bus hält direkt davor.“

„Okay, Alter.“ Paolo grinste. „Ich werde mich schon bis dahin durchboxen.“

Richard schaute einen nach dem anderen fragend an. „Und am Nachmittag treffen wir uns wieder hier in Stolpen?“

Alle waren einverstanden.

Dir ist sicher schon aufgefallen, dass der Text nicht von allen verrät, was sie am Sonntagvormittag vorhaben. Du findest es heraus, wenn du dir das Suchbild genau anschaust.

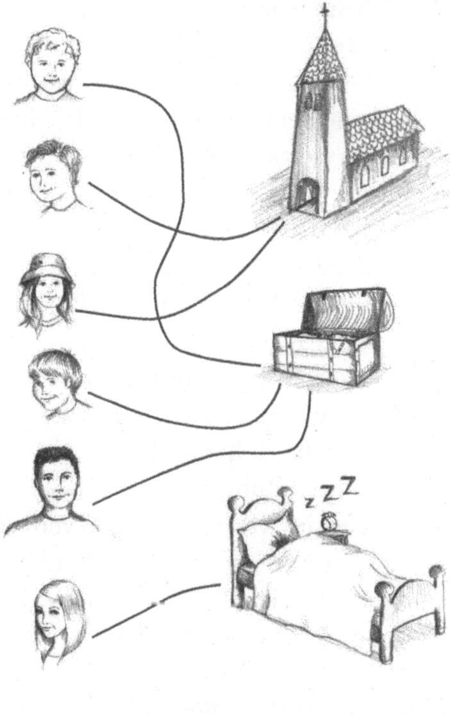

Jetzt geht es bei Nummer 40 weiter.

36

Nach der Schatzsuche fuhr Tobias sofort nach Stolpen zurück, denn er wollte vor dem Treffen mit den anderen noch einmal in die Kirche schauen. Luca und Paolo blieben noch im HUGO, um beim Abwasch zu helfen.

Zu Hause traf Tobias nur seine Schwester Sara an.

„Weißt du, ob etwas Neues über die kaputten Bodenplatten in der Kirche herausgekommen ist?“, fragte er sie.

„Papa denkt, die wurden nicht richtig verlegt und waren vielleicht schon eine Weile locker, bevor es jemand gemerkt hat“, antwortete Sara.

Tobias schaute auf die Uhr. „In einer Stunde treffe ich mich mit meinen Freunden. Also habe ich genug Zeit, um mich noch mal in der Kirche umzusehen.“

„Tu, was du nicht lassen kannst.“ Sara zuckte mit den Schultern. „Aber vergiss nicht, den Schlüssel nachher wieder an die richtige Stelle zu hängen!“

„Ja, ja, keine Sorge.“ Tobias winkte ab. Schnell holte er den Schlüssel, sprang die Treppe hinab und verließ das Haus.

Auf dem Pfarrgrundstück kam ihm Nadine entgegen. „Oh, Tobias! Super, dass ich dich gleich treffe! Mir ist etwas Dummes passiert, ich habe mich in der Zeit vertan und bin einen Bus zu früh gefahren.“

„Ich bin gerade auf dem Weg in die Kirche“, erklärte Tobias. „Da ist nämlich wieder etwas passiert, was ich mir schnell noch mal ansehen will. Möchtest du mitkommen?"

„Klar komm ich mit." Nadine lächelte. „Ich werde doch nicht hier herumsitzen und warten, während du eine neue Spur verfolgst!"

„Na ja, so spannend ist das bestimmt nicht. Aber schauen wir mal. Unterwegs erzähle ich dir, um was es geht."

Nadine ist einen Bus zu früh gekommen. Nur gut, dass sie nicht in den falschen Bus eingestiegen ist. Dann wäre sie jetzt an einem anderen Ort angekommen. Welcher dieser Busse fährt nach Stolpen? Seine Nummer verrät dir, wo es weitergeht.

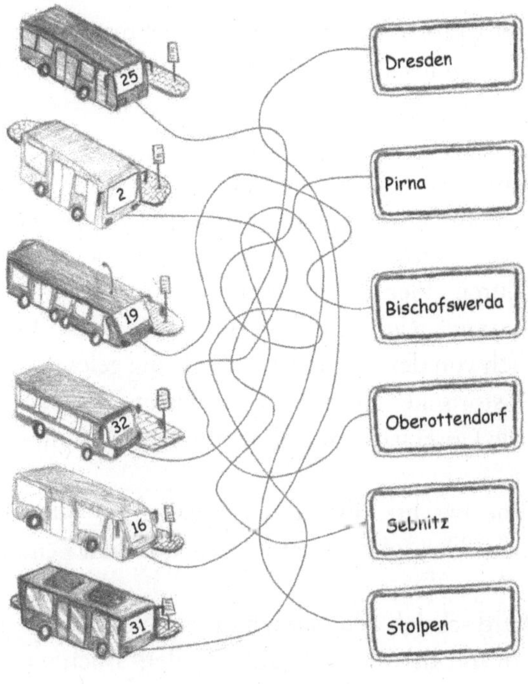

37

Als Nadine ihren Bericht über die Erlebnisse in der Kirche abgeschlossen hatte, sah sie Tobias an. „Habe ich etwas vergessen?“

„Hm?“ Tobias dachte angestrengt nach. „Ah, ja, genau. Die Leute, die wir beobachtet haben, unterhielten sich noch über ein Buch. Irgendein Pole soll es geschrieben haben. Es geht darin um die Gräfin Cosel und ihre geplante Flucht durch einen unterirdischen Gang.“

„Das ist es!“ Richard schlug sich an die Stirn. „Das Buch, in dem ich von dem unterirdischen Gang gelesen habe! Das ist ein historischer Roman. Ein gewisser Zaklika, ein Pole, war in die Cosel verliebt und wollte sie durch diesen Gang befreien.“

Nadine wischte über das Display ihres Smartphones. „Ja, genau! Das ist der Name, den die Frau genannt hat. *Zaklika.*“

Richard schrieb den Namen in sein Notizbuch und deutete dann mit dem Stift darauf. „In dem Buch wird davon berichtet, dass dieser Pole die Cosel schon befreien wollte, als August der Starke sie in Nossen eingesperrt hatte. Das ging aber schief. Dann brachte der König sie nach Stolpen."

„Und das alles nur, weil die Gräfin Cosel ihm die Urkunde mit dem Eheversprechen nicht zurückgeben wollte." Nadine schüttelte sich.

Paolo pfiff durch die Zähne. „Hey, du kennst dich ja echt gut aus!"

„Halt den Mund!", zischte Nadine. „Und dein Gepfeife kannst du Pfeife dir für den Hund aufsparen!"

Paolo öffnete den Mund, doch bevor er etwas erwidern konnte, hob Tobias abwehrend die Hand.

„*Wer seine Lippen zügelt, handelt klug*[6], sagt der weise Salomo. Und ich sage: Reißt euch zusammen und lasst Richard reden!"

Nadine biss sich auf die Lippe, und Paolo atmete geräuschvoll ein und wieder aus.

Richard nickte und fuhr fort: „Irgendwie hat es Zaklika dann geschafft, als Soldat nach Stolpen abkommandiert zu werden. Er schmiedete wieder Fluchtpläne, er wollte die Cosel durch einen unterirdischen Gang hinausschmuggeln. Aber der junge Wehlen – das war der Sohn des Festungskommandanten – kam ihm zuvor und verpatzte die Sache." Richard klopfte mit dem Stift auf sein Notizheft. „Ich erinnere mich jetzt! Nachdem ich das Buch gelesen hatte, habe ich im Internet recherchiert. Dabei fand ich heraus, dass man heute annimmt, dass der Romanschriftsteller die Figur des Zaklika erfunden hat. Obwohl er am Ende des Buches behauptet, dass alle geschilderten Ereignisse und Personen auf Tatsachen beruhen."

6 Sprüche 10,19 (Rev. Elberfelder)

Paolo kratzte sich am Kopf. „Heißt das, dass der Gang auch nur eine Erfindung ist?“

„Keine Ahnung.“ Richard zuckte mit den Schultern. „Fakt ist aber, dass die Leute, denen wir auf der Spur sind, nach diesem Gang und dem Schatz der Cosel suchen.“ Er wandte sich an Nadine. „Schaust du bitte mal im Internet nach dem Namen des Schriftstellers des Romans *Gräfin Cosel*? Ich habe mir nur den Vornamen *Ignacy* gemerkt, weil der Kater unseres Nachbars Ignatz heißt und ich das witzig fand.“

Nadine wischte und tippte auf ihrem Smartphone herum und reichte es dann Richard. „Gib den Namen selbst ein, ich weiß nicht, wie ich das schreiben soll.“

Nachdem Richard den Titel des Buches und den Vornamen des Autors eingetippt hatte, wurde das Buch sofort angezeigt. „Der Autor heißt *Józef Ignacy Kraszewski.* Ich muss mir den Namen gleich aufschreiben!“ Er reichte Nadine das Smartphone zurück.

Sie steckte es in ihre Tasche. „Und was weißt du über den Schatz der Cosel?“

„Überliefert ist, dass die Cosel sehr reich war.“ Richard sah von seinem Notizbuch auf. „August hat ihr ein Landgut, Edelsteine, Juwelen, Brillanten, Gold- und Silberschmuck, besonders wertvolles Geschirr und vieles mehr geschenkt. Später hat er ihr vieles wieder wegnehmen lassen.“

Nadine beugte sich vor und klopfte ein paar unsichtbare Sandkörner von ihrer Hose ab. „Vieles – aber sicher nicht alles! Die Gräfin Cosel war nicht nur schön, sondern auch klug. Bestimmt hat sie einige Sachen versteckt.“ Sie schaute auf und grinste. „Ich hätte das jedenfalls so gemacht.“

„Das vermuten viele Geschichtsschreiber auch.“ Richard nickte und deutete mit seinem Notizheft auf Nadine.

„Vielleicht kennst du die Sage vom Schatz an der Stolpener Stadtmauer?“

Nadine schüttelte den Kopf.

Richard klappte das Notizbuch zu. „Die Sage berichtet davon, dass der Schatz der Gräfin Cosel an der Stadtmauer versteckt wurde. Aber es ist eben nur eine Sage. Keiner weiß, ob sie der Wahrheit entspricht. Es kann sein, dass der Schatz auch ganz woanders versteckt ist.“

Thea rückte ihren Hut zurecht. „Aber sie war doch eine Gefangene. Falls sie einen Schatz versteckt hat, wie soll der dann in einen unterirdischen Gang gekommen sein? Einen Gang, den sie bestimmt nicht selbst aufsuchen durfte.“

„Keine Ahnung“, antwortete Richard. „Vielleicht hat ihn einer ihrer Freunde da hingeschafft? Dass sie Freunde unter den Wachhabenden hatte, ist ziemlich sicher.“

„Hey, ist das spannend!“ Paolo schlug Luca mit der einen und Richard mit der anderen Hand auf den Rücken. „Aber vielleicht ist der Schatz auch gar nicht in einem Gang, sondern an einer anderen Stelle auf der Burg versteckt?“

„Die Leute in der Kirche sagten, ein alter Mann habe ihnen von dem Schatz im Geheimgang erzählt. Deshalb suchen sie ja den entsprechenden Gang.“ Tobias schaute Richard fragend an und breitete die Hände aus. „Aber es gibt da etwas, das ich nicht verstehe. Wieso suchen diese Leute in der Kirche nach dem Gang ... was hat die Kirche mit der Burg zu tun?“

„Hm“, brummte Richard und fasste sich ans Kinn. „Früher gab es das oft ... die Burgherren legten Gänge in alle möglichen Richtungen an ... falls sie mal fliehen mussten oder so ... manchmal gab es auch Gänge, die zu einer nahe gelegenen Kirche führten.“

37 „Vielleicht gibt es ja in diesem Roman einen Hinweis, dass es einen Gang zur Kirche gab?“, überlegte Tobias laut.

„Das finde ich heraus“, versprach Richard. „Falls das Buch in unserer Bibliothek noch ausgeliehen ist, lasse ich es für mich vormerken.“

Richard und seine Freunde haben schon viel herausgefunden. Wie bei einem Puzzle fügt sich ein Teil an das andere.

Sieh dir das Puzzle genau an und entscheide, welches Teil passt. Das entsprechende Teil verrät dir, wo du weiterlesen sollst.

38

Bevor sie die Burg betraten, blieb Richard stehen und wartete, bis alle zusammengekommen waren.

„Wir sollten uns in drei Gruppen über die Burg verteilen“, schlug er vor. „Eine Gruppe muss in der Nähe des Eingangs bleiben, um die Hereinkommenden zu beobachten.“

„Ja, das ist gut“, sagte Tobias.

„Die zweite Gruppe kontrolliert die Türme“, fuhr Richard fort, „und die dritte schaut sich in den Kellergängen um.“

Nadine warf Tobias einen fragenden Blick zu. „Übernehmen wir zusammen die Türme?“

Tobias nickte. „Gerne. Dann können wir auch nachsehen, ob die ...“

„Ich dachte, du gehst mit mir, Nadine?“, unterbrach Thea ihn.

Bevor Nadine antworten konnte, entgegnete Richard: „Ich halte es für besser, wenn ihr Mädchen nicht allein geht.“

„Was soll denn das heißen?“ Thea stemmte die Hände in die Hüften und schaute Richard herausfordernd an. „Denkst du etwa, wir ...“

„Boah, nerv nicht rum!“ Paolo verdrehte die Augen. „Du hast doch gehört, dass Nadine lieber mit Tobias gehen will. Und ich ziehe es vor, bei Richard zu bleiben.“

„Dann sag ich eben gar nichts mehr!“ Thea zog ihren Hut ins Gesicht, senkte den Kopf und verschränkte die Arme vor der Brust.

Luca trat neben sie und tippte ihr auf die Schulter. „Du, ich fänd es gut, wenn wir eine Gruppe bilden. Du kommst gut mit Karlson zurecht, das ist wichtig, falls ...“

„Bleibt mir ja eh nichts anderes übrig“, murrte Thea.

„Gut, damit hätten wir die Verteilung geklärt“, stellte Richard fest, ohne weiter auf seine Schwester zu achten. „Nadine und Tobias schauen sich in den Türmen um, Paolo bleibt mit mir im Eingangsbereich und Thea geht mit Luca in den Keller.“

„Wann und wo treffen wir uns wieder?“, fragte Tobias.

„Ich schlage vor, um 18.30 Uhr. Im Zehrgarten.“ Richard deutete auf seine Uhr. „Dann haben wir vor der Abfahrt unseres Busses noch genügend Zeit, uns gegenseitig zu erzählen, was wir erlebt haben.“

38

Achtung! Da sich die Wege der Freunde jetzt trennen, kannst du noch mal entscheiden, wem du zuerst folgen möchtest. Merke dir dazu wieder das Schlüsselwort.

- *Wenn du mit Richard und Paolo gehen willst, merke dir das Schlüsselwort* Schlüssel *und lies bei Nummer 41 weiter.*

- *Willst du lieber Thea, Luca und Karlson folgen, dann merke dir das Schlüsselwort* Hund *und schlage Nummer 45 auf.*

Damit du dein Schlüsselwort nicht vergisst, solltest du auch diesmal unter Nummer 72 ankreuzen, welches du gewählt hast. Dann kannst du dort später immer wieder nachsehen.

39

Luca fiel es schwer, sich auf den Bericht von Tobias zu konzentrieren. Fieberhaft wartete er darauf, endlich selbst von seinen Erlebnissen berichten zu können.

Paolo schien es ähnlich zu gehen. Er zappelte ständig herum und scharrte mit den Füßen im Sand.

„So“, sagte Richard endlich und schaute zu ihnen hinüber. „Jetzt seid ihr dran.“

„Wir haben Lothar und Fred getroffen“, platzte Paolo heraus. „Aber zur Schatzsuche hatten sie ihre Basecaps nicht auf.“

„Das ist nichts Neues.“ Tobias schüttelte den Kopf. „Sie waren schon ein paarmal bei der Schatzsuche. Dort benehmen sie sich ganz anders, man könnte meinen, es seien andere Jungs.“

„Das ist mir auch aufgefallen.“ Luca warf einen prüfenden Blick zu Karlson hinüber und wandte sich dann wieder an Tobias. „Und es hat mich auf eine Idee gebracht. Du weißt ja, dass Lothar in der Schule manchmal ziemlich gemein zu mir ist. Heute, bei der Schatzsuche, waren wir in der gleichen Gruppe. Und da ..."

„Och, Luca!" Paolo machte eine ungeduldige Handbewegung. „Das ist doch nicht so wichtig. Erzähl lieber von den Schlüsseln, die ..."

„Du brauchst mir nicht erklären, was ich erzählen soll!", schimpfte Luca. „Ich weiß schon, was wichtig ist! Aber du scheinst es nicht zu wissen, denn ..."

„Also wenn ihr euch streiten wollt, dann gehe ich inzwischen ein Stück spazieren", sagte Nadine und stand auf.

Luca funkelte sie an. „Auf dich können wir gern verzichten. Wenn du nicht hören willst, was wir ..."

„Schluss jetzt!", rief Richard. „So kommen wir nicht weiter." Er hielt Luca die offene Hand hin. „Erzähl einfach der Reihe nach, aber nur das Wichtigste." Dann deutete er mit seinem Stift auf Paolo. „Und du lässt Luca ausreden. Später kannst du ja von dem Schlüssel erzählen."

„Is ja gut, Alter", murmelte Paolo. „Es geht übrigens nicht um einen, sondern um mehrere Schlüssel."

„Später", wiederholte Richard nachdrücklich, und Nadine setzte sich wieder hin.

„Also Paolo, Lothar und ich waren in derselben Gruppe", erzählte Luca. „Und da haben wir über Streiten und Versöhnen geredet. Und wir sollten mit unserem Nachbarn darüber sprechen, was man machen kann, wenn man sich gestritten hat." Luca blickte von einem zum anderen. „Nun ratet mal, wer mein Nachbar war?"

„Hey, Alter, das ist doch klar", antwortete Paolo. „Wenn du es so spannend machst, weiß doch jeder gleich, dass es Lothar war."

„Du bist gemein!" Luca sprang auf. „Ich erzähle gleich gar nichts mehr!"

Tobias hielt ihn am Arm fest. „Komm schon, erzähl weiter."

Doch Luca deutete auf Paolo. „Wenn ich gewusst hätte, dass du mir ständig dazwischenquatschst, hätte ich dir nach der Schatzsuche noch nichts von meinem Erlebnis erzählt! Für dich war es vielleicht unwichtig, aber für mich war es ..."

„Sorry, Alter." Paolo hob die Hände. „Ich wollte doch nur ..."

„Du hältst jetzt endlich deine Klappe und lässt Luca reden!", fauchte Nadine Paolo an. „Ich will nicht ewig hier im Sand sitzen."

„Sorry", sagte Paolo noch einmal und kniff die Lippen zusammen.

Luca setzte sich grummelnd wieder hin. „Zuerst habe ich mich ganz komisch gefühlt. Ausgerechnet mit Lothar sollte ich darüber reden. Aber dann dachte ich, vielleicht hat der Herr Jesus das ja extra so gemacht."

„Das kapier ich nicht." Nadine wischte sich ein paar Sandkrümel von der Hose. „Was soll das denn mit Jesus zu tun haben?"

„Also, ich habe schon oft gebetet, dass mir der Herr Jesus hilft." Luca räusperte sich. „Na ja, der Lothar hat mich manchmal ganz schön geärgert, wenn er mit seinen Kumpels zusammen war. Aber heute, wo wir uns plötzlich gegenübersaßen und über dieses Thema reden sollten, da ..." Er schluckte. „... da habe ich gesagt: *Dieses Thema, das passt ja voll gut auf uns.* Und er hat genickt und zu Boden geguckt."

„Das war ganz schön mutig von dir." Thea rückte ihren Hut zurecht. „Ein anderer hätte vielleicht gesagt: *Ich will nicht mit dem zusammenarbeiten.*"

Nadine zog ihren Schuh aus und schüttelte Sand heraus. „Und wie ging's weiter?"

„Ich habe gesagt: *Ich fände es gut, wenn wir uns in Zukunft vertragen könnten.* Da hat er genickt und mir die Hand gegeben und gesagt: *Tut mir leid.*“

„Das ist ja super“, freute sich Tobias. „Hoffentlich hält er sich daran.“

„Ja, und dann hatte ich eine Idee.“ Luca grinste. „Ich habe gesagt: *Ich glaube dir. Aber besser wäre es, wenn du es mir beweisen könntest. Mir und meinen Freunden. Denn sagen kann man viel ...*“ Luca atmete tief durch und warf erneut einen prüfenden Blick auf Karlson. „Lothar hat gesagt: *Kommt drauf an, was ihr von mir wollt.*“

„Und?“ Thea schob ihren Hut ins Genick. „Was hast du geantwortet?“

„Ich habe gesagt: *Wir wünschen uns, dass du uns mal die Burg zeigst. Abends, wenn sie geschlossen ist und keine Besucher mehr da sind.* – Und dann habe ich von dir, Richard, erzählt, und dass du dich für unterirdische Gänge interessierst und so.“

„Das ist genial!“ Diesmal war es Richard, der aufsprang. „Und? Macht er es?“

Luca grinste breit und schlug sich auf die Oberschenkel. „Ja, er macht es. Er will spät abends mit uns auf die Burg gehen und uns alles zeigen, was er kennt. Und ich denke, er kennt ziemlich viel.“

Wieso kann Lothar so ein Versprechen machen? Weißt du es noch? Wenn nicht, lies unter Nummer 29 nach.

Und dann lies unter Nummer 44, was Paolo über die Schlüssel berichtet.

40

Am Sonntagmorgen wurde Tobias von seinem Vater geweckt, der aufgeregt in sein Zimmer stürmte. „Sag mal, Junge, hast du gestern Abend das Buch entgegengenommen?"

„Welches Buch?", brummte Tobias und rieb sich die Augen.

„Na, das alte Buch, das wir gestern im Kirchenbüro vermisst haben."

Tobias gähnte. „Bei mir hat niemand etwas abgegeben."

„Das ist merkwürdig." Sein Vater fing an, im Zimmer auf und ab zu gehen. „Wenn ich nicht genau wüsste, dass es gestern nicht da war ..."

„Ah, jetzt verstehe ich!" Tobias schwang die Beine aus dem Bett und setzte sich auf. „Du meinst dieses alte Buch, das ihr gestern gesucht habt? Das mit den alten Plänen? Das ist wieder da?"

Sein Vater blieb vor ihm stehen und schaute ihm in die Augen. „Hör mal, falls du es genommen hast, dann sag es mir jetzt. Ich werde nicht schimpfen. Obwohl ich euch verboten habe, an die Sachen im Pfarramt zu gehen. Es ist nämlich ..."

„Ich habe es nicht genommen!", rief Tobias. „Das schwöre ich."

„Hm, geschworen wird in diesem Haus nicht", brummte sein Vater.

„Tschuldigung“, murmelte Tobias. „Aber ich weiß wirklich nicht, wie das Buch verschwunden und wieder aufgetaucht sein kann. Wo hast du es denn gefunden?“

„Es stand heute Morgen wieder an seinem Platz, und keiner weiß, wer es da hingestellt hat.“ Sein Vater seufzte und fing erneut an, hin und her zu laufen. „Noch eine Frage muss ich dir stellen. Hast du irgendjemandem den Kirchenschlüssel geliehen?“

„Nein.“ Tobias stand auf. „Warum? Ist in der Kirche auch etwas verschwunden?“

„Verschwunden ist nichts.“ Sein Vater schüttelte den Kopf. „Aber der Küster[7] hat vorhin in der Kirche vor dem Altar einige lockere Bodenplatten entdeckt.“

„Was?“ Tobias riss die Augen auf. „Die Kirche ist doch erst vor Kurzem restauriert worden.“

„Das ist es ja! Der Platz vor dem Altar wurde erneuert und Herr Funkenräder ist sicher, dass die Platten gestern noch fest waren. Jemand muss spätabends oder nachts in der Kirche gewesen sein und die Platten gelockert haben.“ Sein Vater eilte zur Tür. „Ich muss wieder in die Kirche. Wollte nur fragen, ob du etwas weißt. Wir haben nämlich keinerlei Einbruchspuren gefunden.“

Tobias schaute auf die Uhr. Er wollte sich um neun Uhr mit Luca an der Bushaltestelle treffen, um nach Langenwolmsdorf zur Schatzsuche zu fahren. Also hatte er noch 30 Minuten Zeit. Schnell zog er sich an und eilte in die Kirche.

Sein Vater stand mit dem Küster, dem Kantor und einem der Kirchvorsteher vor dem Altar.

„Wir sollten die Polizei holen“, sagte der Küster. „Unter

7 Ein Küster ist so etwas Ähnliches wie ein Hausmeister.

diesem Fußboden befand sich früher die Krypta, das könnte für manche Leute interessant sein."

„Aber wenn wir jetzt die Polizei holen", gab Tobias' Vater zu bedenken, „gibt es einen riesigen Aufruhr und der Gottesdienst muss ausfallen."

„Ich bin auch dafür, dass wir uns zunächst auf den Gottesdienst konzentrieren", meinte der Kantor. „Nichts ist verschwunden und diese paar Platten lassen sich schnell wieder festkleben. Vielleicht stellt sich später heraus, dass es dafür eine ganz einfache Erklärung gibt."

Der Kirchvorsteher nickte. „Ich finde auch, dass wir uns dadurch den Gottesdienst nicht nehmen lassen sollten. Noch dazu, wo zu dieser Jahreszeit oft Urlauber kommen."

„Gut, dann konzentrieren wir uns jetzt auf unsere Aufgaben", entschied Tobias´ Vater und alle eilten in verschiedene Richtungen davon.

Tobias ging nach vorn und schaute sich den Schaden an. Etliche Bodenplatten waren lose. Aber um den Altar herum waren weder Schmutz noch irgendwelche andere Spuren zu finden.

Er wandte sich nach rechts und ging langsam an den Fenstern entlang, die sich nicht öffnen ließen. Alle waren unversehrt. Auch an den Türen gab es keinerlei Einbruchspuren, dabei waren diese Schlösser definitiv nicht einfach zu knacken. Das hatte er vor einiger Zeit selbst ausprobiert und war dafür von seinem Vater heftig ausgeschimpft worden.

Nachdenklich spazierte er auf den Ausgang zu. Entweder hingen all die Vorkommnisse auf der Burg und in der Kirche irgendwie zusammen oder es war ein beinahe unglaublicher Zufall, dass in so kurzer Zeit an diesen beiden Orten so merkwürdige Dinge passierten. Aber falls sie zusammengehörten, wo war dann der rote Faden? Was gab es für Gemeinsamkeiten? Eine Gemeinsamkeit war ...

„Tobias! Komm her!“, riss ihn die Stimme des Vaters aus seinen Gedanken.

Er eilte zurück zum Altarraum.

Sein Vater deutete auf die Treppe der Kanzel. „Was hat deine Trinkflasche hier zu suchen? Denkst du etwa, meine Predigt wird so lang, dass mir dabei der Mund austrocknet?“

„Aber ich habe die Flasche nicht da hingestellt“, verteidigte Tobias sich, nahm sie, schraubte sie auf und roch daran. „Und das, was hier drin ist, habe ich auch nicht reingefüllt. Riecht wie ein Gemisch aus Saft, Cola und ... und ich weiß nicht was. Außerdem ist hier irgendein Aufkleber drauf – nein, die Flasche gehört mir nicht.“

Genervt wedelte sein Vater mit der Hand. „Bitte sei so gut und nimm sie einfach mit rüber. Ich muss mich jetzt auf den Gottesdienst vorbereiten.“

„Aber ich wollte gerade zum Bus, heute ist doch Schatzsuche ...“

„Nimm sie mit und komm heute nicht so spät nach Hause.“ Damit drehte sein Vater sich um und eilte davon.

Tobias rannte die Stufen zum Pfarrhaus hinunter, stellte die Flasche in den Flur und sprintete zur Bushaltestelle.

Tobias' Vater sagt: „Geschworen wird in diesem Haus nicht.“ Wenn du wissen willst, warum er das sagt, schau unter Nummer 61 nach.

Dann geht's bei Nummer 36 weiter.

41

„Wir bleiben hier im zweiten Burghof und tun so, als würden wir uns alles ansehen“, sagte Richard zu Paolo und zog sein Notizheft aus der Tasche. „Nebenbei beobachten wir, wer auf die Burg kommt.“

Paolo schlug die Hacken zusammen und rief: „Alles klar, Chef. Ich bin bereit!“ Er nahm wieder eine entspannte Haltung ein und blickte sich um. „Übrigens brauchen wir nicht nur so zu tun, als ob wir uns alles ansehen. Wir tun es wirklich. Ich zumindest.“

Richard starrte ihn an. „*Du* willst dir hier etwas richtig ansehen?“

Paolo seufzte und zuckte mit den Schultern. „Nun ja, Alter, ich muss halt noch meinen Kurzvortrag vorbereiten. Zum Thema: Entstehung der Burg Stolpen.“ Er verzog das Gesicht, als hätte er etwas Saures gegessen. „Und deswegen darfst du jetzt – kurz gesagt – mein persönlicher Burgführer sein. Ich habe nämlich keinen blassen Schimmer.“

„Ts, ts, ts. Ich soll dir also kostenlos Nachhilfe geben?“ Richard schaute Paolo mit gespielt strengem Gesicht an, stemmte die Arme in die Hüfte, schüttelte den Kopf und ahmte Herrn Sommers strenge Stimme nach: „Paolo Matuschek! Wie es scheint, hast du Herrn Ringelband überhaupt nicht zugehört!“

Paolo winkte ab. „Ach, vergiss es. Ich kann mir so etwas einfach nicht merken."

„Hast du wenigstens was zum Schreiben dabei?", fragte Richard.

„Nee. Natürlich nicht." Grinsend deutete Paolo auf Richards Notizheft. „Aber du!"

„Das fällt aus!", protestierte Richard.

Er schaute sich um und musterte die Leute, die durch den Kasseneingang hereinkamen. Zwei alte Frauen und ein älteres Ehepaar. Niemand Verdächtiges.

Dann nickte er Paolo zu. „Also gut. Ich erzähle dir das Wichtigste. Und ausnahmsweise spende ich dir eine Seite aus meinem Notizheft. Du schreibst und ich erzähle und behalte den Zisternenhof im Blick." Er machte eine ausladende Handbewegung. „So heißt dieser Bereich nämlich."

Nachdem er sich noch einmal umgesehen hatte, gab er Paolo seinen Stift, löste vorsichtig eine Doppelseite aus der Mitte seines Büchleins und reichte sie ebenfalls weiter. Dann ging er Paolo voran auf die Basaltsäulen zu und fing an zu erzählen.

Willst du wissen, was Richard seinem Freund über die Geschichte der Burg Stolpen erzählt? Dann lies bei Nummer 70 nach.

Richard fasste ihn am Arm und deutete auf den Schösserturm. „Komm, ich zeige dir noch die Spionageanlage des Mittelalters."

Er ging Paolo voran zum Eingang des Schösserturmes. Bevor sie durch die Tür traten, schaute Richard sich erneut um.

Dann wandte er sich an Paolo. „Lass uns schnell hineingehen! Da gerade niemand durch das untere Tor kommt, haben wir genügend Zeit, um unseren Posten einzunehmen."

„Welchen Posten?", fragte Paolo, während er ihm folgte. „Ich verstehe gar nichts."

„Das wirst du gleich sehen", antwortete Richard. „Hier befand sich früher die Amtsstube des Verwalters oder Amtmannes, den man auch Schösser nannte. Unter dessen Arbeitszimmer lagen zwei Gefängnisse, das Mönchsloch und das Ketzerloch."

Schnell wandte sich Richard nach rechts und trat in eine Nische mit einem Fenster. Unter dem Fenster standen eine Holzbank und ein Schreibpult. Richard schaute zuerst durchs Fenster und stellte fest, dass immer noch keine neuen Besucher vom unteren Tor heraufkamen.

Dann deutete er auf die Bank vor dem Schreibpult und sagte zu Paolo: „Setz dich hier hin."

Paolo setzte sich. „Und was soll das jetzt, Alter? Wenn ich hier hocke, sehe ich fast nichts."

Richard zeigte auf eine kleine Öffnung, die sich über dem Pult in der Mauer befand. „Du siehst nicht alles, aber du hörst alles. Das hier ist der sogenannte Abhörspalt. Draußen am Turm gibt es ebenfalls eine Öffnung, die man nur findet, wenn man etwas von ihr weiß."

Paolo grinste. „Ah, ich verstehe! Die Leute mussten alle da draußen warten, bis sie reingelassen wurden. Und hier saß dieser ... dieser Schösser und lauschte, worüber sie redeten."

„Genau." Richard nickte. „Später können wir den Abhörspalt mal testen. Aber jetzt gehen wir besser wieder hinaus." Er ging in die Mitte des zweiten Burghofes und schaute sich abermals um.

Paolo folgte ihm und kritzelte im Gehen neue Notizen auf seinen Zettel.

Richard blickte auf seine Uhr. „In einer Stunde trifft sich dieser Theo mit dem Jungen. Wenn er nicht schon auf der Burg ist, müsste er an uns vorbeikommen. Und vielleicht ist ja auch diese Frau aus der Kirche dabei."

„Dann haben wir also noch alle Zeit der Welt", entgegnete Paolo, ohne von seinem Blatt aufzusehen. „Also, erzähl weiter."

Doch statt weiterzuerzählen, rief Richard plötzlich: „Was bin ich für ein Dummkopf!" Er schlug sich an den Kopf. „So etwas Dummes, wie konnte mir das nur passieren? Nadine oder Tobias hätten hierbleiben sollen. Nur sie haben die Leute gesehen, die in der Kirche waren."

„Hast recht, Alter", brummte Paolo. „Das ist wirklich dumm. Am Ende spazieren die an uns vorbei und wir merken es nicht."

Richard nickte betroffen. „Wenn ich wenigstens wüsste, ob die Frau dieselbe ist, die wir bei unserer Burgbesichtigung im Keller gesehen haben. Aber leider hat Nadine uns das ja nicht sagen können." Richard schlug sich erneut an die Stirn. „So etwas Dummes, Dummes, Dummes!"

Paolo hielt Richards Hand fest. „Hey, Alter! Hör auf, dich selbst zu beschuldigen. Du bist nämlich nicht der Einzige, der ein Hirn besitzt. Wir alle haben es verbockt." Dann reichte er ihm den Stift zurück und fuhr fort. „Wir können die Sache noch retten. Ruf doch Tobias an. Oder Nadine."

Richard grinste schief. „Mit einem leeren Akku wird das wohl nichts werden."

41

„Das ist jetzt aber wirklich dumm von dir!“, schimpfte Paolo. „Wenn ich ein Handy hätte, würde mir das nicht passieren.“ Er steckte seinen Notizzettel in die Hosentasche und schlug Richard auf die Schulter. „Du bleibst hier, Alter! Und passt gut auf! Und ich laufe zu Tobias und Nadine, und schicke Nadine zu dir zurück.“

„Das ist eine gute Idee.“ Richard deutete auf den Schösserturm. „Sag Nadine bitte, dass ich da drin bin. Ich werde mich am Abhörspalt postieren.“

„Alles klar, Alter!“, rief Paolo und rannte los.

Achtung! Hier wird dein Schlüsselwort wieder erweitert.

Schlüsselprüfung 1:

Manche Leute verwahren ihre __________ in einer __________tasche.

Hat dein Schlüssel nicht gepasst? Dann probiere es bei Schlüsselprüfung 2 noch einmal.

Wenn der Schlüssel gepasst hat, kannst du hier entscheiden, wie es weitergeht. Aber vergiss nicht dein neugewähltes Schlüsselwort unter Nummer 72 anzukreuzen.

- ***Wenn du mit Richard gehen möchtest, merke dir das neue Schlüsselwort*** Hausschlüssel ***und lies bei Nummer 49 weiter.***

- ***Möchtest du Paolo begleiten? Dann merke dir das neue Schlüsselwort*** Schlüsselbund ***und gehe zu Nummer 42.***

41

Schlüsselprüfung 2:

Manche Leute bekommen Angst, wenn ein __________ sie anbellt.

Hat dein Schlüssel nicht gepasst? Dann probiere es bei Schlüsselprüfung 1 noch einmal.

Wenn der Schlüssel gepasst hat, kannst du hier entscheiden, wie es weitergeht. Aber vergiss nicht dein neugewähltes Schlüsselwort unter Nummer 72 anzukreuzen.

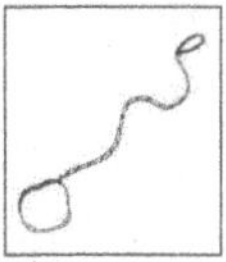

- *Wenn du zuerst Richard begleiten willst, merke dir* Hundeleine *und gehe zu Nummer 49.*

- *Willst du lieber mit Paolo gehen? Dann heißt dein neues Schlüsselwort* Hundehaare. *Schlage Nummer 42 auf.*

42

Paolo betrat den Johannisturm, durchsuchte eine Etage nach der anderen und schaute immer wieder aus einem der Fenster. Doch Tobias und Nadine waren nirgends zu sehen.

Schließlich stieg Paolo in die letzte Etage unter dem Dach hinauf, wo sich der Raum mit der Ausstellung über die Festung Stolpen befand, der wie eine Wachstube eingerichtet war. Hier befand sich nur Herr Wachhaupt, der offenbar Selbstgespräche führend in der Ausstellung auf und ab lief.

Rasch verließ Paolo die ehemalige Wachstube wieder und betrat den Gang, der um die Wachstube herum innen an der Turmmauer entlangführte. Hier traf er endlich auf Tobias und Nadine.

„Hey, Alter!“, rief er. „Fast hätte ich euch nicht gefunden. Nadine muss sofort zu Richard zurück!“

„Wieso? Was ist passiert?“, fragte Tobias.

Während Paolo hastig erklärte, gingen sie weiter um die Wachstube herum, bis sie wieder an deren Eingang ankamen. Da entdeckte Paolo den Koffermann, der gerade in die Wachstube und auf Herrn Wachhaupt zueilte.

„Hier steckst du also!“, keuchte der Mann.

Paolo stieß Tobias und Nadine an, legte den Finger auf den Mund und deutete mit dem Kopf auf die beiden Männer.

„Was gibt's denn?", fragte Herr Wachhaupt.

„Mir fehlen für meine Studienarbeit noch etliche Details", antwortete der Koffermann. „Hast du eine Ahnung, ob es auf der Burg noch andere Pläne gibt als diese da?"

Die drei Freunde traten vor eine große Vitrine und wandten den Männern den Rücken zu. Doch in dem spiegelnden Glas konnte Paolo die beiden Männer weiter beobachten.

„Hör mir auf mit diesen Plänen", brummte Herr Wachhaupt und deutete auf die Wand. „Sieh dir das an!"

Der Mann kratzte sich am Kopf. „Ich weiß nicht, was du meinst, Onkel!"

„Na, der Plan! Er ist wieder da!"

„Das ist doch schön, dann ist doch alles geklärt, oder?"

„Nichts ist geklärt!", fauchte Herr Wachhaupt. „Wie stehe ich denn jetzt da? Gestern habe ich die Polizei geholt und heute muss ich die Anzeige wieder zurückziehen. Videoaufzeichnungen gibt es auch nicht, keiner weiß, wieso dieses Ding nicht funktioniert. Der Plan hängt da, als wäre er nie weg gewesen." Er fuchtelte wie wild mit den Armen vor dem Ausstellungsstück herum. „Und die Polizei ist nicht gewillt, noch mal herzukommen und den Plan auf Fingerabdrücke zu untersuchen. Was denkst du, was sie mir am Telefon gesagt haben?" Der Burgwächter deutete mit dem Zeigefinger auf die Brust des Koffermanns.

„Keine Ahnung", murmelte dieser.

„Ich soll froh sein, dass alles wieder in Ordnung ist!", rief Herr Wachhaupt und fuchtelte weiter mit den Armen herum. „Es war bestimmt kein Diebstahl, wahrscheinlich hat nur jemand vom Burgverein den Plan zu irgendeinem Zweck abgenommen, vielleicht um das Glas zu reinigen."

42 Er ließ die Arme sinken und schüttelte den Kopf. „Das ist doch völliger Unsinn! Da ist irgendetwas im Gange, sage ich dir, irgendeine Sache ..."

Plötzlich fuhr er herum, trat von hinten an Paolo heran und ließ seine Hand auf dessen Schulter fallen.

„Hey, wen haben wir denn da?", donnerte er. „Du bist doch einer von diesen Bürschchen, die sich gestern an der Öffnung zum unterirdischen Gang zu schaffen gemacht haben. Und heute treffe ich dich hier oben, wo ..."

„Ach, Onkel, lass doch den Jungen!" Der Koffermann versuchte, den Burgwächter wegzuziehen. „Was kann der denn dafür?"

Doch Herr Wachhaupt ließ seine Hand schwer auf Paolos Schulter liegen und berichtete seinem Neffen aufgeregt von seiner gestrigen Begegnung mit Paolo, Richard und Thea sowie dem Gespräch mit dem Polizisten.

Willst du noch einmal nachlesen, wovon Herr Wachhaupt seinem Neffen berichtet? Dann geh zurück zu Nummer 14 und Nummer 18.

Während Herr Wachhaupt Paolo weiter beschuldigte, tauchte plötzlich Siggi Sauer auf, gefolgt von Lothar und Toni. Sie schlenderten in die Wachstube und blieben vor den alten Plänen stehen. Von ihnen nahm Herr Wachhaupt keine Notiz, obwohl sie sich lautstark unterhielten und Siggi Sauer ständig große Kaugummiblasen machte und zerplatzen ließ.

„Ich habe mir schon gestern gedacht", schimpfte der Burgwächter weiter, „dass du hier zusammen mit diesem Mädchen und wer weiß was noch für Kindern ein heimliches Spiel treibst. Wieso bist du heute schon wieder hier, häh? Kannst du mir das erklären?" Ohne eine Antwort abzuwarten, wandte er sich an Tobias und Nadine. „Und ihr gehört wohl auch dazu, häh?"

„Wir …" Tobias setzte zu einer Erklärung an, aber Herr Wachhaupt ließ ihn nicht zu Wort kommen.

Stattdessen fuchtelte er mit dem Zeigefinger vor Tobias' Nase herum. „Ha, du brauchst gar nichts zu sagen, das sind ja doch alles Lügen! Ich habe deine Freunde bei der Öffnung des Ganges erwischt, auf frischer Tat ertappt sozusagen. Und jetzt lungert ihr die ganze Zeit hier herum und hört unserem Gespräch zu."

Paolo warf Siggi, der ihn frech angrinste und erneut eine Kaugummiblase platzen ließ, einen finsteren Blick zu.

Tobias sagte: „*Wer in Unschuld lebt, der lebt sicher; wer aber verkehrte Wege geht, wird ertappt werden.*[8]"

„Häh? Was faselst du da?" Herr Wachhaupt packte Tobias und Paolo an den Armen. „Ich lasse mich nicht für dumm verkaufen, ich werde jetzt …"

„Aber Onkel!" Der Koffermann legte dem Burgwächter die Hand auf den Unterarm. „Jetzt lass doch die Jungen in Ruhe! Der Plan ist wieder da, das ist die Hauptsache. Und du hast gewiss Wichtigeres zu tun, als …"

„Wichtigeres?", polterte Herr Wachhaupt. „Was gibt es Wichtigeres, als Randalierern und Dieben das Handwerk zu legen? Ich werde …"

Der Koffermann packte ihn fest am Handgelenk. „Hör sofort auf!", sagte er energisch. „Wenn du sie zu Unrecht beschuldigst, so ist das …"

„Hey, Sie haben recht, wir haben nichts gemacht!", rief Paolo und versuchte, Herrn Wachhaupts Hand abzuschütteln.

8 Sprüche 10,9 (Luther)

Da trat Siggi einen Schritt auf Paolo zu, ließ erneut eine Kaugummiblase platzen und sagte laut: „Ich kenne den Kerl. Und die anderen beiden auch. Garantiert waren die das, die den Gang aufgebuddelt und den Plan weggenommen haben! Und das ist noch nicht alles! Gehen Sie doch mal hinter die Burg, in den Tiergarten! Da haben die auch gegraben! Wir haben sie dabei erwischt, stimmt's?" Er wandte sich seinen beiden Freunden zu und grinste schief.

Der eine nickte heftig, Lothar dagegen schaute zu Boden und scharrte mit den Füßen.

„Hey Alter", fuhr Paolo auf, „das wart ihr selbst und nun ..."

„Da hört sich doch alles auf!" Herr Wachhaupt schob seinen Neffen weg und packte Paolo wieder unsanft am Arm. „Ich werde die Polizei ..."

„Nein!", fuhr der Koffermann seinen Onkel an, umklammerte wieder dessen Handgelenk und schaute sich um. „Hör auf damit! Ich muss sofort mit dir reden, unter vier Augen!"

„Aber diese Randalierer werden uns entkommen und dann ..."

Der Koffermann deutete auf Paolo. „Meinetwegen nehmen wir diesen Jungen und seine Freunde mit und holen dann die Polizei. Aber lass uns endlich gehen, es ist wichtig!"

„Na gut", brummte Herr Wachhaupt. „Wir nehmen sie mit. Und die anderen Jungs hier – das sind unsere Zeugen." Er deutete auf die drei Schwarzkappen.

„Aber klar doch, Herr Wachhaupt." Siggi nickte grinsend und ließ wieder eine große Kaugummiblase platzen, wobei ein Stück davon an seiner Nase hängen blieb.

„Hör auf mit dieser Schweinerei!", blaffte Herr Wachhaupt.

Siggi zuckte zusammen und wischte sich mit der Hand über die Nase. „Ähm ... ja, Verzeihung. Also, wir haben wirklich genau beobachtet, wie ..."

Der Koffermann nickte ihm zu. „Ist schon gut. Ich melde mich, wenn wir euch brauchen."

„Okay." Siggi hob den Daumen. „Wir stehen zu Diensten."

Trotz der Aufregung wunderte sich Paolo, dass der Koffermann die Schwarzkappen weder nach ihren Namen, noch nach Adressen oder Telefonnummern fragte. Entweder hatte er es vergessen oder er kannte sie. Oder er hatte gar nicht vor, sie noch einmal zu befragen.

Endlich beruhigte sich Herr Wachhaupt ein wenig und wandte sich der Treppe zu.

Herr Wachhaupt sorgt für Ordnung auf der Burg. Er kennt sich dort genau aus. Kennst du dich auch auf Burgen aus? Was gab es <u>nicht</u> auf einer alten Burg?

Setze die Zahlen der beiden falschen Gegenstände zusammen, dann erfährst du, wo es weitergeht.

MAUER	3	ZISTERNE	1
BRUNNEN	1	KRÄUTERKÜCHE	3
TURM	8	KORNBODEN	5
FAHRSTUHL	4	TANKSÄULE	8
ZUGBRÜCKE	7	PFERDESTALL	2
GANG	2	SCHWERT	9

Lies weiter bei Nummer __ __.

43

Nachdem Richard alle Neuigkeiten in seinem Notizbuch vermerkt hatte, bat Tobias ihn: „Bitte lies uns noch einmal deine Zusammenfassung vor."

Richard räusperte sich und las.

- *Ein Mann verschwindet im Kellergewölbe. Beschreibung: Mittelgroß, schlank, abgenutzte, schmutzige Arbeitskleidung. Koffer.*
- *In dem Raum befindet sich der Eingang zu einem unterirdischen Gang, der heimlich freigelegt wurde. Es gibt dort keine Videoüberwachung. Die Polizei geht der Sache nicht nach, verlangt lediglich, dass der Gang wieder zugemauert wird.*
- *Ein Kirchenbuch mit alten Plänen ist aus dem Pfarrbüro verschwunden und wieder aufgetaucht.*

- Ein alter Plan aus der Ausstellung im Johannisturm wurde gestohlen.
- Die Videoüberwachung auf der Burg ist kaputt.
- Bodenplatten in der Kirche wurden gelockert.
- Trinkflasche in der Kirche gefunden.
- Schlüsselbund von Andreas ist verschwunden und wieder aufgetaucht. Daran sind Schlüssel für Burg, Kirche und Räume im Pfarrhaus.
- Außerhalb der Burg wurde ein neuer unterirdischer Gang gegraben.

Was sonst noch geschah:

- Notizbuch verschwindet und taucht wieder auf. Eine Drohung wurde hineingeschrieben.
- Luca hat ein leeres Fass entdeckt, begehbar, gutes Versteck.
- Karlson wurde entführt und im Klo angebunden. Erneute Drohung.

Neueste Erkenntnisse:

- Einige Leute suchen einen unterirdischen Gang, in dem der Schatz der Gräfin Cosel versteckt sein soll.
- Sie erwähnen ein Buch über die Gräfin Cosel, der Autor ist ein Pole und heißt Józef Ignacy Kraszewski.
- Sie sprechen von einem alten Mann,

der ihnen von einem Schatz erzählt haben soll.

- Sie haben das Buch im Pfarramt „ausgeborgt“, wahrscheinlich mithilfe des Schlüssels von Andreas.
- Mit diesem Schlüssel konnten sie auch die Kirche aufschließen, um dort die Bodenplatten zu lockern.
- Bestimmt haben sie auch den Plan auf der Burg gestohlen und die Videoüberwachung sabotiert.
- Das alles dient der Suche nach dem Gang.
- Sie beobachten uns!

Frage: Wieso bringen sie manches wieder zurück? (Buch, Schlüssel)

Personen, die damit zu tun haben:

- Dunkelhaariger Mann (von Nadine und Tobias in der Kirche gesehen)
- Blonde Frau (von Nadine und Tobias in der Kirche gesehen)
- Ein Mann namens Theo (von dem Pärchen in der Kirche erwähnt)
- Ein Junge (von dem Pärchen in der Kirche erwähnt)
- Alter Mann im Altersheim (hat der blonden Frau Informationen über den Schatz gegeben, ist inzwischen gestorben.)

43

Weitere Verdächtige:

- *Der Mann mit dem Koffer (Ist er vielleicht der Mann aus der Kirche oder Theo?)*
- *Herr Wachhaupt*
- *Die Schwarzkappen. Lothar wurde sowohl im Keller als auch im Zehrgarten von uns gesehen. Bei der Schatzsuche war er auch.*
- *Der dicke Mann*
- *Die Frau mit den vollen Hosentaschen (Ist das vielleicht die blonde Frau, die Nadine und Tobias in der Kirche gesehen haben?)*

Wichtig: Heute um 18 Uhr trifft sich Theo mit dem Jungen auf der Burg.

„Deine Zusammenfassung ist super!", lobte Tobias. „Aber du solltest noch den Mann dazu schreiben, der heute seine Kinder von der Schatzsuche abgeholt hat."

Richard nickte und schrieb:

- *Vater von zwei Kindern (Schatzsuche)*

„Ich denke, damit wissen wir, wer gemeint ist." Richard schaute auf. „Mein Notizbuch ist auch verschwunden und wieder aufgetaucht. Aber das ist etwas anderes als bei dem Buch und den Schlüsseln."

„Klaro." Paolo nickte. „Das verstehe sogar ich. Das Notizbuch brauchten die nur, um uns eine Drohung reinzuschreiben."

Luca wandte sich an Richard. „Hätte ich Lothar danach fragen sollen? Ihr habt ihn ja schließlich im Keller und im Zehrgarten gesehen."

„Nee, Alter", rief Paolo. „Das hätte der garantiert abgestritten. Außerdem hättest du damit verraten, dass wir den Schwarzkappen auf der Spur sind."

Richard nickte. „Wir sollten vorsichtig sein und ihm nicht zu viel verraten."

In diesem Moment piepte Richards Handy. Er holte es aus der Tasche. „So ein Mist, mein Akku ist gleich schon wieder leer." Er schaute auf die Uhrzeit. „Der Mann will sich um 18 Uhr mit diesem Jungen auf der Burg treffen. Bis dahin haben wir noch zwei Stunden Zeit. Wir sollten jetzt auf die Burg gehen und versuchen, das Pärchen und diesen Theo aufzuspüren. Vielleicht sehen wir auch noch jemand anderen von unserer Verdächtigenliste."

„Na dann: Auf geht's!" Tobias sprang auf. *„Für alles gibt es eine bestimmte Stunde. Und für jedes Vorhaben unter dem Himmel gibt es eine Zeit.*[9]"

„Genial!" Nadine stand ebenfalls auf und lachte Tobias ins Gesicht. „Ist das wieder so ein Spruch aus der Bibel?"

„Du hast es erraten." Tobias schaute ihr in die Augen und lächelte. „Er steht im Buch Prediger."

---

9 Prediger 3,1 (Rev. Elberfelder)

In den letzten Abschnitten ging es um jede Menge Schlüssel. Welcher Schlüssel passt in welches Schlüsselloch? Ein Schlüssel bleibt übrig. Er verrät dir, bei welcher Nummer es weitergeht.

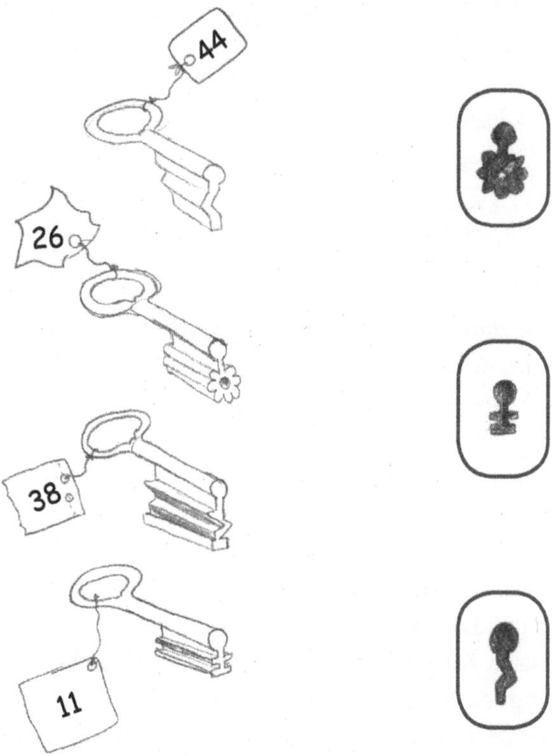

44

„Jetzt erzähle ich endlich die Schlüsselgeschichte!", rief Paolo. Dann stützte er die Unterarme auf die Oberschenkel und schaute einen nach dem anderen an. „Also ich war mit Luca in der Küche, beim Abtrocknen. Die ganze Zeit über haben wir nach Andreas Immerfroh Ausschau gehalten, weil wir ..."

Luca hob die Hand, als wollte er sich melden. „Andreas Immerfroh ist der Mann, von dem ich euch schon mal erzählt habe. Er wohnt im HUGO und leitet die Schatzsuche. Er ist auch Mitglied des Burgvereins und macht manchmal Führungen. Wir wollten ihn fragen ..."

„Hey, Alter!" Paolo stieß Luca den Ellenbogen in die Seite. „Jetzt bin ich dran!" Er räusperte sich. „Also, wir wollten Andreas fragen, ob er uns mal die Burg zeigt – denn Luca war sich nicht sicher, ob Lothar wirklich Wort hält. Und wir dachten, wenn wir beim Abwasch helfen, können wir in Ruhe mit Andreas reden, schließlich wohnt er ja in diesem Haus."

Nadine stöhnte. „Mach's kurz, Paolo. Dass er dort wohnt, hat uns Luca schon erzählt."

„Wenn du mich unterbrichst, geht es auch nicht schneller", murrte Paolo. „Also, Andreas war nirgends zu sehen. Deshalb ging ich mit Luca ums Haus, um ihn zu suchen."

„Ich dachte, ihr wolltet beim Abtrocknen helfen?" Thea kicherte. „Da habt ihr euch wohl erfolgreich gedrückt."

„Quatsch!", fuhr Paolo sie an. „Das war nach dem Küchendienst. Und jetzt seid endlich still, sonst erzähle ich gar nichts mehr!" Er verschränkte die Arme vor der Brust und zog ein beleidigtes Gesicht.

Da stieß Luca ihn in die Seite. „Jetzt merkst du mal, wie das ist, wenn man ständig unterbrochen wird."

Richard klopfte mit dem Stift auf sein Notizbuch. „Paolo erzählt jetzt und die anderen sind still. Sonst kommen wir heute überhaupt nicht mehr auf die Burg."

„Danke, Alter." Paolo stützte die Ellenbogen auf die Knie. „Wir haben also nach Andreas gesucht. Dabei sahen wir, wie Esther, die Frau von Andreas, aus dem Holzschuppen herauskam und aufgeregt nach ihrem Mann rief. Sie lief zum Hintereingang des HUGO und verschwand durch die Tür."

„Wahrscheinlich ist sie nach oben in die Wohnung gelaufen", sagte Luca.

Diesmal schimpfte Paolo nicht, sondern berichtete weiter: „Etwas später rannten Esther und Andreas gemeinsam zum Holzschuppen. Wir sind ihnen gefolgt. Und passt auf, jetzt kommt das Wichtigste!" Er sprang auf und hob den Finger, als wollte er alle zur Ruhe mahnen. „Esther hat im Holzschuppen einen Schlüsselbund von Andreas gefunden. Andreas sagte, das sei sein Stolpen-Schlüsselbund, den er schon eine ganze Weile gesucht hat."

„*Stolpen-Schlüsselbund* bedeutet, es sind alle Schlüssel der Burg dran“, ergänzte Luca. „Und Andreas hatte keine Ahnung, wie sie in den Schuppen gekommen sein könnten.“

„Da sind bestimmt noch andere wichtige Schlüssel dran!“, rief Tobias aufgeregt. „Andreas Immerfroh ist auch Mitglied im Kirchenvorstand. Das heißt, er hat auch die Schlüssel für die Kirche und das Pfarrhaus!“

„Du solltest uns zu Ende erzählen lassen!“, mahnte Paolo, und Tobias nickte. Paolo setzte sich wieder hin. „Jedenfalls waren Andreas und Esther ziemlich aufgeregt. Sie konnten sich nicht vorstellen, wer die Schlüssel da hingelegt haben könnte. Esther benutzt sie nie, und Andreas sagte, er hängt sie immer an das Schlüsselbrett in der Wohnung. Und weil es ein ziemlich schwerer Schlüsselbund ist, nimmt er ihn nur mit, wenn er in Stolpen zu tun hat.“

„Außerdem ...“ Luca ruderte mit den Armen durch die Luft, als dirigiere er ein riesiges Orchester. „Außerdem hat Andreas gesagt, er sei inzwischen schon tausendmal im Schuppen gewesen ...“

„Und wenn sie jemand genommen und heute wieder da hingelegt hat?“, platzte Richard dazwischen.

„Jemand, der heute bei der Schatzsuche war“, nahm Tobias Richards Gedanken auf.

„Ist doch klar, Alter.“ Paolo hob den Daumen. „Das waren garantiert Lothar und Fred. – Oder zumindest einer von beiden.“

Tobias schüttelte den Kopf. „Wir dürfen sie nicht vorschnell verurteilen. Es kann auch jemand anderes gewesen sein.“

„Ja.“ Thea nahm ihren Hut ab und legte ihn neben sich

auf den Rand des Sandkastens. „Es kann jemand gewesen sein, der den Verdacht auf die Teilnehmer der Schatzsuche lenken wollte."

Luca verschränkte die Arme vor der Brust. „Jedenfalls konnten wir Andreas unter diesen Umständen nicht um eine Burgführung bitten."

„Da fällt mir gerade noch etwas ein." Paolo tippte sich an die Schläfe. „Als wir ums Haus liefen, habe ich noch jemanden gesehen, der mit im Keller war, als wir die Führung mit unserer Klasse hatten. Und später war er auch in der Cafeteria. Und zwar der Mann mit den kleinen Kindern. Er hat sie von der Schatzsuche abgeholt und mit einem der Mitarbeiter gequatscht."

„Statt neuer Antworten haben wir jetzt ein weiteres Rätsel", stellte Richard fest. „Wer hat den Schlüsselbund genommen und wozu? Und wieso hat er ihn wieder zurückgebracht?"

Thea klopfte Sand von ihrem Hut und setzte ihn wieder auf. „Das sind genau genommen drei Rätsel."

„Nach der Antwort auf das *Wozu* brauchen wir nicht lange zu suchen." Nadine holte ihr Smartphone aus der Tasche. „Ihr werdet es sofort verstehen, wenn ihr hört, was wir erlebt haben."

Sie strahlte Tobias an. „Darf ich jetzt erzählen?"

„Aber klar doch!" Lächelnd zwinkerte er ihr zu.

Wovon Nadine berichten wird, weißt du ja schon. Du kannst es aber noch einmal unter Nummer 32 nachlesen.

44 *Nadine sagt: „Nach der Antwort auf das Wozu brauchen wir nicht lange zu suchen.“*
Ob die anderen herausfinden, was sie damit meint? Hilf ihnen und schreibe deine Vermutung auf!

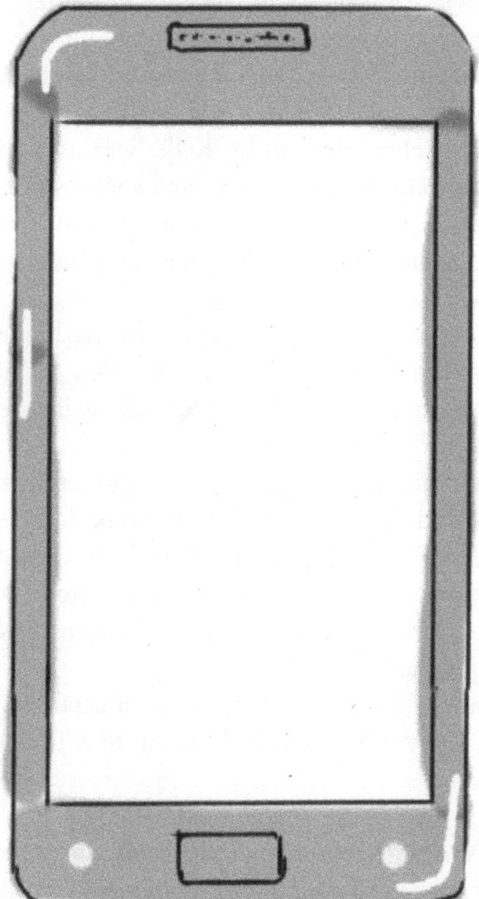

Lies nun weiter bei Nummer 37.

45

Thea und Luca wanderten durch die Kellergänge und musterten die Besucher.

„Wir haben uns völlig falsch aufgeteilt", brummte Thea. „Tobias und Nadine hätten nicht zusammen gehen sollen, denn sie sind die Einzigen, die die Leute in der Kirche gesehen haben. Blonde Frauen und dunkelhaarige Männer spazieren viele hier herum, junge und alte, mit und ohne Kinder."

„Na ja, wenigstens erkennen wir die Schwarzkappen", antwortete Luca und zog Karlson näher zu sich heran, um ein älteres Ehepaar vorbeizulassen.

Thea schob ihren Hut in den Nacken. „Ich weiß nicht mal, ob ich den Koffermann wiedererkennen würde."

„Falls die Schwarzkappen auftauchen, müssen wir uns schnellstens unsichtbar machen", gab Luca zu bedenken. „Wir könnten in das Fass kriechen, das ich entdeckt habe, und von dort aus die Leute beobachten. Es ist nicht weit von hier."

„Ein finsteres, muffiges Fass voller Spinnen und anderer Ekeltiere?" Thea schüttelte sich. „Dazu habe ich keine Lust."

„Aber es ist das perfekte Versteck!" Luca schaute sich um und ließ Karlson wieder mehr Leine. „Und man kann von da aus eine Stelle beobachten, an der sich mehrere Gänge kreuzen."

„Na gut“, seufzte Thea. „Dann kriechen wir eben in dieses eklige Fass.“

Solange noch andere Leute in der Nähe waren, taten Thea und Luca, als betrachteten sie das Fass von allen Seiten.

„Die Einstiegsöffnung ist hinten“, raunte Luca ihr zu. „Wir warten, bis die Luft rein ist, dann klettern wir schnell hinein.“

Thea zog sich ihren Hut ins Gesicht und murrte: „Ich steige nur in dieses muffige Ding, wenn du mir deine Taschenlampe gibst.“ Voller Ekel dachte sie an die Spinnen, die garantiert dort drin saßen und in aller Ruhe ihre klebrigen Fäden spannen. „Außerdem will ich, dass du zuerst hineinsteigst.“

„Kein Problem“, entgegnete Luca. „Aber erst mal brauche ich die Taschenlampe kurz selbst.“

Endlich waren weit und breit keine Besucher mehr zu sehen. Sofort eilten Luca und Thea mit Karlson hinter das Fass. Luca holte seine Taschenlampe aus der Hosentasche, knipste sie an und richtete den Strahl auf die Tür.

„Komisch“, murmelte er, „die Tür ist nicht verriegelt. Nach mir muss also noch jemand in dem Fass gewesen sein.“

Luca öffnete die Tür, gab Thea die Taschenlampe, zog an der Leine und befahl: „Los, Karlson! Hopp! Spring in das Fass!“

Doch der Hund sträubte sich, winselte und zerrte an der Leine.

„So ein Mist“, schimpfte Luca. „Wahrscheinlich muss er mal.“

„Soll ich mit ihm gehen?“, fragte Thea.

Luca schüttelte den Kopf. „Kommt gar nicht infrage! Am Ende läufst du den Schwarzkappen in die Arme. Im Fass bist du sicher!"

Bevor Thea noch etwas erwidern konnte, war Luca schon mit Karlson verschwunden. Dafür hörte sie jetzt andere Stimmen, die näher kamen. Schnell stieg sie in das Fass und wandte sich um, um die Tür hinter sich zu schließen.

Plötzlich wurde sie von hinten gepackt. Und ehe sie einen Laut herausbrachte, hielt ihr jemand den Mund zu, riss ihr die Taschenlampe aus der Hand, knipste das Licht aus und drohte flüsternd: „Sei ja still, sonst passiert was!"

Thea zappelte und versuchte, in die fremde Hand zu beißen, dabei fiel ihr Hut zu Boden.

Da raunte ihr eine Jungenstimme ins Ohr: „Sei still! Ich tue dir nichts. Bitte sei still, dann erklär ich dir alles!"

Thea hörte auf zu zappeln und nickte.

Der Junge ließ vorsichtig die Hand vor ihrem Mund locker, hielt Thea aber noch fest. „Bitte, bitte sei leise", raunte er erneut.

„Okay, aber lass mich los", flüsterte sie.

„Versprichst du, ganz leise zu sein?"

Thea nickte schwach.

Endlich ließ der Junge sie los.

Sie fuhr zu ihm herum und keuchte: „Gib mir sofort die Taschenlampe!"

„Nein, kein Licht. Bitte sei still", flehte der Junge so leise, dass sie es kaum verstand. „Ich erkläre dir alles später! Bitte sei jetzt ganz, ganz still!"

Der Junge drängte sich an ihr vorbei, in Richtung der Vorderseite des Fasses. Sie tastete nach ihrem Hut und hob

45 ihn auf. Dann folgte sie dem Jungen und fiel beinahe über ihn, da er sich hingehockt hatte.

„Still!“, flüsterte der Junge, packte ihren Arm und zog sie nach unten. „Such dir auch ein Guckloch und halt die Klappe!“

Thea hockte sich neben ihn und fand ebenfalls ein kleines Guckloch. Sie bemerkte eine blonde Frau, die unruhig auf und ab ging.

Obwohl Thea nur kurz ihr Gesicht sah, erkannte sie sie sofort. Es war die gleiche Frau, die während der Burgführung mit in dem Raum mit der Schautafel gewesen war. Sie schaute abwechselnd auf ihre Uhr und zu dem Gang, der von draußen hereinführte.

Als sie sich ein Stück vom Fass entfernte, wisperte der Junge neben Thea: „Wenn die Frau weg ist, erklär ich dir alles. Bis dahin sei bitte, bitte still!“

„Hab's schon kapiert“, hauchte Thea. Sie hörte, wie der Junge erleichtert aufatmete, und schaute wieder durch ihr Guckloch.

Etliche Besucher kamen herein und gingen wieder hinaus. Ein Mann kam an das Fass und betrachtete es.

Die blonde Frau trat zu ihm und raunte: „Möchte wissen, wo der Junge bleibt. Wir müssen ihm ordentlich Angst machen.“

„Darauf kannst du dich verlassen. Ich will diesen Schatz haben, ich brauch ihn unbedingt! Wir sind bisher viel zu zimperlich gewesen, das muss aufhören.“

„Da hast du recht“, bestätigte die Frau. „Klaus ist viel zu ehrlich. Er will niemandem schaden, damit vergeuden wir aber nur unsere Zeit und Kraft.“

„Genau“, brummte der Mann. „Klaus geht auch viel zu

vorsichtig mit dem Jungen um." Der Mann spuckte aus. „Er ist ein Weichling. Wenn der Kleine kommt, werde ich ihn mal ein wenig mit dem Messer kitzeln. Damit er merkt, dass ich keinen Spaß verstehe."

„*Wenn* er kommt", entgegnete die Frau. „Er müsste längst hier sein."

„Und was ist mit dem anderen?"

„Der hat eine andere Aufgabe. Er soll dafür sorgen, dass diese Schnüffler auf andere Gedanken kommen."

„Richtig so. Es sind zwar nur Kinder, aber ich will nicht, dass die uns in die Quere kommen. Trotzdem würde ich den beiden Bürschchen ganz gern noch mal richtig einheizen, damit sie ja die Klappe halten."

„Wart's ab, dazu wirst du schon noch Gelegenheit bekommen."

„Was heißt hier, *wart's ab*?" Die Stimme des Mannes wurde lauter. „Ich will endlich den Schatz! Und dann nichts wie weg hier."

„Oh ja, Theo! Wir steigen in den nächsten Flieger und beginnen unser neues Leben in der Karibik." Die Frau schaute sich um und rieb sich die Hände. „Der Alte hat gesagt, wenn man es schlau anstellt, kann man Millionen damit machen. *Millionen*, stell dir das vor!"

„Und niemand wird uns auf die Schliche kommen." Das Lachen des Mannes erinnerte Thea an das Gekläff eines großen, bissigen Köters. „Es liegt keine Straftat vor", fuhr der Mann fort. „Denn was nicht da ist – also wovon keiner etwas weiß – kann nicht vermisst werden. Und das andere ... wenn der Junge hält, was er versprochen hat, wird das alles den Kindern in die Schuhe geschoben. Man wird vermuten, dass sie ..."

„Pst, da kommt jemand!“, raunte die Frau. „Lass uns den Basaltus besuchen. Wenn der Junge vorbeigeht, schnappen wir ihn uns und zerren ihn in den Gang!“

Nachdem der Mann und die Frau gegangen waren, packte Thea den Jungen am Arm. „So, jetzt rede! Was hat das alles zu bedeuten?“

„Nicht hier drin“, antwortete der Junge. „Später ... wenn wir rausgehen und ...“

„... und dann haust du ab“, beendete Thea den Satz. „Das kommt nicht infrage! Entweder du redest jetzt oder ich mache so einen Lärm, dass der Mann und die Frau wieder herkommen. Der Basaltus ist gar nicht weit weg.“

„Weiß ich selbst“, fauchte der Junge. „Bitte, bitte, mach leise!“ Er presste sein Auge wieder an das Guckloch. „Die Luft ist rein – Gott sei Dank. Wir sollten die Gelegenheit nutzen und verschwinden, denn ...“

„Papperlapapp! Versuch nicht, mich zu überreden! Das funktioniert nicht!“, sagte Thea in normaler Lautstärke. „Wie heißt du eigentlich?“

„Bitte, bitte sprich leise!“, beschwor der Junge sie.

„Deinen Namen!“

„Adrian“, flüsterte er. „Und nun sei still!“ Er schaute erneut durch das Guckloch.

„Du bist ganz schön nervös“, stellte Thea fest.

„Weil es gefährlich ist!“, stöhnte Adrian.

Thea drückte seinen Arm. „Rede! Ich will alles wissen! Sonst schreie ich!“

„Leise!“, bettelte der Junge. „Ich sag’s dir. Aber versprich, dass du ganz leise bist!“

„Nur wenn du mir alles erzählst“, raunte Thea. „Alles, verstehst du?“

„Also gut." Er räusperte sich. „Diese beiden Leute – also der Mann und die Frau – die sind gefährlich."

„Hm." Thea ließ den Arm des Jungen los. „Das hab ich auch schon bemerkt. Bin ja nicht taubblind."

„Sie ... sie haben ... sie erpressen jemanden und ..."

„Wen?" Als der Junge nicht antwortete, fragte Thea weiter: „Bist du dieser *Jemand*?"

„N... nein", hauchte der Junge. „Aber bitte ... also seinen Namen will ich nicht sagen."

Thea überlegte eine Weile, dann nickte sie. „Das verstehe ich. Ich würde meine Freunde auch nicht verraten. Aber ich will trotzdem noch mehr wissen. Womit erpressen sie diesen *Jemand*?"

„Sie wissen etwas von ihm. Etwas, das er gemacht hat." Adrian räusperte sich. „Und außerdem sind sie ziemlich ... ziemlich gewalttätig."

„Das kann ich mir vorstellen, nach dem, was ich gerade gehört habe." Thea spürte, wie ihr rechtes Bein einschlief. Sie setzte sich neben dem noch immer hockenden Jungen auf den Boden. „Weiter. Was muss dieser *Jemand* für sie tun?"

„Verschiedenes. Er ... er muss Sachen auskundschaften. Er muss ... er muss manches wegnehmen ..."

„Du meinst stehlen?"

„Hm, würde ich nicht so nennen. Er nimmt es zwar weg, bringt es aber kurze Zeit später wieder zurück."

„Zum Beispiel Schlüssel?", fragte Thea.

„Woher weißt du ...?"

„Ich weiß es eben."

„Pst!" Der Junge presste das Auge wieder ans Guckloch. Thea kniete sich hin, linste ebenfalls hinaus und ent-

45 deckte Luca und Karlson. „Oh, da sind ja meine Freunde! – Und keine Spur von diesen brutalen Leuten!“

Sofort stand sie auf, tastete sich an der Wand des Fasses entlang zur Tür und trat hinaus.

Während Karlson sie stürmisch begrüßte, huschte Adrian hinter ihr aus dem Fass, rannte an ihnen vorbei und verschwand hinter der nächsten Ecke.

„Halt!“, rief Thea und rannte hinterher.

Doch es war zu spät. Adrian war bereits im Gewirr der Gänge verschwunden.

Teste jetzt dein Schlüsselwort:

- Karlson ist ein H________. ☞ *Nummer 41*
- Mit einem H____________ kann man die Haustür aufschließen. ☞ *Nummer 50*
- Andreas Immerfroh hat seinen Stolpen-S____________ gesucht. ☞ *Nummer 50*

Wenn du dein Schlüsselwort vergessen hast, kannst du unter Nummer 72 nachsehen, welches du ausgewählt hast.

46

Richard beobachtete, wie Tobias den Jungen begrüßte. Sie unterhielten sich kurz, der Junge öffnete die Flasche, roch daran, nickte und sagte etwas zu Tobias. Beide lachten. Dann verabschiedete Florian sich und verließ mit der Flasche den Zehrgarten, während Tobias an den Tisch zurückkam.

„Das war unser Klassenclown. Er hat die Flasche gleich an dem Aufkleber und dem Inhalt erkannt, seinem, wie er es nennt, Spezialgemisch aus Cola, Apfelsaft, Kirschtee und Brausepulver."

„Pfui!" Nadine schüttelte sich. „Das muss ja ein ekliges Gebräu sein."

Tobias nickte. „Es roch merkwürdig. Na ja, jedenfalls hat er behauptet, er hätte die Flasche am Samstag in der Kirche stehen gelassen. Er sei mit seiner Tante dort gewesen, die gerade bei ihnen zu Besuch ist."

Nadine fuhr sich durchs Haar. „Ha, wer's glaubt! Dieser ... dieser Florian sah nicht aus wie einer, der seiner Tante

46 die Kirche zeigt. Der hat garantiert gelogen!"

„Kann es sein, dass er mit Adrian befreundet ist?", fragte Richard.

„Möglich." Tobias zuckte mit den Schultern. „Adrian geht immerhin in die Parallelklasse."

„Vielleicht ist Florian einer der beiden Jungen, von denen dieser Theo im Keller gesprochen hat?", überlegte Richard laut und schrieb in sein Notizbuch:

- *Florian Filderstädt, Besitzer der Trinkflasche.*

„Aber jetzt sind wir endlich dran mit erzählen", drängelte Paolo. „Wir haben nämlich auch wichtige Sachen herausgefunden!"

Richard nickte ihm zu, und Paolo, Nadine und Tobias erzählten abwechselnd von ihrer Begegnung mit den beiden Wachhaupts.

Falls du das noch einmal nachlesen möchtest, schau unter Nummer 42 und Nummer 48 nach.

Als Tobias davon berichtete, dass er einen Bischof Kunibert erfunden habe, um den Koffermann auf die Probe zu stellen, fing Richard laut an zu lachen.

„Der Koffermann ist voll darauf hereingefallen", kicherte Nadine.

„... und hat uns so verraten, dass er gar nicht über die Geschichte der Burg Bescheid weiß", ergänzte Tobias.

„Schade, dass ihr seinen Vornamen nicht herausgefunden habt", sagte Richard. „Vielleicht heißt er ja Klaus." Dann ergänzte er seine Aufzeichnungen:

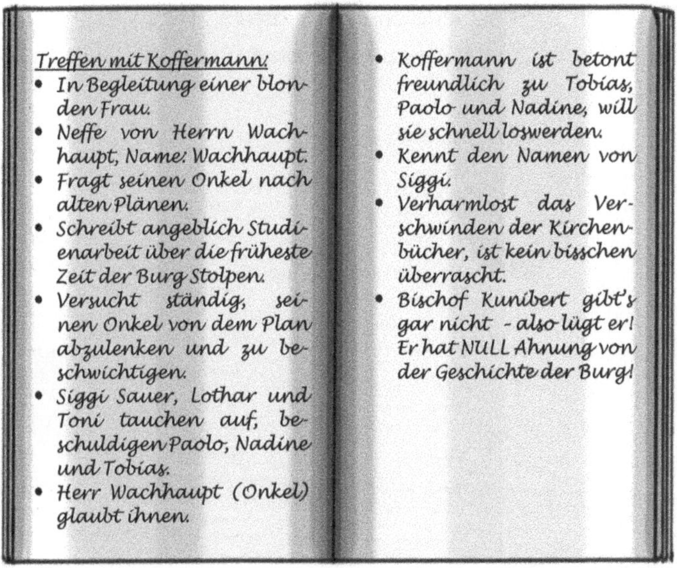

Treffen mit Koffermann:

- In Begleitung einer blonden Frau.
- Neffe von Herrn Wachhaupt, Name: Wachhaupt.
- Fragt seinen Onkel nach alten Plänen.
- Schreibt angeblich Studienarbeit über die früheste Zeit der Burg Stolpen.
- Versucht ständig, seinen Onkel von dem Plan abzulenken und zu beschwichtigen.
- Siggi Sauer, Lothar und Toni tauchen auf, beschuldigen Paolo, Nadine und Tobias.
- Herr Wachhaupt (Onkel) glaubt ihnen.
- Koffermann ist betont freundlich zu Tobias, Paolo und Nadine, will sie schnell loswerden.
- Kennt den Namen von Siggi.
- Verharmlost das Verschwinden der Kirchenbücher, ist kein bisschen überrascht.
- Bischof Kunibert gibt's gar nicht - also lügt er! Er hat NULL Ahnung von der Geschichte der Burg!

Ein Blick auf die Uhr ließ Richard hochschrecken. „Wir müssen zum Bus." Er steckte sein Notizbuch und den Stift ein, stand auf und schaute Luca und Tobias an. „Spätestens nächstes Wochenende kommen wir wieder. Bitte versucht, mit Lothar einen Termin für einen Burgbesuch in der Nacht vom Freitag zum Samstag zu vereinbaren."

„Geht klar", antwortete Luca.

Tobias stand ebenfalls auf. „Und ihr bittet eure Eltern um eine Übernachtungserlaubnis im Stolpener Pfarrhaus."

„Geht auch klar, Alter." Paolo schlug ihm lachend auf die Schulter.

„Und ich werde in der Bibliothek nach dem Buch *Gräfin Cosel* von Józef Ignacy Kraszewski fragen", sagte Richard.

46 Dann verabschiedeten sich Richard, Thea, Nadine und Paolo von Tobias, Luca und Karlson und eilten zum Bus.

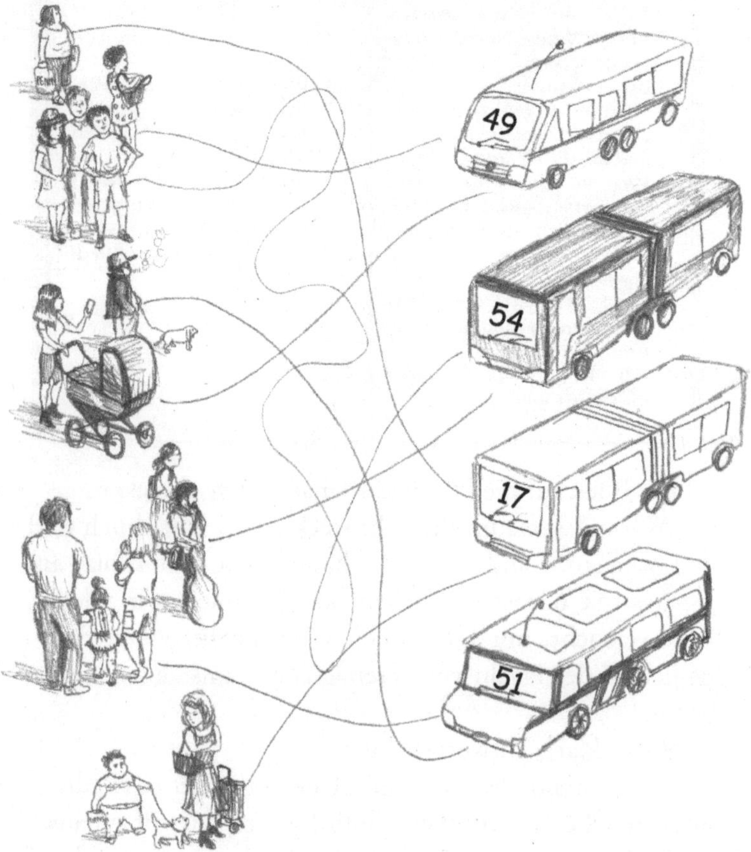

In welchen Bus steigen Richard, Thea und Paolo? Auf dem Bus findest du einen Hinweis darauf, wo die Geschichte weitergeht.

47

Endlich war es so weit. Am Freitagnachmittag fuhren Richard, Paolo, Thea und Nadine mit gepackten Rucksäcken, Isomatten und Schlafsäcken mit dem Bus nach Stolpen. Dort empfing Luca seine ehemaligen Klassenkameraden an der Haltestelle, und natürlich stand Karlson schwanzwedelnd neben ihm.

„Musst du immer deinen Köter mitbringen?“, rief Nadine schon aus dem Bus.

Luca antwortete nicht darauf und musterte stattdessen Nadines großen Rucksack. „Ach du grüne Spinne, wie viele Wochen willst du denn bleiben? Oder willst du gleich bei Tobi einziehen? Der macht sich übrigens extra fein für dich, deshalb hat er es nicht geschafft, pünktlich hier zu sein. Er war beim Judotraining und steht jetzt wahrscheinlich noch unter der Dusche.“

„Wer weiß, vielleicht ziehe ich auch bei dir ein?“ Nadine warf ihre Haare zurück. „Um deinem Karlson endlich Manieren beizubringen.“

„Das fehlte noch“, murrte Luca.

Wenig später bauten sie im Pfarrgarten ihre Zelte auf und bereiteten die Schlafstellen vor. Der Pfarrer und seine Frau waren mit Tobias’ jüngeren Geschwistern weggefahren, und Tobias durfte mit seinen Freunden die Küche neben dem Gemeinderaum nutzen. Sie kochten Spaghetti mit Tomatensoße und planten während des Essens ihr Treffen mit Lothar.

„Wir sollen im Tiergarten, unterhalb des Johannisturms auf ihn warten“, berichtete Luca.

Tobias deutete auf einen großen Schrank. „Dort werden die Materialien von unserem Jugendkreis aufbewahrt. Es gibt auch Stirnlampen, wir haben sie mal für eine Nachtwanderung angeschafft.“

Richard schaute von seinem Teller auf. „Klasse! Damit haben wir die Hände frei.“

„... für Notizbücher, Stifte und andere Sachen“, rief Thea und lachte.

Die Freunde zelten im Pfarrgarten. Im großen Zelt der Jungen gibt es vier Gegenstände, die da nicht hingehören. Findest du sie? 47

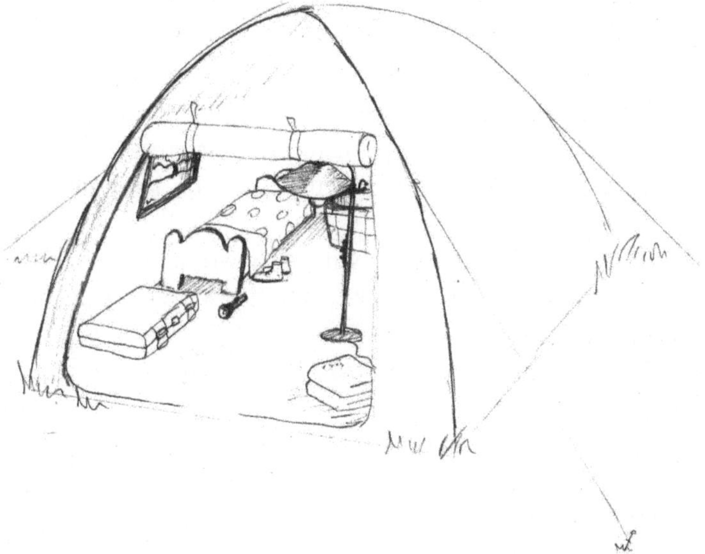

Es war schon dunkel, als sie sich auf den Weg zum Tiergarten machten. In der Finsternis wirkte alles um sie herum ganz anders. Mit ihren dicken Mauern und den Türmen ragte die Burg düster vor ihnen auf. Richard hatte das Gefühl, in eine längst vergangene Zeit zurückversetzt worden zu sein.

Lothar kam eine halbe Stunde zu spät am vereinbarten Treffpunkt an. Doch dann führte er sie auf einem schmalen Pfad dicht an der Burg entlang, bis sie vor einem Gartenzaun standen. Lothar ging ihnen voran durch das Gartentor, sie überquerten die Wiese und kletterten einen Hang hinauf. Hinter dichten Sträuchern krochen sie weiter, bis Richard am Fuß des Schösserturms eine kleine Tür entdeckte, die aussah wie ein verschlossener Fensterladen.

Da wandte Lothar sich zu ihnen um. „Bitte seid ganz still und schaut immer wieder nach allen Seiten, ob die Luft rein ist“, wisperte er und deutete auf die niedrige Holztür. „Und versprecht mir, diesen Weg niemandem zu verraten. Ohne Schlüssel kommt man zwar trotzdem nicht hinein, aber dieser Eingang ist nur einigen Leuten vom Burgverein bekannt. Eigentlich dürfte ich euch den gar nicht zeigen.“

„Du kannst ganz sicher sein, dass wir schweigen werden“, flüsterte Tobias zurück. „Wie der weise König Salomo gesagt hat: *Wer Geheimnisse verrät, ist ein Verleumder, und mit dem, der den Mund nicht halten kann, lass dich nicht ein.*[10]“

„Noch so ein cooler Spruch“, raunte Nadine.

Lothar legte noch einmal den Zeigefinger auf die Lippen und wandte sich dann wieder der Tür zu. Sie hatte zwei Schlüssellöcher und ein Vorhängeschloss.

Nadine seufzte. „Nun geht’s wieder hinab in die Unterwelt. Ich hätte etwas anderes anziehen sollen.“

„Das wirst du wohl nie lernen“, stichelte Luca.

„Leise!“, mahnte Lothar erneut. „Wir müssen aufpassen, dass wir der Nachtwächterführung nicht in die Quere kommen. Aber das dürfte kein Problem sein. Wenn sie kommen, verhalten wir uns so lange ganz ruhig. Kriegst du das mit dem Hund hin, Luca?“

„Klar doch, wenn es drauf ankommt, ist auf Karlson Verlass“, wisperte Luca.

10 Sprüche 20,19 (Luther)

„Na, das bezweifle ich“, zischte Nadine. „Ich habe schon genug Scherereien mit diesem Köter erlebt.“

„Das waren Ausnahmen.“

„Ihr beide habt immer das gleiche Thema“, brummte Paolo. „Langsam wird's langweilig.“

Luca atmete geräuschvoll ein. „Aber ich lasse mich doch nicht ...“

„Ruhe jetzt!“, befahl Richard. „Wenn ihr streiten wollt, bleibt ihr draußen!“

„In Ordnung, Alter“, brummte Paolo. „Und jetzt macht endlich die Tür auf.“

Lothar warf ihm einen grimmigen Blick zu, zog aber doch einen Schlüsselbund aus der Tasche. Die Schlüssel knirschten in den Schlössern, dann öffnete sich die Tür mit einem leisen Knarren. Sie krochen nacheinander hinein, stiegen eine Treppe hinab und gelangten in einen Gang, der nach rechts führte.

„Ich dachte, wir kommen im Ketzerloch raus“, wunderte sich Richard.

„Nein, wir gehen daran vorbei“, antwortete Lothar leise. „Das ist auch gut so, denn das Ketzerloch würde uns nicht viel nützen. Wir kämen aus dem Schösserturm raus und müssten an der Videokamera vorbeigehen, die sich im Übergang vom zweiten zum dritten Burghof an versteckter Stelle befindet. Fragt mich bitte nicht, wo das ist. Ich weiß es nicht.“

Paolo, der vor ihnen ging, wandte sich um. „Hey Alter, ich hab gehört, dass die Videokameras kaputt sind.“

„Kann sein“, erwiderte Lothar. „Vielleicht sind sie kaputt, vielleicht sind sie aber auch schon wieder repariert worden.“

Sie liefen geradeaus, bis sich der Gang gabelte. Lothar nahm den linken Abzweig.

„Wo sind wir jetzt?“, fragte Thea, doch Lothar legte wieder den Finger auf die Lippen und horchte angestrengt.

Alle blieben stehen und hielten die Luft an, und dann waren deutlich sich nähernde Schritte zu hören.

Lothar voran, hasteten sie zum Ende des Ganges. Dort öffnete Lothar eine Tür, schob sie in einen kleinen Raum und schloss die Tür hinter sich ab.

„Macht die Lampen aus“, sagte Richard leise. Dann schob er Lothar zur Seite, bückte sich und schaute durchs Schlüsselloch.

Ein Mann, der eine Laterne in der Hand hielt, tauchte in Richards Blickfeld auf und blieb in der Nähe ihrer Tür stehen. Er stellte die Laterne ab, pfiff durch die Finger und wartete. Von irgendwo aus den Kellergängen antwortete ein ähnlicher Pfiff. Der Mann nahm seine Laterne, wandte sich nach rechts und verschwand wieder.

„Hey Alter, ich habe Pfiffe gehört!“ Paolo trat neben Richard von einem Bein auf das andere. „Hast du jemanden gesehen? Kennen wir ihn?“

Richard richtete sich auf und knipste seine Lampe wieder an. „Es war ein Mann mit einer Laterne, aber ich konnte sein Gesicht nicht erkennen. Er hatte eine Mütze auf, so eine Art Pudelmütze. Sicher ist nur, dass es ein Mann war.“

„Ach, wer weiß.“ Lothar winkte ab. „Das muss nichts bedeuten. Manchmal kriechen hier noch andere Leute vom Burgverein herum. Und der Neffe von Herrn Wachhaupt ist auch oft nachts hier.“

„Nachts?“ Richard starrte ihn an. „Was macht der in der Nacht hier unten?“

„Er schreibt eine Studienarbeit über die Burg. Ich nehme an, er will nachts in Ruhe irgendetwas dafür untersuchen. Außerdem repariert er manchmal was." Auch Lothar schaltete seine Lampe wieder ein. „Elektrische Sachen oder anderes, was gerade kaputt ist."

„Das war eindeutig ein Verständigungspfiff", sagte Richard. „Jemand hat ihm geantwortet."

„Kann schon sein." Lothar zuckte mit den Schultern. „Vielleicht hilft ihm jemand bei der Arbeit. Vielleicht wollte er wissen, wo derjenige gerade steckt? Oder es hängt mit der Nachtwächterführung zusammen."

Nadine schüttelte sich. „Ich könnte mir Besseres vorstellen, als nachts hier allein rumzukriechen und Sachen zu reparieren. Warum macht er das nicht tagsüber?"

„Ihr stellt vielleicht Fragen", seufzte Lothar. „Was weiß ich denn? Vielleicht hat er nachts mehr Ruhe? – Was ist, wollen wir weitergehen?"

„Klar, wenn die Luft rein ist", antwortete Tobias.

Nadine schnüffelte. „Von wegen reine Luft. Hier riecht's wie in einer vermoderten Grabhöhle!"

„Kannst ja zurückgehen, wenn's dir hier nicht fein genug ist", fauchte Luca. „Mein Hund verhält sich bedeutend ruhiger als du!"

„Also wenn ihr wieder streiten wollt, könnt ihr beide hierbleiben", schimpfte Thea. „Sonst laufen wir am Ende noch mal diesem Wachhaupt in die Arme, und darauf kann ich wirklich verzichten."

„Genau", stimmte Paolo ihr zu. „Haltet doch einfach mal eure Klappen."

Tobias raunte: „Wie schon Salomo empfiehlt: *Schweigen hat seine Zeit, reden hat seine Zeit; lieben hat seine*

Zeit, hassen hat seine Zeit; Streit hat seine Zeit, Friede hat seine Zeit.[11]"

Nadine kicherte. „Du musst wohl immer ein Bibelsprüchlein auf den Lippen haben, du Pfarrerssöhnchen."

„Und du das letzte Wort", konterte Tobias. „Es gibt auch noch schöne Stellen über streitsüchtige Weiber, aber die zitiere ich jetzt lieber nicht."

Thea seufzte. „Seid ihr jetzt endlich fertig? Wir wollen weitergehen."

Als Lothar die Tür öffnete, drängte Richard sich als Erster hinaus. Er traute ihm nicht hundertprozentig und wollte verhindern, dass dieser die Tür von außen zuschlug und sie hier einschloss. Immerhin war es denkbar, dass Lothar mit den Schatzsuchern unter einer Decke steckte. Sie mussten sich vorsehen.

Während sie weitergingen, starrte Richard vor sich auf den Boden. Er ärgerte sich, diese Befürchtung vorher nicht noch einmal mit seinen Freunden besprochen zu haben. Lothar konnte sich mit den Schatzsuchern verabredet haben. Vielleicht galten die Pfiffe sogar ihm? Wahrscheinlich gab es unzählige Möglichkeiten, sie in eine Falle zu locken. Lothar kannte sich hier blind aus, sie dagegen wussten nicht einmal genau, wo sie sich befanden.

Richard nahm sich vor, wachsam zu sein und seine Freunde bei der nächsten Gelegenheit zu warnen.

Was als Nächstes passiert, findest Du unter Nummer 51.

11 Prediger 3,7 (Luther)

48

Gefolgt von den beiden Männern, stiegen Tobias, Nadine und Paolo die Wendeltreppe hinab und verließen den Johannisturm.

„Auf, zum Kornhaus!“, bellte Herr Wachhaupt hinter ihnen.

Tobias warf Nadine einen Blick zu und überlegte, ob er Herrn Wachhaupt bitten sollte, sie gehen zu lassen. Doch er war sich nicht sicher, ob Nadine das überhaupt wollte. Außerdem waren da noch Siggi und seine Schwarzkappen. Womöglich folgten sie ihnen heimlich ... Nein, es war zu gefährlich, Nadine jetzt zu Richard zu schicken.

Trotzdem blieb Tobias stehen und wandte sich zum Koffermann um. „Ich habe vorhin zufällig gehört, dass Sie eine Studienarbeit über die Burg schreiben ...“

„Das geht dich gar nichts an“, blaffte Herr Wachhaupt. „Hast uns also belauscht, was?“

„Lass ihn doch, Onkel“, beschwichtigte der Koffermann. Dann wandte er sich an Tobias. „Ja, ich bin dabei, eine wissenschaftliche Untersuchung über die früheste Zeit der Burg Stolpen zu schreiben.“

„Oh, das finde ich spannend!“ Tobias hielt sich dicht neben dem Neffen des Burgwächters. „Schreiben Sie über die Zeit der Bischöfe oder gehen Sie noch weiter zurück?“

„Nun, über die Zeit davor kann man nicht viel herausfinden. Leider. Ich schreibe über …“

„Ha, da haben wir das Motiv!“, rief Herr Wachhaupt. „Der Junge und seine Freunde interessieren sich für Geschichte. Deshalb haben sie den Plan mitgenommen. Hast ihn dir wohl mal kurz *ausgeborgt*, wie man so schön sagt, häh?“

„Nein! Wie sollte ich das angestellt haben? Ich habe doch keinen Schlüssel zur Burg und für den Johannisturm.“ Tobias wandte sich wieder an den Koffermann. „Aber wissen Sie, Herr … Wachhaupt?“

„Ja.“ Der Neffe von Herrn Wachhaupt nickte und deutete auf den Burgführer. „Ich bin der Sohn seines Bruders und heiße ebenfalls Wachhaupt.“

„Also, Herr Wachhaupt“, fuhr Tobias fort, „mir fällt in diesem Zusammenhang etwas sehr Interessantes ein.“ Er atmete tief durch und blickte den alten Herrn Wachhaupt an. „Im Pfarrhaus ist eine ähnliche Sache passiert.“

„Und was soll das sein?“, brummte der Burgwächter.

„Da ist ein sehr altes Buch verschwunden. Und heute Morgen war es plötzlich wieder da. Genau wie der Plan. Das ist doch merkwürdig, finden Sie nicht auch?“

Noch ehe Herr Wachhaupt antworten konnte, schaltete sich sein Neffe ein. „Das kann auch Zufall sein. In einem Pfarrbüro ist es ähnlich wie hier, da gehen viele Leute ein und aus. Vielleicht hat sich jemand das Buch geborgt, um in Ruhe etwas nachzulesen. Daran ist doch nichts Verwerfliches.“ Er wandte sich an seinen Onkel. „Und mit unserem Plan wird es auch so sein. Wenn du mich fragst, Onkel, würde ich die Kinder gehen lassen. Zumal ich etwas Wichtiges mit dir besprechen muss.“

„Ich soll sie einfach gehen lassen?", maulte Herr Wachhaupt. „Das wäre ja noch schöner!"

„Was willst du denn tun? Willst du die Polizei wegen etwas holen, das gar nicht mehr verschwunden ist?"

„Da vorn gehen wir rein!", knurrte er und deutete auf den Eingang zum Kornhaus.

„Hast du nicht gesagt, du hast den einen Jungen hier" – der junge Herr Wachhaupt deutete auf Paolo – „gestern schon der Polizei gemeldet und ..."

„Du hast doch diesen Kaugummiblasenkerl gehört!", fuhr sein Onkel ihn an. „Sie haben doch bestätigt, dass er an der Sache mit dem Plan beteiligt ist. Und sie haben von einem neuen Gang gesprochen."

„Ach ja, der Gang!" Der Koffermann schlug sich an die Stirn. „Den sollten wir uns unbedingt mal ansehen! Denn wenn da draußen ..."

„Später!", schrie der Burgwächter. „Immer eins nach dem anderen."

Da blieb der junge Herr Wachhaupt stehen, packte ihn erneut am Arm und bat eindringlich: „Onkel! Ich muss mit dir reden! Sofort! Es ist dringend!"

Tobias verhielt sich still, und auch Paolo und Nadine sagten nichts. Tobias vermutete, dass der Koffermann seinen Onkel nur von dem verschwundenen und wieder aufgetauchten Plan ablenken wollte. Wenn die Sache, die er mit seinem Onkel besprechen wollte, wirklich so wichtig war, warum hatte er es dann nicht gleich gesagt, als er oben im Johannisturm angekommen war?

Herr Wachhaupt riss sich von seinem Neffen los, stapfte auf die Tür zu, öffnete sie und schickte Tobias, Paolo und Nadine die Treppe hinauf. Während ihnen die beiden

Männer folgten, versuchte der Koffermann weiter, seinen Onkel dazu zu bewegen, sie gehen zu lassen.

Als sie endlich an einem Tisch saßen, wandte der Burgwächter sich an seinen Neffen. „Also gut. Wenn du meinst, machen wir es kurz.“ Er stapfte zu einem Schrank, zog ein Schubfach auf und holte ein Notizbuch und einen Stift heraus. Anschließend kam er an den Tisch zurück, ließ sich schwerfällig auf einen Stuhl fallen und schlug das Buch auf. „So. Jetzt will ich eure Namen und Adressen wissen!“

Tobias und Nadine nannten ihre Namen und Adressen, und der Burgwächter schrieb sie auf. Dann sah er Paolo an.

Doch Paolo verschränkte die Arme vor der Brust und lehnte sich zurück. „Meine Adresse haben Sie sich gestern schon ...“

„Los, mach schon!“ Herr Wachhaupt deutete mit dem Stift auf Paolo, als wollte er ihn damit aufspießen.

Paolo verdrehte die Augen und nannte seinen Namen und die Adresse.

Kaum hatte der Burgwächter den Stift abgesetzt, sprang der Koffermann auf. „War's das jetzt, Onkel? Können wir jetzt endlich sprechen? Bitte! Es ist wichtig!“

Herr Wachhaupt fuhr mit dem Zeigefinger der linken Hand in seinem Buch herum. „Hm, die gleichen Angaben wie gestern.“ Dann schaute er auf. „Nun müssen wir noch die Sache mit dem Gang, von dem dieser Wiederkäuer gesprochen hat, dieser ...“

„Siggi heißt er.“ Der Koffermann fing an, im Raum auf und ab zu gehen. „Ja, Onkel, wir werden es überprüfen. Aber nicht jetzt. Bitte schick die Kinder weg, wir müssen endlich reden!“

„Ähm.“ Herr Wachhaupt räusperte sich. „Ja, wenn es

so dringend ist ... also gut, dann verschwindet! Aber denkt ja nicht, dass die Sache damit erledigt ist! Mich führt man nicht so leicht hinters Licht, mich nicht, das garantiere ich euch!"

Tobias stand auf, nickte und reichte ihm die Hand. „Auf Wiedersehen, Herr Wachhaupt."

Brummend schüttelte der Burgwächter ihm die Hand.

Während Paolo und Nadine sich ebenfalls von ihm verabschiedeten, wandte Tobias sich an den jungen Herrn Wachhaupt. „Also Ihre Studienarbeit ... mich interessiert das wirklich sehr. Vor allem die Episode um Bischof Kunibert finde ich sehr spannend."

„Ähm ..." Der Koffermann schaute ihn irritiert an, dann nickte er. „Ja, das finde ich auch. Sehr spannend, die Sache mit diesem ... ähm ... diesem Kunibert." Er deutete mit der Hand zum Ausgang. „Aber ihr müsst jetzt wirklich gehen."

„Verschwindet endlich!", bellte Herr Wachhaupt ihnen nach. „Bevor ich es mir anders überlege!"

Tobias sprang pfeifend die Treppe hinunter. Die Sache hatte sich gelohnt. Sehr sogar!

48 *Was denkst du? Warum meint Tobias, die Sache habe sich gelohnt?*

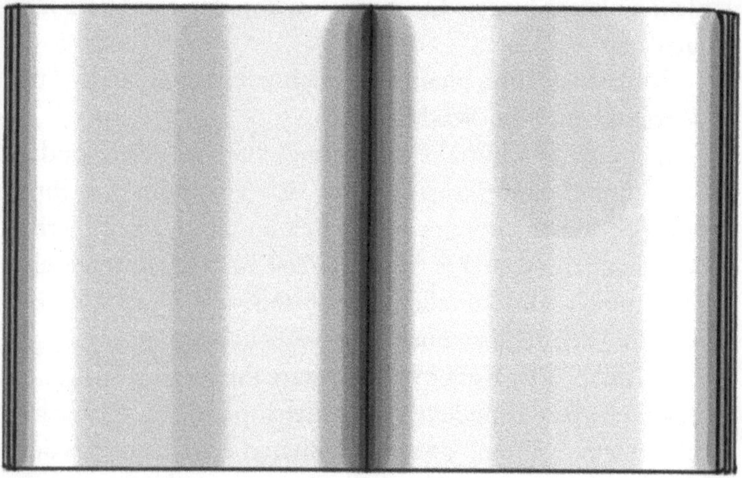

Auch hier brauchst du wieder dein Schlüsselwort:

- Manche Leute besitzen so viele Schlüssel, dass nicht alle an einen S__________ passen. ☞ *Nummer 49*
- Wenn man den H____________ verloren hat, muss man den Schlüsseldienst holen. ☞ *Nummer 45*
- Manche Leute reagieren allergisch auf H____________.
☞ *Nummer 49*
- Die H____________ wird an einem Hundehalsband befestigt. ☞ *Nummer 50*

Wenn du dein Schlüsselwort vergessen hast, kannst du unter Nummer 72 nachsehen, welches du ausgewählt hast.

49

Richard schaute Paolo nach, bis er aus seinem Blickfeld verschwand, und musterte dann die nächsten Besucher, die den Berg heraufgestapft kamen.

Da war ein älteres Ehepaar mit zwei Kindern, wahrscheinlich Großeltern mit ihren Enkeln.

Als Nächstes gingen zwei junge Männer in Motorradanzügen vorbei. Sie trugen ihre Helme in der einen und je einen Rucksack in der anderen Hand. Die Männer unterhielten sich in irgendeinem Dialekt, den Richard nicht kannte, wahrscheinlich waren sie auf der Durchreise.

Ein verliebtes, junges Pärchen war so mit sich selbst beschäftigt, dass es von dem, was es hier zu sehen gab, nichts wahrzunehmen schien.

Weiter unten kam eine Wandergruppe.

Richard wartete, bis die Gruppe vor der Zisterne stehen blieb. Nun konnte er jeden Einzelnen genau betrachten.

Es waren alles ältere Leute. Der Koffermann war nicht dabei und auch kein Paar, das auf die Beschreibung, die Tobias und Nadine von den Leuten in der Kirche gegeben hatten, gepasst hätte.

Richard musterte erneut den Zugang zur Burg. Gerade war kein Besucher im Anmarsch.

Das ist der perfekte Moment, um meinen Posten an der

49 *Spionageanlage einzunehmen,* überlegte er und wandte sich unter dem Torbogen nach rechts, zum Eingang des Schösserturms.

In der Amtsstube des Schössers postierte Richard sich neben dem Abhörspalt und blickte aus dem Fenster.

Jetzt näherten sich wieder etliche Besucher dem großen Burgtor. Einige kamen in den Schösserturm, schauten sich um und gingen wieder hinaus.

Und plötzlich entdeckte er drei Schwarzkappen. Es waren Siggi, Lothar und Toni. Sie kamen durch das untere Tor, liefen über den zweiten Burghof und blieben ein ganzes Stück vor dem alten Hauptportal stehen.

Mit klopfendem Herzen setzte Richard sich auf die alte Holzbank und presste sein Ohr an den Abhörspalt. Leider konnte er nur Satzfetzen verstehen, die Schwarzkappen waren zu weit entfernt.

„... Fred ..."

„... warten ..."

„... angefleht ..."

„... vielleicht ... drin ..."

„... merkwürdig ..."

„... aufpassen ..."

„... komisch verhalten ..."

„... Doppelrolle ..."

„... beobachten ..."

Auf einmal hörte Richard ganz deutlich Siggi Sauers Stimme. „Ich hasse Unpünktlichkeit!", schimpfte der. „Ich habe keine Lust noch länger zu warten! Kommt! Der kriegt Ärger!"

Richard stand auf, schaute aus dem Fenster und konnte gerade noch sehen, wie die Schwarzkappen auf das Tor zueilten. Was sollte er tun? Hier die Stellung halten oder den Schwarzkappen folgen? – Hätte er doch Paolo nicht weggehen lassen!

Er rannte zur Tür und schaute vorsichtig um die Ecke. Die Schwarzkappen stiefelten durch den dritten Burghof. Und die Eingänge zum Keller lagen im vierten Burghof. Von hier aus würde er nicht sehen können, ob sie in den Keller stiegen.

Richard entschied, dennoch im vorderen Burgbereich zu bleiben und weiter die Ankommenden zu beobachten.

49 Denn bis jetzt waren weder der Koffermann noch die von Tobias beschriebene Frau oder der Mann aufgetaucht.

Rasch zog er sich wieder auf seinen Posten zurück und schaute aus dem Fenster. Da sich keine verdächtige Person näherte, holte er sein Notizheft und den Stift aus der Tasche und versuchte, sich an die Satzfetzen zu erinnern, die er vom Gespräch der Schwarzkappen aufgeschnappt hatte. Dann schrieb er:

Schwarzkappen, Gesprächsfetzen:
- Fred
- warten
- angefleht
- aufpassen
- Doppelrolle
- komisches Verhalten

Siggi Sauer: Ich hasse Unpünktlichkeit. Der kriegt Ärger.

Richard zupfte sich am Kinn und überlegte. Er war nicht sicher, ob er sich alles richtig gemerkt hatte.

Wenn er richtig kombinierte, warteten die Schwarzkappen auf Fred. Und Siggi Sauer war sauer, dass er nicht kam. Offenbar erregte irgendetwas ihr Misstrauen. Das würde zu *Doppelrolle* und *komisches Verhalten* passen.

Ah ja, da war noch ein Wort, das er verstanden hatte! Er ergänzte:

- beobachten

Vielleicht wollten sie Fred von nun an genauer beobachten?

Richard klappte sein Heft zu und schaute wieder zum Fenster hinaus. Gerade im richtigen Moment!

Der Koffermann passierte soeben das untere Burgtor, diesmal ohne Koffer, aber in Begleitung einer blonden Frau.

Richard erkannte sie sofort. Es war die Frau, die seit der Burgführung auf seiner Liste der Verdächtigen stand.

Er wartete, bis sie an seinem Fenster vorübergegangen waren, verließ den Schösserturm und folgte ihnen in einigem Abstand. Im dritten Burghof trennten sie sich, der Mann ging in den Johannisturm, die Frau lief weiter in Richtung der Treppe, die in den Keller führte.

Teste nun wieder dein Schlüsselwort!

- **Jedes Familienmitglied, das allein aus dem Haus geht, braucht einen H____________.** ☞ *Nummer 42*
- **Luca besitzt für Karlson nicht nur eine H____________.** ☞ *Nummer 42*
- **Andreas Immerfrohs Frau hat den S____________ im Schuppen gefunden.** ☞ *Nummer 45*
- **Nadine ist sauer, wenn H____________ an ihrer Kleidung sind.** ☞ *Nummer 50*

Wenn du dein Schlüsselwort vergessen hast, kannst du unter Nummer 72 nachsehen, welches du ausgewählt hast.

50

Um 18.25 Uhr spazierten Thea und Luca mit Karlson zum Zehrgarten.

„Ich könnte mich selbst verprügeln", schimpfte Thea. „Wie konnte ich nur so dumm sein und diesen Adrian entkommen lassen!"

„Na ja, ein paar Neuigkeiten hast du ja rausgefunden", versuchte Luca sie zu trösten.

Thea schob ihren Hut ins Genick. „Trotzdem wissen wir nicht, mit wem sich diese Leute treffen wollten."

In der Cafeteria holte Thea sich eine Cola und ein Würstchen mit Pommes. Dann setzten sie sich an einen Tisch, um auf die anderen zu warten.

Während Luca Karlson mit kleinen Wurststückchen fütterte, die sie ihm abgab, musterte Thea die Leute, die an den anderen Tischen saßen. Es war niemand dabei, der ihr irgendwie verdächtig vorkam.

Nach einiger Zeit kam Richard – aber allein.

Thea brannte darauf, ihre Neuigkeiten loszuwerden.

„Weißt du, was ich erl…"

„Langsam, langsam." Richard hob die Hand. „Wir warten mit dem Erzählen, bis auch Paolo, Tobias und Nadine da sind."

Luca gab Karlson einen Klaps und schaute zu Richard auf. „Wieso ist Paolo eigentlich nicht bei dir?"

„Ich erkläre es, wenn die anderen da sind." Richard setzte sich zu ihnen und stibitzte Thea zwei Pommes.

Sie schob ihm ihren Teller hin. „Du kannst den Rest haben, ich bin schon satt."

Endlich tauchten ihre drei Freunde am Eingang des Zehrgartens auf, blieben stehen und blickten sich um. Thea winkte, und Nadine nickte ihr zu.

Aber noch kamen sie nicht zu ihnen herüber. Stattdessen holte Tobias die Trinkflasche, die sein Vater in der Kirche gefunden hatte, aus seinem Rucksack, und Paolo sagte etwas zu ihm. Dann steuerten sie auf den ersten freien Tisch zu und Tobias stellte die Trinkflasche dort ab.

50 ***Was meinst du? Warum stellt Tobias die Trinkflasche auf den Tisch?***

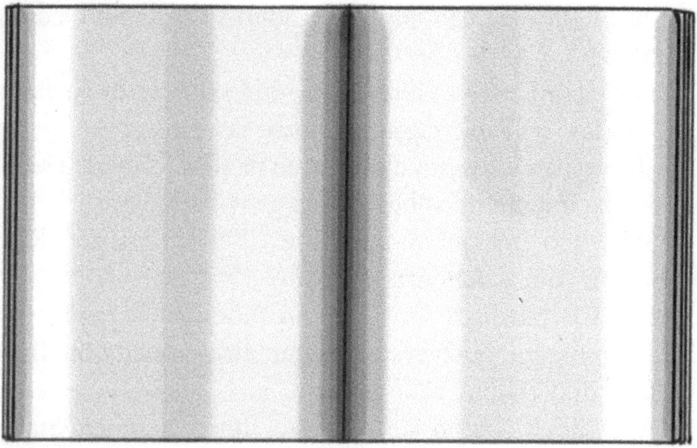

Der Tisch, an dem Thea, Richard und Luca auf die anderen warten, verrät dir, bei welcher Nummer es weitergeht.

51

Richard hielt sich dicht hinter Lothar. Sie gingen weiter und gelangten in einen Gang, in dem sie während der Burgführung mit ihrer Klasse gewesen waren. Der Gang gabelte sich, sie waren damals nach links gegangen. Richard wusste aber durch seine Erkundungen während ihres zweiten Burgbesuchs, dass der rechte Gang an einer vergitterten Tür endete, hinter der eine Treppe in die Tiefe führte.

„Können wir nicht da langgehen?", fragte er. „Mich würde interessieren, wo die Treppe hinter der verschlossenen Tür am Ende des Ganges hinführt."

Lothar hüstelte, schaute sich um und stammelte dann: „Ach die ... das ... das ist ... der Abgang ist gesperrt."

„Das weiß ich", antwortete Richard. „Die verschlossene Gittertür ist ja nicht zu übersehen. Aber mich interessiert, wo diese Treppe hinführt. Du hast doch bestimmt einen Schlüssel dazu?"

„Ähm ... n... neija ... aber das lohnt nicht ... da ist nichts ..."

„Wie, da ist nichts?“ Paolo baute sich vor Lothar auf. „Willst du uns auf den Arm nehmen, Alter? Wohin führt die Treppe? Sie muss doch einen Sinn haben!“

„Früher mal ... jetzt nicht mehr ... da war mal ein alter Keller oder so ... weiß nicht ... ähm, schaut mal, da um die Ecke. Da kommt man von hinten zum Basaltusgang. Wollen wir mal das Gespenst besuchen? Ich kann euch die Mechanik zeigen, ich habe den Schlüssel für die Gittertür, hinter der der Basaltus steht.“

„Oh ja“, stimmte Tobias zu. „Technische Sachen interessieren mich total!“

Richard fasste sich ans Kinn und blieb zurück, während die anderen mit Lothar vorangingen. Nachdem sie um die nächste Ecke verschwunden waren, machte er im Schein seiner Stirnlampe den nächsten Eintrag ins Notizheft:

Lothar meidet verschlossene Gittertür. Reagiert ausweichend auf Fragen nach der Treppe dahinter.

Plötzlich bellte Karlson.

Hastig steckte Richard Notizbuch und Stift wieder ein und eilte seinen Freunden nach.

Sie standen in einem spärlich beleuchteten Raum. Der Hund bellte das Gespenst an und tänzelte um es herum. Luca bemühte sich, ihn zu beruhigen, aber die Leine hatte sich bereits um das Gestell gewickelt, das den Gespensterumhang hielt und dem Geist seine Form gab. Schließlich schafften es Luca und Paolo mit vereinten Kräften Karlson festzuhalten, während Thea versuchte, die Leine zu lösen.

„Es geht nicht“, keuchte sie. „Ich krieg die Leine nicht ab.“

„Ihr müsst sie vom Halsband lösen und dann abwickeln", empfahl Tobias. „Aber halte Karlson gut fest, Luca!"

Lothar stand daneben und schaute immer wieder ängstlich zur Tür. „Sorgt endlich dafür, dass der Hund aufhört zu bellen!"

„Dieser Köter wieder!" Nadine trat Richard entgegen und gestikulierte wild mit den Händen. „Jetzt können wir uns frohgemut laut herumstreiten, inzwischen weiß sowieso ganz Sachsen, dass wir hier sind. Ich glaube, ich suche mir lieber ein Versteck, bevor Herr Wachhaupt mit einem Sonderkommando der Polizei hier auftaucht."

Richard packte sie am Arm und flüsterte ihr ins Ohr: „Hör zu! Wir dürfen Lothar nicht trauen. Es könnte sein, dass er uns in eine Falle locken will. Wir müssen vorsichtig sein."

Auf der Burg gibt es viele Türen. Welche Tür gibt es zweimal? Rechne die Zahlen der beiden Türen zusammen, dann weißt du, wo es weitergeht.

52

Richard ärgerte sich, nicht besser aufgepasst zu haben. Womöglich hatte Lothar die Arme des Gespenstes mit Absicht gelöst. Während sie nach dem Hund suchten, blieb Richard dicht hinter Lothar.

Sie eilten durch die Kellergänge und riefen laut nach Karlson, konnten ihn aber nirgends entdecken. Zwischendurch blieb Nadine ein paarmal zurück und flüsterte jedes Mal kurz mit einem der anderen – vermutlich erzählte sie ihnen von seinem Verdacht.

„Wir sollten uns trennen und in verschiedene Richtungen gehen“, schlug Lothar vor. „Wenn wir jemanden treffen, sagen wir einfach, wir sind hier, weil wir den Hund suchen.“

„Nein“, widersprach Tobias. „Wir bleiben zusammen. Nur du weißt, wo sich die Kameras befinden. Falls wir gefilmt werden, dann bist du mit dabei. Und falls uns jemand erwischt auch.“

„So ein Quatsch!“, schimpfte Lothar. „So finden wir den Hund doch nie!“

„Wenn wir ihn nicht finden, ist es auch nicht so schlimm“, murmelte Nadine.

Mit hochrotem Kopf trat Luca auf sie zu. „Ja, du würdest dich bestimmt freuen, wenn Karlson sich irgendwo hier unten mit dem Gespensterkostüm verhedderte und elendiglich zugrunde ginge!“

„Das habe ich doch gar nicht gesagt!“, verteidigte sich Nadine. „Ich will nur vermeiden, dass sich jemand von uns verläuft und ... und der Hund, der findet doch allein wieder nach Hause.“

„Verläuft?“ Lothar lachte und breitete die Arme aus. „So groß ist der Keller nun auch wieder nicht, dass man sich hier verlaufen kann. Und überhaupt – das mit dem Hund war nicht ausgemacht. Er bringt uns alle in Gefahr. Wenn Herr Wachhaupt mich erwischt und meinen Eltern sagt, dass ich ...“

„Seid doch mal still!“, rief Tobias dazwischen. „Ich höre etwas.“

Als endlich alle ruhig waren, hörte auch Richard aus der Ferne Karlsons Gebell. Sofort eilten sie den Gang zurück in die Richtung, in der sie den Hund vermuteten. Bald kamen sie an den Resten des Burggeistes vorbei.

Lothar blieb stehen, um die Tür zum Basaltusgang wieder zuzuschließen. Richard wich ihm nicht von der Seite.

„Kannst ruhig schon mit deinen Freunden gehen, ich komme gleich nach“, murrte Lothar.

Richard schüttelte den Kopf. „Keiner von uns geht allein. Stell dir vor, dir passiert etwas ...“

„Hm“, brummte Lothar.

Nachdem die Tür abgeschlossen war, rannten sie den anderen hinterher. Sie fanden sie an der Gittertür, die Lothar vorhin unter keinen Umständen hatte aufschließen wollen.

52 Unten war eine Lücke zwischen der Tür und dem Treppenabsatz, und dort hing das Gewand des Gespenstes an den Enden der Gitterstäbe. Doch von Karlson war nichts zu sehen.

„Karlson! Karlson, komm her“, rief Luca, und sofort schallte sein Gebell, Gewinsel und ein leises Scharren den Treppenabgang hinauf. Ungeduldig rüttelte Luca an dem Gitter.

„Komm schon, Lothar, schließ auf“, drängte Tobias. „Du hast doch den Schlüssel!“

„Aber ich weiß nicht ...“, wand Lothar sich. „Ich bin nicht sicher, ob ...“

Schon war Paolo an seiner Seite, packte ihn am Arm und streckte die Hand aus. „Her mit dem Schlüssel! Oder soll ich dir was auf die Birne hauen?“

„Karlson! Komm doch her, Karlson“, rief Luca erneut, während Lothar umständlich einen Schlüsselbund aus der Tasche holte und Paolo reichte.

Paolo gab ihn an Tobias weiter. „Hier, Alter. Du kennst dich besser damit aus. Ich behalte in der Zwischenzeit dieses Bürschchen im Blick.“

„Welcher ist es?“, fragte Tobias.

Wieder bellte, jaulte und scharrte Karlson.

„Warum kommt er nicht her?“, schimpfte Luca. „Es muss ihn etwas zurückhalten, wenn er nicht zu mir kommt!“

„Nun?“ Tobias klimperte mit dem Schlüsselbund. „Welcher ist es denn jetzt?“

„Ich weiß nicht, ob überhaupt einer ... ob ein Schlüssel dabei ist“, brummelte Lothar. „Ich ... ich bin ...“

Paolo boxte ihm in die Seite, dass Lothar zusammenzuckte. „Soll ich ein bisschen nachhelfen? Wenn du nicht ...“

„Schon gut, ich kriege das auch allein raus.“ Tobias winkte ab. „Es muss mir nur jemand leuchten!“

Sofort waren Nadine und Thea an seiner Seite.

Während Tobias versuchte, den passenden Schlüssel zu finden, beobachtete Richard Lothar. Er tappte unruhig von einem Bein auf das andere. Mal hatte es den Anschein, als wollte er etwas sagen, dann raufte er sich die Haare und schaute sich gehetzt um, als erwartete er irgendetwas Schlimmes.

Schließlich beugte Lothar sich zu Richard hinüber und wisperte: „Ähm ... ich muss mal ... kannst du nicht ... ich geh mal rauf ... bringt mir den Schlüssel dann, wenn ..."

Richard umklammerte seinen Arm und sagte so laut, dass alle es hörten: „Hiergeblieben!"

Sofort packte Paolo Lothars anderen Arm.

„Du kannst später aufs Klo gehen", sagte Richard, „erst begleitest du uns die Treppe da hinunter!"

Lothar versuchte, sich aus ihrem Griff zu winden, und jammerte: „Aber ich ... ich muss ganz dringend, ich ..."

„Mach kein Theater, Alter!" Paolo gab ihm mit der freien Hand eine Kopfnuss. „Du bleibst hier und damit basta! Aber sag vorher Bescheid, wenn du dir in die Hosen machst!"

„Iiih", kreischte Nadine und wandte sich um. „Wehe, du ..."

„Ich hab ihn!", rief Tobias, drehte den Schlüssel um und drückte die Tür auf.

Entferne aus dem Text folgende Buchstaben: A, K, O, P.

P O K L I E P S K K P O P W E I K T E R A P O A B E
I O A O N U M M P E R P A P A S E C H S U N D F Ü
N F Z I G

53

„Au fein!“ Paolo rieb sich die Hände. „Jetzt geht’s richtig los.“ Damit verschwand er auch schon als Nächster in der Dunkelheit.

Richard fasste sich ans Kinn. Sollten sie tatsächlich alle dort hineinkriechen? Vielleicht wäre es besser, wenn ...

„Bildet euch bloß nicht ein, dass ich da reinkrieche, um diesen Köter zu retten“, protestierte Nadine.

„Willst du etwa allein hierbleiben?“, fragte Thea. „Ich bin jedenfalls schon so gut wie drin.“ Und schon kletterte sie hinter Paolo durch die Öffnung in der Mauer.

„Ich werde dir Gesellschaft leisten!“ Lothar stellte sich neben Nadine und grinste.

„Nein! Du gehst auf jeden Fall mit!“ Richard deutete in Richtung des Ganges.

„Kommt gar nicht infrage, dass du hierbleibst!“, sagte auch Tobias und schubste Lothar vorwärts. „Los, los, du gehst als Nächster. Und ich bin direkt hinter dir.“

„Hey, wollt ihr mich wirklich hier allein lassen“, zeterte Nadine „Vielleicht kann ja Richard hinter Lothar ...“

„Nein!“, entgegnete Tobias. „Ich gehe mit. Richard mag selbst entscheiden, ob er mitkommt oder lieber mit dir herumturteln will.“ Schon kroch er hinter Lothar durch die Öffnung.

„Herumturteln?“, fragte Richard verwirrt und blickte Nadine an. „Weißt du, was er meint?“

„Frag ihn später“, bettelte Nadine. „Bitte, Richard, lass mich nicht allein hier!“ Sie hängte sich an seinen Arm. „Außerdem … außerdem ist es besser, wenn jemand hierbleibt und Wache hält. Falls dieser Wachhaupt kommt … oder falls jemand anderes …“

„Hm, du hast recht.“ Richard fasste sich erneut ans Kinn. „Es sind schon genug Leute da drin. Aber schade ist, dass ausgerechnet ich nicht mit dabei bin …“

„Du kannst ja später noch mal reinkriechen“, schlug Nadine vor. „Wenn die anderen wieder da sind.“

„Hm, das könnte ich machen. Aber jetzt gehe ich vorsichtshalber mal die Treppe hoch, zur Gittertür, und sehe nach, ob die Luft rein ist.“

„Ich komme mit“, rief Nadine und war sofort an seiner Seite.

53 *Vor der aufgebrochenen Öffnung des Ganges liegen viele Steine herum. Auf einigen findest du eine Zahl. Wenn du alle zusammenrechnest, erhältst du als Ergebnis die Nummer, bei der es weitergeht.*

54

Am Montagnachmittag gingen Richard und Thea in die Stadtbibliothek. Richard eilte sofort zum Tresen und fragte nach dem Buch *Gräfin Cosel* von Józef Ignacy Kraszewski.

Die Bibliothekarin tippte auf der Tastatur ihres Computers herum. „Das Buch ist noch unterwegs ... Aber ich sehe gerade, dass wir im Archiv noch eins haben. Das kann ich dir zwar holen, aber du darfst es nicht mit nach Hause nehmen." Sie schaute Richard fragend an. „Das wird dir sicher nicht viel nützen, oder?"

„Oh doch!", rief Richard. „Es wäre sehr nett von Ihnen, wenn Sie es holen könnten! Ich möchte nur etwas nachschauen."

Während die Bibliothekarin das Buch holte, sagte Thea: „Ich gehe inzwischen mal in die Abteilung mit den DVDs. Ich weiß ja, wo ich dich dann finde."

Kurze Zeit später saß Richard im Leseraum und suchte die Stelle über die geplante Flucht der Gräfin Cosel. Er fand sie auf Seite 223. Der junge Wehlen hatte Raimund Zaklika das ganze Schloss gezeigt. Da stand: *Raimund nahm auch die unterirdischen Räumlichkeiten in genauen Augenschein und lief durch alle Gänge, dabei beschäftigten sich seine Gedanken unablässig mit irgendwelchen Fluchtplänen. Er erkannte als bestmöglichen Ausweg einen unterirdischen Gang in dem sieben Stock hohen Turm, der nach dem Kapitelsaal führte, von wo aus man in die Kapelle gelangen konnte, in welch letzterer eine kleine Tür einen Gang abschloss, der, sich immer mehr verengend, in Richtung des Marktfleckens verlief.*[12]

Richard erinnerte sich an ein kleines Büchlein über die Burg Stolpen, in dem es einen Plan des ehemaligen Schlosses gab. Er sprang auf, eilte in die Abteilung *Regionales* und holte das Buch.

Dem Grundriss entnahm er, dass sich der Kapitelsaal im sogenannten Capitels-Turm befunden hatte, den es nicht mehr gab. Er lag an der südwestlichen Ecke der Burg, gegenüber dem Siebenspitzenturm. Heute war dort, wo früher der Capitels-Turm gestanden hatte, ein Aussichtspunkt. Und unter diesem Aussichtspunkt lag der Kellerraum, in dem sie hinter der Schautafel den Gang entdeckt hatten!

Richard las noch einmal nach: ... *einen unterirdischen Gang in dem sieben Stock hohen Turm, der nach dem Kapitelsaal führte, von wo aus man in die Kapelle gelangen konnte* ... Die Kapelle – damit war mit Sicherheit die ehemalige Schlosskapelle gemeint.

Er las weiter: ... *in welch letzterer eine kleine Tür einen Gang abschloss, der, sich immer mehr verengend, in Richtung des Marktfleckens verlief* ...

Richard zupfte sich am Kinn. Ein Gang zum Marktflecken ... von der Kapelle ausgehend ...

Er zog sein Notizbuch hervor. Die Schatzsucher, die Tobias und Nadine in der Kirche belauscht hatten, hatten nach einem Gang gesucht, der zur Kirche führte. Die Frau war der Meinung, gelesen zu haben, dass es einen Gang zur

---

12 Józef Ignacy Kraszewski. Gräfin Cosel, Rütten & Loening, Berlin, 3. Auflage 1989

Kirche gab. Hier stand aber nur, dass der Gang in Richtung des Marktfleckens verlief.

Da platzte Thea in den Leseraum. „Na, Historikus Altmodikus, du hockst ja ganz allein hier drin. Hast du schon was herausgefunden?"

Richard zeigte ihr die entsprechende Stelle im Buch. „Demnach geht der Gang gar nicht zur Kirche. Wieso haben die Schatzsucher dann dort die Platten gelockert?"

„Na ja, für mich ist das ziemlich eindeutig." Thea zuckte mit den Schultern. „Wenn ich so etwas lese, denke ich bei dem Wort *Kapelle* an eine Kirche. Und wenn ich nicht weiß, dass die Burg eine eigene Kapelle hatte, dann denke ich, dass es im Turm einen Gang gab, von dem aus man in die Kirche unten in der Stadt gelangen konnte." Sie tippte sich an die Stirn. „Kapierst du? Ich suche dann nicht lange nach alten Plänen von der Burg, sondern nehme an, der Gang hat in die Stadtkirche geführt."

„Natürlich, du hast recht!" Richard schlug sich an die Stirn. „Nadine meinte, die Frau in der Kirche habe gesagt, sie habe das Buch nicht mehr da und könne deshalb nicht noch mal nachlesen."

„Na also", sagte Thea. „Dann wird es wohl so gewesen sein."

„Männer sind da anders." Richard deutete auf den aufgeschlagenen Grundriss der Burg. „Männer verlassen sich lieber auf Pläne und historische Aufzeichnungen als auf Hinweise in einem Roman. Deshalb haben sie sich auch die Pläne und das Kirchenbuch *ausgeborgt*."

Thea grinste. „Aber offensichtlich haben sie darin kaum Anhaltspunkte gefunden. So sind sie wahrscheinlich doch auf die Hinweise der Frau eingegangen und haben im Kel-

54 ler des ehemaligen Capitels-Turm einen Gang gesucht, der zur Kirche führt. Und deshalb haben sie auch in der Kirche herumgebuddelt."

Richard klopfte seiner Schwester auf die Schulter. „Das ist genial! Gemeinsam sind wir das perfekte Detektivteam! Du verstehst die Denkweise der Frauen und ich die der Männer!"

„Nun tu mal nicht so, als wären alle Frauen ein bisschen doof." Thea zog beleidigt die Nase kraus. „Es ist nur so, dass ich eben nicht gerade ein Geschichtsfan bin. Und ganz so beschränkt wie diese Frau bin ich auch nicht. Wenn ich nach dem Schatz suchen wollte, würde ich mich nicht auf meine Erinnerung an einen Roman verlassen."

„Schon gut, Schwesterherz. Das war nicht abwertend gemeint. Ich weiß doch, dass du schlau und pfiffig bist."

„Na, das will ich hoffen!"

„Merkwürdig finde ich diesen anderen Gang, den wir gestern entdeckt haben." Richard blätterte in dem Buch. „Hier steht nichts davon, dass es einen Gang zum damaligen Tiergarten gab."

„Darauf kann ich dir auch keine Antwort geben." Thea deutete mit dem Kopf in Richtung Ausgang. „Kommst du mit?"

Richard schlug sein Notizbuch auf. „Nein, ich muss meine Notizen noch auf den neuesten Stand bringen."

„Dann geh ich schon mal, ich möchte noch zu Nadine." Thea schob ihren Hut zurecht. „Hast du eigentlich schon was von Tobias gehört?"

„Den rufe ich erst heute Abend an, jetzt ist er noch beim Judo-Training."

„Na dann, bis bald. Und" – Thea kicherte – „du sollst

Tobias unbedingt Grüße von Nadine ausrichten. Unbedingt! Vergiss das nicht!"

Richard grinste breit. „Nein, das vergesse ich ganz bestimmt nicht!"

Als Thea den Leseraum verlassen hatte, schrieb Richard in sein Notizbuch:

- *Keller oder Gang/Gänge unter der ehemaligen Kapelle?*

Am Abend telefonierte Richard mit Tobias. Lothar hatte versprochen, mit ihnen in der Nacht vom Freitag zum Samstag die Burg zu besuchen. Und die Eltern von Tobias erlaubten ihnen, am Wochenende im Stolpener Pfarrgarten zu zelten.

In diesem Buchstabenwirrwarr findest du einen Hinweis, bei welcher Nummer es weitergeht.

FDEGEHEDSAXCZUVFDSNUMMERW
SIEBENUNDVIERZIGFSWOPJHZRQE

55

„Hallo, da kommt ihr ja auch endlich“, rief Richard den Neuankömmlingen entgegen.

„Schmeiß bloß deinen Köter runter, Luca“, keifte Nadine, noch bevor sie den Tisch erreichten. „Ich finde es ja schon eklig, wenn sich ein Mensch mit seinem Hintern an den Tisch lehnt, aber ein Hund, der darauf sitzt, ist wirklich das Letzte!“

„Du immer mit deinem Gemecker ...“, giftete Luca zurück. Aber bevor er den Satz zu Ende bringen konnte, sprang Karlson vom Tisch und rannte bellend und schwanzwedelnd auf Tobias, Paolo und Nadine zu.

Tobias bückte sich, kraulte den Hund hinter den Ohren und hielt ihn fest. Vermutlich wollte er damit vermeiden, dass Karlson Nadine ansprang und sie sich noch mehr aufregte.

Endlich saßen alle am Tisch. Da Richard sich im Eingangsbereich der Burg aufgehalten hatte, war er der Erste, der den anderen von seinen Beobachtungen erzählte.

Wenn du möchtest, kannst du unter Nummer 49 noch mal nachlesen, was er erlebt hat.

„Hey Alter! Es war voll genial, dass wir uns getrennt haben!" Paolo sprang auf. „Ich kann dir jetzt nämlich genau erzählen, was der Koffermann im Johannisturm gemacht hat!"

Nadine räusperte sich. „*Wir* können es erzählen."

„Und ich habe die Frau beobachtet", rief Thea aufgeregt und wandte sich an Nadine und Tobias. „Das war bestimmt die gleiche, die ihr in der Kirche gesehen habt."

„Okay." Paolo setzte sich wieder hin und sah Richard an. „Das ist voll spannend. Ich bin dafür, dass Thea jetzt erzählt. Wir können warten."

„Mir ist die Reihenfolge egal." Nadine strich sich die Haare zurück und warf Tobias einen Blick zu. „Ich hab eh keine Lust zum Erzählen."

„Ich bin einverstanden, Thea kann erst erzählen", sagte Tobias. Dann deutete er auf den Tisch, auf dem er die Trinkflasche abgestellt hatte. „Wundert euch bitte nicht, wenn ich etwas abwesend wirke. Ich will aufpassen, ob vielleicht jemand auftaucht und die Flasche mitnimmt."

Nun berichtete Thea ausführlich von ihrer Begegnung mit Adrian im Fass.

Falls du Theas Erlebnis noch einmal nachlesen möchtest, gehe zurück zu Nummer 45.

Richard notierte in seinem Notizbuch:

- *Adrian erwartet und belauscht im Fass einen Mann und eine Frau.*

55

- Es ist die blonde Frau - eine unserer Verdächtigen!
- Der Mann ist Theo.

Das Gespräch der Beiden:

- Zitat: „Klaus ist viel zu ehrlich und zu sanft." (Frage: Wer ist Klaus?)
- Junge wird erpresst, sie wollen ihm noch mehr Angst einjagen.
- „Schnüffler" sollen von anderem Jungen abgelenkt werden. (Damit sind wahrscheinlich wir gemeint.)
- Schatz, angeblich Millionen wert, wollen damit verschwinden.

Adrian behauptet:

- Freund wird erpresst, er muss auskundschaften und „ausleihen" (Schlüssel!!!).
- Adrian wirkt ängstlich, nervös, will nicht entdeckt werden.

„Schade, dass er euch entkommen ist", sagte Richard. „Bestimmt hättet ihr noch mehr aus ihm herausbekommen, als ihr zu zweit wart."

„Zu dritt!", korrigierte Luca. „Wir hatten Karlson dabei. Hätte Thea mir gleich einen Wink gegeben, hätte ich mit Karlson diesen Kerl garantiert aufgehalten. Ich konnte ja nicht wissen, dass ..."

„Deine Vorwürfe kannst du dir sparen", schnitt Nadine ihm das Wort ab. „Warum musstest du mit deinem Köter überhaupt wegrennen und Thea alleinlassen?"

„Genau, Alter!" Paolo boxte Luca in die Seite.

„Gut gemacht, Thea", sagte Tobias. „Du warst sehr mutig – so ganz allein mit diesem Adrian in dem Fass. Der hätte sonst was mit dir machen können. Ich kenne ihn übrigens, er geht in unsere Parallelklasse."

„Ah, deshalb kam er mir bekannt vor", murmelte Luca. „Aber ich habe ihn nur ganz kurz gesehen."

Richard zupfte sich am Kinn. „Vielleicht ist Adrian der andere, von dem die Leute sprachen? Der die *Schnüffler* ablenken sollte?"

Nadine kicherte. „Wenn das der Fall ist, dann hat er seine Sache aber schlecht gemacht. Er hat sogar einer Schnüfflerin allerhand Informationen zukommen lassen."

Richard nahm die Hand wieder herunter. „Es könnte auch sein, dass Lothar der andere Junge ist."

Tobias nickte. „Wenn er uns die Burg zeigt, müssen wir auf alle Fälle vorsichtig sein."

„Nun ja." Richard klopfte mit dem Stift auf sein Notizheft. „Jedenfalls wissen wir jetzt, dass dieser sogenannte Theo, den Thea gesehen hat, nicht der Koffermann ist."

„Ja, genau!" Paolo sprang erneut auf. „Mit dem hatten *wir* nämlich das Vergnügen."

In diesem Moment stieß Tobias Richard mit dem Ellenbogen an und deutete zu dem Tisch hinüber, auf dem er die Trinkflasche abgestellt hatte.

Richard schaute in die angegebene Richtung und entdeckte einen Jungen, der soeben die Flasche in die Hand nahm, von allen Seiten betrachtete und dabei den Kopf schüttelte.

„Den kenne ich", flüsterte Tobias, stand auf und schlenderte auf den Jungen zu.

55 „Ich kenne ihn auch“, sagte Luca. „Er heißt Florian Filderstädt und geht in unsere Klasse.“

Es gibt verschiedene Arten von Trinkflaschen. Du findest hier immer zwei, die zusammengehören. Aber eine Flasche bleibt übrig. Sie verrät dir, bei welcher Nummer es weitergeht.

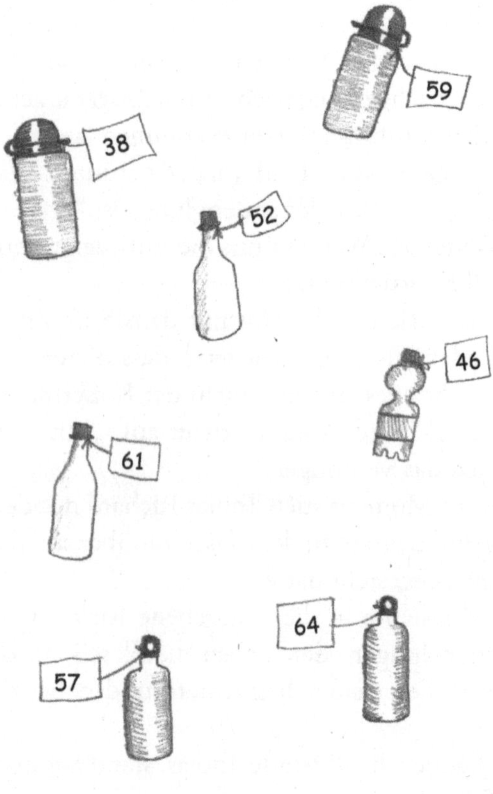

56

Luca drängte sich als erster durch die Tür, eilte die Treppe hinab und gelangte in einen großen, finsteren Kellerraum. Unschlüssig blieb er stehen und ließ den Strahl der Stirnlampe an der Wand entlangwandern.

Mehrere Gänge mündeten hier, einer davon war offenbar bis vor Kurzem zugemauert gewesen, denn vor der Öffnung lagen mehrere Schutthaufen. Das Loch in der Mauer war gerade groß genug, dass ein Erwachsener hindurchpasste.

Als auch die anderen unten ankamen, rief Luca erneut: „Karlson! Karlson!“, und der Hund fing wieder an zu heulen.

„Er ist da drin!“ Luca deutete auf den Durchbruch, bückte sich und schickte sich an, durch die Öffnung zu kriechen.

„Warte!“, kreischte Lothar „Willst du nicht lieber noch mal versuchen, den Hund zu rufen? Wir wissen nicht, was hinter dieser Mauer ist, womöglich ...“

56 „Ich habe Karlson oft genug gerufen, und was hinter dieser Mauer ist, werde ich gleich sehen.“ Luca schob sich ächzend durch das Loch. Drinnen richtete er sich vorsichtig auf und schaute sich mithilfe seiner Stirnlampe um. „Kommt schon, das ist ein richtiger Gang, ich kann hier fast aufrecht stehen!“

Der Strahl von Lucas Stirnlampe scheint auf die Nummer, bei der es weitergeht.

57

Während Nadine Richard zuhörte, bemerkte sie, dass Tobias sie beobachtete. Sie rückte näher an Richard heran, legte ihre Hand auf seine Schulter und hauchte ihm ins Ohr: „Verstehe. Ich werde versuchen, es den anderen zu sagen.“

„Aber heimlich“, flüsterte Richard zurück. „Lothar darf nichts mitbekommen.“

„Das ist doch klar.“ Nadine schielte zu Tobias, der einen Schritt auf sie zugekommen war. So, wie sie mit Richard dastand, sah es bestimmt aus, als umarmten sie sich. Nadine schmunzelte und versuchte, die Unterhaltung in die Länge zu ziehen. „Was schlägst du vor? Was soll ich sonst noch tun?“

Ein mehrstimmiger Schrei ließ sie herumfahren.

Auf dem Boden zappelten Luca, Paolo, Thea und Karlson unter dem weißen Gewand des Burggeistes und daneben stand das nackte Gespenstergestell. Lothar starrte auf das Gewühl hinab und rührte keinen Finger, um den anderen zu helfen. Auf einmal glitt das Tuch auf die Tür

57 zu, Paolo, Thea und Luca kamen darunter zum Vorschein, quer über Luca lag eine Stange.

Endlich begriff Nadine, dass Karlson noch unter dem Gespensterkostüm steckte und damit davonrannte.

Luca rappelte sich auf und rieb sich den Kopf. „Ich ... ich habe Karlson wirklich festgehalten, aber dann ... dann hat mich dieser Balken getroffen, es tat wahnsinnig weh ..."

Lothar bückte sich und hob die Stange auf. „Das sind die Arme des Gespenstes. Oh Mann, ihr habt den Basaltus kaputt gemacht!"

„Von mir aus kann dieses komische Gespenst für immer kaputt bleiben", murmelte Richard.

„Wenn Herr Wachhaupt das mitkriegt ...", schimpfte Lothar weiter. „Der Hund wird uns garantiert verraten! Ich hätte euch nie hierherführen sollen!"

„Quatsch nicht rum, hilf uns lieber den Hund zu fangen!", fauchte Paolo und fuchtelte mit den Armen herum. „Na los, worauf wartet ihr? Karlson ist da lang gerannt! Wenn er der Nachtwächterführung in die Quere kommt, werden die denken, das sei ein Gespensterhund."

Nun geht es bei Nummer 52 weiter.

58

Thea wartete, bis auch Tobias da war. Dann ging es weiter, Luca vorneweg, Paolo dahinter, dann Lothar und zuletzt Thea und Tobias.

Der Gang war ziemlich breit, führte ein Stück bergab und machte dann einen Bogen nach rechts. Luca rief unentwegt nach Karlson, dessen Jammern immer deutlicher zu hören war. Nach und nach wurde der Gang niedriger, war aber noch so breit, dass Thea und Tobias nebeneinander gehen konnten. Doch schließlich mussten sie sich bücken und dann sogar weiterkrabbeln.

Lothar protestierte und wollte umkehren, aber Tobias ließ ihn nicht entkommen.

Währenddessen verschwand Luca hinter einer weiteren Biegung, dann rief er: „Kommt schnell! Karlson ist hier!"

Thea robbte an Lothar und Paolo vorbei zu Luca. Karlson hatte oben an der Gittertür nicht das ganze Gespenstergewand verloren, ein Teil hing ihm noch um Hals, Vorder- und Hinterpfoten – er hatte sich total darin verheddert. Außerdem war ein Stoffstreifen mehrmals um einen Pfosten gewickelt, der hier stand, um die Decke des Stollens abzustützen.

Gemeinsam machten Thea und Luca sich daran, den Hund zu befreien. Doch merkwürdigerweise schleckte Karlson Luca nicht ab, wie er es sonst tat, um sich zu bedanken, sondern hatte nichts Eiligeres zu tun, als winselnd noch tiefer in den Gang hineinzulaufen. Kurz darauf kam er zurück, bellte Luca an, als wollte er ihm etwas mitteilen, und verschwand wieder.

„Er will, dass ich ihm folge", erklärte Luca.

Inzwischen drängten sich die anderen dicht neben und hinter Thea zusammen.

„Langsam wird mir das unheimlich", meinte sie. „Seid ihr sicher, dass hier alles sicher ist? Immerhin ist der Gang uralt und ..."

„Ich bin vollkommen deiner Meinung", tönte Lothars Stimme neben ihr. „Lasst uns umkehren! Wir haben den Hund befreit, wenn wir rauskriechen, wird er schon hinterherkommen."

Karlson kam gerade zum dritten Mal zurück, bellte Luca an und rannte sofort wieder weg.

„Nein, da stimmt etwas nicht", sagte Luca. „Ihr könnt ja umkehren, ich gehe mit meinem Hund. Er will mir etwas Wichtiges zeigen, sonst würde er sich nicht so aufführen." Schon robbte er weiter in den Gang hinein.

„Wir können Luca nicht allein lassen", entschied Tobias. „Kommt schon, ein kleines Stück noch!"

„Ich bin dabei, Alter", sagte Paolo und gab Lothar einen Stoß. „Und du kommst schön mit!"

Thea drückte sich an die Wand, um Lothar und Paolo vorbei zu lassen, und folgte ihnen dann. Hinter ihr war Tobias.

Plötzlich schrie Luca: „Kommt schnell!"

Sie krochen noch ein paar Meter weiter, dann konnten sie sich wieder ein Stück aufrichten. Gebückt liefen sie um die nächste Biegung.

„Was ist los?“, fragte Thea und drängte sich erneut an Paolo und Lothar vorbei.

Luca leuchtete mit der Stirnlampe auf einen Geröllhaufen, in dem Karlson wie angestochen buddelte. Dazu heulte und winselte er laut. Es gab keinen Zweifel, der Gang war dort eingestürzt und der Hund schien etwas unter dem Schutt zu wittern.

„Da muss irgendetwas drunter sein“, murmelte Luca.

„D... Da ... da ... drin ...“, stammelte Lothar und deutete mit dem Zeigefinger auf den Trümmerberg. „Da ... sie sind da ... oh ... mir wird schlecht.“ Lothar presste die Hand auf den Mund und würgte.

Paolo packte Lothar und schüttelte ihn. „Hey Alter, was ist los? Wer ist da drin? Rede mit uns!“

„Da ... wahrscheinlich ... sie sind ... da drin ...“

„Wer?“, schrie Paolo und gab ihm eine Ohrfeige. „Rede endlich! Wer ist da drin?“

„Na, die ... die ...“ Lothar drehte sich um und übergab sich.

„Los, raus hier!“, befahl Tobias. „Wir müssen Hilfe holen, sofort!“

Rasch half Thea Luca, den Hund anzuleinen. Dabei redete sie ihm gut zu: „Komm mit uns, wir holen Hilfe. Du schaffst es nicht allein, sie auszubuddeln.“

Sie brauchten all ihre Kraft, um Karlson gemeinsam von der Einsturzstelle wegzuzerren.

58 *Tobias hat genau richtig entschieden, denn …*

PIYNVUCNDGSEPSGIS
CGHOESRSTVEPGSÄVN
XGOEAZDUDKSRUIQE
SCZHFEPNJITSVTHGO
EPFUÄWHSRBLSIMCEH

Wie der Satz weitergeht, findest du heraus, wenn du nur jeden zweiten Buchstaben liest.

Was als Nächstes passiert, erfährst du bei Nummer 69.

Interessiert blätterte der Polizist in Richards Büchlein. Nach und nach mussten ihm Richard und seine Freunde alles genau erklären. Jetzt war er bei einer der letzten Eintragungen angelangt. Er las laut:

„Schwarzkappen, Gesprächsfetzen:

- *Fred*
- *warten*
- *angefleht*
- *aufpassen*
- *Doppelrolle*
- *komisches Verhalten*
- *beobachten*

Siggi Sauer: Ich hasse Unpünktlichkeit. Der kriegt Ärger."

Der Polizist schaute auf und fragte: „Was soll das bedeuten?"

Richard berichtete, wie er von der Amtsstube aus die Schwarzkappen gesehen und diese Gesprächsfetzen gehört hatte.

59 Lothar nickte. „Fred konnte zu Hause nicht weg. Deshalb hat er uns regelrecht angefleht, pünktlich an der Burg zu sein, um Adrian zu sagen, dass er ihn vertreten solle. Wobei, das wussten wir nicht. Aber Adrian kam nicht."

Thea legte die Unterarme auf den Tisch und beugte sich vor. „Weil er im Fass saß."

Lothar scharrte mit den Füßen, als wollte er am liebsten weglaufen. „Wir ... wir sollten in der Zwischenzeit unbedingt auf Tobias und Luca und ihre Freunde aufpassen, sie hätten was gegen uns vor. Wir sollten ihnen zuvorkommen und sie ärgern, wo es nur ging."

„Damit wollten diese Leute sichergehen, dass wir ihnen nicht in die Quere kommen." Richard fasste sich ans Kinn. „Siggis Stimme habe ich in meinem Versteck deutlich gehört. Er war wohl ziemlich wütend?"

„Ja, Siggi hatte es satt, sich von Fred und Adrian ständig etwas vorschreiben zu lassen, denn er ist ja der Chef der Schwarzkappen. Er vermutete, dass Fred und Adrian irgendeine Doppelrolle spielen. Wir sollten sie genau beobachten. Er wollte sich aber auch nicht das Geld entgehen lassen, das Fred ihnen versprochen hatte."

„Demzufolge wartete Adrian in dem Fass auf Fred", schlussfolgerte Richard. „Fred hatte eine Verabredung mit diesen Leuten. Aber Fred kam nicht. Stattdessen kam Thea." Richard stand auf, beugte sich über den Tisch und deutete auf die nächsten Eintragungen. „Hier habe ich festgehalten, was meine Schwester herausgefunden hat."

Der Beamte fuhr mit dem Zeigefinger über die aufgeschlagene Seite. „Dann schauen wir mal, was du darüber aufgeschrieben hast. Aha."

59

Wenn du noch einmal nachlesen möchtest, was an dieser Stelle in Richards Notizbuch steht, gehe zu Nummer 55.

Der Polizist nickte anerkennend. „Also, ich muss schon sagen, das hast du alles ganz super protokolliert." Dann ließ er seinen Blick von einem zum anderen wandern. „Aber ich verstehe nicht, warum ihr nicht beizeiten die Polizei eingeschaltet habt. Ihr wart da einer gefährlichen Sache auf der Spur."

Richard nickte. „Ja, zuerst dachten wir, es ist zu wenig, was wir wissen. Vieles waren nur Vermutungen. Wir hatten keine Beweise. Und später ..."

„Was hätten wir denn sagen sollen?" Paolo sprang auf. „Wir haben da einen Mann beobachtet, der plötzlich verschwunden ist? Sie hätten doch gedacht, bei uns sei eine Schraube locker!"

„Ja, und später, als wir mehr wussten, hatten wir immer noch keine Beweise", ergänzte Tobias. „Diese Leute hätten doch alles abgestritten."

„Ein Aufnahmegerät wäre nicht schlecht gewesen", schaltete sich Thea ein. „Wenn ich das Gespräch aufgezeichnet hätte, das ich im Fass gehört habe, hätten wir einen Beweis gehabt."

Nadine fuhr sich durchs Haar. „Und was war mit deinem Handy? Damit hättest du es doch aufnehmen können."

Thea schüttelte den Kopf. „Als ich dort in dem Fass war und Adrian mir den Mund zuhielt, hatte ich zuerst wahnsinnige Angst. Und dann haben wir die Leute beobachtet, da habe ich auch nicht an mein Handy gedacht." Sie seufzte und schob sich ihren Hut ins Genick. „Später wollte ich

59 noch mal mit Adrian reden, aber dann ist er ja getürmt."
„Hm", brummte der Polizist und las weiter.

Die nächsten Einträge kannst du, wenn du möchtest, noch mal bei Nummer 46 nachlesen.

„Aha, der Koffermann ist also der Neffe von Herrn Wachhaupt", fragte der Beamte. „Der gehört also mit dazu?"

Lothar zuckte mit den Schultern. „Hm ... ja."

„Und was hast *du* über ihn herausgefunden?", wandte sich der Polizist an Richard und deutete auf das Notizbuch. „Du musst mir diese Stichpunkte hier ein wenig genauer erklären."

„Dazu müssen Sie meine Freunde fragen." Richard deutete auf Paolo, Nadine und Tobias.

Willst Du noch einmal nachlesen, wovon Paolo, Tobias und Nadine nun berichten? Dann sieh unter Nummer 42 und Nummer 48 nach.

Inzwischen kennst du Richard und seine Freunde schon ziemlich gut. Aber, o weh, hier ist etwas durcheinander geraten! – Findest du die Fehler?

Luca zieht sein Notizbuch aus der Tasche und prüft seine Aufzeichnungen.

„Mein Vater ist am Sonntag wegen der Aufregung mit Hausschuhen in die Kirche gelaufen", berichtet Richard.

Nadine ruft: „Ach du grüne Spinne!"

Tobias rückt seinen Hut zurecht.

Thea boxt Luca in die Seite und ruft: „Hey, Alter!"

Paolo schaut in den Spiegel und ordnet seine Haare.

Schreibe auf, wie es richtig ist.

- ___________ zieht sein Notizbuch aus der Tasche und prüft seine/ihre Aufzeichnungen.
- „Mein Vater ist am Sonntag wegen der Aufregung mit Hausschuhen in die Kirche gelaufen", berichtet ___________.
- ___________ ruft: „Ach du grüne Spinne!"
- ___________ rückt seinen/ihren Hut zurecht.
- ___________ boxt Luca in die Seite und ruft: „Hey, Alter!"
- ___________ schaut in den Spiegel und ordnet seine/ihre Haare.

Weiter geht es bei Nummer 62.

60

Die Geschichte von dem König, der seine Feinde zum Essen einlud

Und der König von Syrien führte Krieg gegen Israel; und er beriet sich mit seinen Knechten und sprach: An dem und dem Ort soll mein Lager sein. Da sandte der Mann Gottes zum König von Israel und ließ ihm sagen: Hüte dich, an diesem Ort vorbeizuziehen; denn dort kommen die Syrer herab. Und der König von Israel sandte an den Ort, den der Mann Gottes ihm gesagt und vor dem er ihn gewarnt hatte, und er nahm sich dort in Acht; und das geschah nicht einmal und nicht zweimal. Da wurde das Herz des Königs von Syrien über diese Sache beunruhigt; und er rief seine Knechte und sprach zu ihnen: Könnt ihr mir nicht kundtun, wer von den Unsrigen für den König von Israel ist? Und einer von seinen Knechten sprach: Nicht doch, mein Herr König; sondern Elisa, der Prophet, der in Israel ist, tut dem König von Israel die Worte kund, die du in deinem Schlafgemach redest. Da sprach er: Geht hin und seht, wo er ist; und ich werde hinsenden und ihn holen. Und es wurde ihm berichtet und gesagt: Siehe, er ist in Dothan.

Da sandte er Pferde und Wagen dorthin und ein starkes Heer; und sie kamen bei Nacht und umzingelten die Stadt. Und als der Diener des Mannes Gottes früh aufstand und hinaustrat – siehe, ein Heer umringte die Stadt, und Pferde und Wagen. Und sein Knabe sprach zu ihm: Ach, mein Herr! Was sollen wir tun? Aber er sprach: Fürchte dich nicht! Denn mehr sind die, die bei uns, als die bei ihnen sind. Und Elisa betete und sprach: HERR, tu doch seine Augen auf, dass er sehe! Da tat der HERR die Augen des Knaben auf; und er

sah: Und siehe, der Berg war voll feuriger Pferde und Wagen, rings um Elisa her.
Und sie kamen zu ihm herab; und Elisa betete zu dem HERRN und sprach: Schlage doch dieses Volk mit Blindheit! Und er schlug sie mit Blindheit nach dem Wort Elisas. Und Elisa sprach zu ihnen: Dies ist nicht der Weg, und dies nicht die Stadt; folgt mir, und ich werde euch zu dem Mann führen, den ihr sucht. Und er führte sie nach Samaria. Und es geschah, als sie nach Samaria gekommen waren, da sprach Elisa: HERR, tu diesen die Augen auf, dass sie sehen! Da tat der HERR ihnen die Augen auf; und sie sahen: Und siehe, sie waren mitten in Samaria. Und der König von Israel sprach zu Elisa, als er sie sah: Soll ich schlagen, soll ich schlagen, mein Vater? Aber er sprach: Du sollst nicht schlagen. Würdest du die schlagen, die du mit deinem Schwert und mit deinem Bogen gefangen genommen hast? Setze ihnen Brot und Wasser vor, damit sie essen und trinken und dann zu ihrem Herrn ziehen. Und er bereitete ihnen ein großes Mahl, und sie aßen und tranken; und er entließ sie, und sie zogen zu ihrem Herrn. Und die Streifscharen der Syrer kamen seitdem nicht mehr in das Land Israel.

2. Könige 6,8-23

(Elberfelder Übersetzung – Edition CSV Hückeswagen)

Mit Richard und seinen Freunden geht es bei Nummer 28 weiter.

61

Tobias' Vater hält sich an das, was in der Bibel steht. Besonders wichtig sind ihm die Worte Jesu.

Im Neuen Testament kannst du alles über das Leben des Herrn Jesus nachlesen. Dort steht auch, was Er über das Schwören gesagt hat. Der Evangelist Matthäus, der ein Jünger von Jesus war, hat es aufgeschrieben.

Wiederum habt ihr gehört, dass zu den Alten gesagt ist: Du sollst nicht falsch schwören, du sollst aber dem Herrn deine Eide erfüllen. Ich aber sage euch: Schwört überhaupt nicht; weder bei dem Himmel, denn er ist Gottes Thron; noch bei der Erde, denn sie ist der Schemel seiner Füße; noch bei Jerusalem, denn sie ist die Stadt des großen Königs; noch sollst du bei deinem Haupt schwören, denn du vermagst nicht ein Haar weiß oder schwarz zu machen. Eure Rede sei aber: Ja – ja; nein – nein; was aber mehr ist als dieses, ist aus dem Bösen.

Matthäus 5,33-37
(Elberfelder Übersetzung – Edition CSV Hückeswagen)

61

Liebe(r) ____________________!

Inzwischen hast du Richard und seine Freunde schon ziemlich gut kennengelernt. Tobias zitiert gern passende Bibelsprüche, und Richard nimmt seine Taschenbibel fast überall mit hin.

Hast du auch Lust bekommen, die Bibel zu lesen?

Falls du noch keine besitzt, kannst du dir hier eine verdienen.

Jeder von uns ist anders, jeder kann etwas anderes gut. Entscheide dich deshalb für **eine Aufgabe!**

1. An der Entstehung eines Buches arbeiten verschiedene Leute mit. Stell dir vor, du wärst eine Illustratorin oder ein Illustrator. Male **ein Bild oder einen Comic** zu einem oder mehreren Kapiteln des Buches.
2. Ein Redakteur einer Zeitschrift erhält manchmal die Aufgabe, den Lesern ein Buch vorzustellen. Schreibe **eine kurze Zusammenfassung der Handlung** dieses Buches.
3. Durch dieses Buch hast du einige Bibelsprüche kennengelernt. Vielleicht kennst du aber auch ganz andere Geschichten oder Sprüche aus der Bibel? Schreibe auf, welcher **Spruch oder** welche **Geschichte aus der Bibel** dir gefällt.
4. **Beantworte folgende Fragen** zum Buch:
   - Wen möchtest du im nächsten Kinderbuch gern wiedertreffen?
   - Welche Rätsel oder Bilder haben dir besonders gefallen?
   - Wie bist du mit deinem Schlüsselwortpfad zurechtgekommen?
   - Was fandest du nicht so gut?

Sende deine Antwort per E-Mail oder Briefpost an:

- BurgKellerGeheimnis@boas-verlag.de
- BOAS-Verlag
  Stichwort: BurgKellerGeheimnis
  Würgendorfer Str. 21
  57299 Burbach

Und vergiss bitte nicht, deine Adresse aufzuschreiben.

Ich werde dir dann schnellstmöglich eine Bibel zuschicken.

Deine *Anneli Klipphahn*

Was Tobias an diesem Sonntag noch erlebt, kannst du nun unter Nummer 36 nachlesen.

62

Während der Polizist sich Notizen machte, wandte Richard sich an Lothar. „Als du uns heute herumgeführt hast, habe ich dich gleich zu Anfang nach dieser verschlossenen Gittertür gefragt. Aber du wolltest absolut nicht da langgehen, du hast versucht, uns abzulenken. Du musst etwas gewusst haben."

Lothar blickte auf seine Hände und murmelte: „Fred hatte mitbekommen, dass ich euch hier herumführen wollte. Und er hat gesagt, ich muss unbedingt dafür sorgen, dass ... dass ihr nicht ... nicht in diesen Keller geht. Sonst ... sonst ... na ja, er hat mir wieder gedroht ... dass er alle Schwarzkappen auf mich hetzt ..."

„Also wieder eine Erpressung!", stellte der Polizist fest und schrieb weiter ohne aufzusehen.

Richard wunderte sich, dass der Polizist ihr Gespräch trotzdem mitverfolgt hatte.

„Ja, das war es." Lothar sprach nun etwas lauter. „Fred hatte mir eingeschärft, diesen Keller unbedingt zu meiden.

Und aufzupassen, dass wir diesen Leuten nicht in die Quere kommen. Er sagte, sie ... sie seien jetzt fast jede Nacht hier ... Fred müsse ihnen manchmal helfen ... deshalb habe ich euch gesagt, hier geht manchmal der Nachtwächter mit einer Führung rum ... was auch nicht direkt gelogen war."

„Das hättest du uns vorhin auch gleich sagen können", brummte der Polizist, während er schrieb und schrieb.

„Der Neffe von Herrn Wachhaupt hat sich bestimmt mit den anderen da unten getroffen", vermutete Richard.

„Also ... ja, hm", sagte der Polizist. „Das werden wir sehen, wenn die Rettungskräfte den Gang freigelegt haben. Ich hoffe, es ist noch nicht zu spät für die Verschütteten. Am besten bleibt ihr noch hier, falls wir weitere Fragen haben." Plötzlich fuhr er hoch und schlug sich an die Stirn. „Oh, wir müssen bei euren Eltern anrufen. Sie werden euch vermissen!"

„Nein, uns vermisst niemand", antwortete Tobias. „Meine Freunde und ich zelten heute bei uns im Garten. Und meine Eltern sind weggefahren."

„Also, das habt ihr ja gut eingefädelt", grummelte der Polizist und setzte sich wieder. „Wie es scheint, vertrauen sie dir. Und ahnen nicht, dass ihr Sprössling nachts mit seinen Freunden auf der Burg herumgeistert, anstatt brav im Zelt zu schlummern. Also, also!" Er schaute Tobias bedeutungsvoll an.

Tobias senkte den Kopf und sagte leise: „So habe ich das noch gar nicht gesehen. Es war eben ein Abenteuer."

„Na, also ich weiß nicht, ob deine Eltern das auch so sehen." Der Polizist schüttelte den Kopf.

Tobias zog die Brauen zusammen, sagte aber nichts.

„Wir, also die Polizei, müssen auf alle Fälle mit ihnen

62 Verbindung aufnehmen. Und mit den anderen Eltern auch. Aber jetzt schauen wir erst einmal, wie weit sie dort unten gekommen sind.“

Der Polizist trägt eine Dienstmütze, Thea einen Hut und Lothar ein Basecap. Hier findest du ein Sammelsurium weiterer Kopfbedeckungen. Welche ist doppelt? Rechne die Zahlen unter den beiden gleichen Kopfbedeckungen zusammen, dann erfährst du, wo es weitergeht.

63

Richard trat als Erster durch die Tür des Gemeinderaums, blieb stehen und riss die Augen auf. Am Tisch saß der junge Herr Wachhaupt, vor ihm lag ein in Geschenkpapier gewickeltes Paket.

„Hey, Alter, das glaub ich nicht", murmelte Paolo hinter ihm. „Der Koffermann ist da!"

Herr Wachhaupt nickte ihnen zu. „Die Schwester von Tobias war so freundlich, mich hereinzulassen, während ihr noch in euren Zelten geschlafen habt."

„Oh, dann warten Sie wohl schon lange?", fragte Tobias.

Herr Wachhaupt schüttelte den Kopf und deutete auf die freien Stühle. „Ich bin gekommen, um mich bei euch zu bedanken."

„Damit hätte ich jetzt nicht gerechnet", sagte Thea und schob die Jungen weiter in den Raum hinein.

Als alle um den Tisch saßen, sagte Herr Wachhaupt: „Ich danke euch von ganzem Herzen für eure *Schnüffelei*, denn die hat meinen Freunden das Leben gerettet." Dann wandte er sich an Lothar. „Inzwischen habe ich erfahren, dass du erpresst wurdest. Das tut mir leid. Davon wusste ich nichts."

„Schon gut", nuschelte Lothar. „Es gehören immer mindestens zwei dazu. Ich hätte das nicht mit mir machen lassen dürfen."

Herr Wachhaupt räusperte sich und schaute erst Richard und dann nacheinander die anderen an. „Es tut mir leid. Ich habe viel falsch gemacht. Ich habe auch euch in Gefahr gebracht."

„Machen Sie mal halblang", entgegnete Paolo. „Wir sind auch keine Engel. Und es war ein tolles Abenteuer."

Herr Wachhaupt sprach weiter, als habe er Paolos Einwurf gar nicht gehört. „Die Polizei hat mich lange verhört. Und meine Freunde und ich werden für alles geradestehen müssen, was wir getan haben."

„Dann ist es also so, wie wir vermutet haben?" Richard fasste sich ans Kinn. „Sie gehören auch zu diesen Schatzsuchern?"

Herr Wachhaupt nickte. „Aber ihr habt die Sache ja fast lückenlos aufgedeckt, Kommissar Rollenkroll hat mir davon berichtet." Er holte tief Luft. „Ja, wie gesagt, ohne euch wären meine Freunde und der Junge, dieser Fred, jetzt vielleicht tot. Ich war gestern Abend nur kurz bei ihnen, meine Aufgabe war es, mich um die Technik zu kümmern. Die Alarmanlage auszuschalten, die Überwachungskameras ... all diese Dinge."

„Ach, deshalb laufen Sie wohl immer mit diesem Koffer herum?", fragte Paolo.

„Hm, ja. In dem Koffer habe ich allerhand Werkzeuge und ... und anderen Kram." Er fuhr sich mit dem Handrücken über die Stirn. „Nun, jedenfalls hatte ich gestern noch eine Verabredung. Ich wäre sicher erst am frühen Morgen zurückgekommen. Aber als die ganzen Einsatzfahrzeuge durch Stolpen fuhren, hatte ich Angst um meine Freunde." Etwas leiser fügte er hinzu: „Sofern man sie als Freunde bezeichnen kann."

„Und dann sind Sie auf die Burg und in den Keller gerannt", schlussfolgerte Paolo.

„Ja, ich eilte in den Keller und sah, was los war. Versteht ihr, was das bedeutet?" Er stand auf und lief unruhig hin und her. „Wenn ihr nicht zufällig da gewesen wärt, wer weiß ..." Er blieb stehen, schüttelte den Kopf und schluckte.

„Wir betrachten es als Führung Gottes", antwortete Tobias. „Wir glauben nicht an Zufälle."

„Ich glaube, du hast recht." Herr Wachhaupt schaute ihn an. „Es war kein Zufall. Sicher war es auch kein Zufall, dass gerade ich gestern nicht mit in dem Gang war. Wer weiß, wie es mich erwischt hätte ..."

„Gott sei Dank, waren Sie aber nicht dort", entgegnete Richard.

Der Koffermann kam zurück an den Tisch und setzte sich wieder. „Ihr habt viel mehr getan, als die Verschütteten zu befreien. Oder besser gesagt, Gott hat viel mehr getan. – Ja, der Herr Jesus hat etwas an mir getan." Er deutete mit der Hand auf das Kreuz, das an der Wand hing. „Als ich ein Kind war, haben meine Eltern mich im christlichen Glauben erzogen." Er beugte sich vor und legte die Unterarme auf den Tisch. „Nun ist es nicht so, dass ich meinen Glauben später ganz verloren hätte, aber Gott war für mich nicht mehr so wichtig. Ich habe mein Leben so gelebt, wie

63 ich es für richtig hielt, und habe nicht gefragt, was Gott darüber denkt."

Ungeduldig rutschte Richard auf seinem Stuhl nach vorn. Hatte der Herr Jesus durch das alles den Koffermann vielleicht aus seinem *Glaubensschlaf* aufgeweckt?

Herr Wachhaupt blickte einen nach dem anderen an. „Ich habe immer versucht, ehrlich zu sein und keinem Menschen zu schaden. Doch dann kam mein Freund Theo und erzählte mir von dem Schatz. Ein großer, wertvoller Schatz ... na ja, auf die Einzelheiten will ich nicht weiter eingehen."

Richard machte eine Bewegung mit der Hand, als wollte er etwas beiseiteschieben. „Es gibt viele Sagen über den Schatz der Cosel."

Herr Wachhaupt nickte. „Mein Freund behauptete, seine Freundin hätte von einem alten Mann mehr über den Schatz erfahren. Deshalb sind wir auf die Suche nach diesem Schatz gegangen." Er stand auf und fing wieder an, hin und her zu laufen. „Ich merkte schon bald, dass ich manches tun musste, was verboten war. Und auch mit der Ehrlichkeit konnte ich es nicht mehr so genau nehmen." Er blieb abrupt stehen. „Aber ich wollte kein Dieb sein. Deshalb habe ich darum gekämpft, dass wir die Sachen, die wir brauchten, immer wieder zurückbrachten."

„Das haben wir gemerkt." Richard zählte mithilfe seiner Finger. „Erstens: Der Plan. Zweitens: Das Buch aus dem Pfarrhaus. Drittens: Die Schlüssel ..."

„Also sind Sie für das sogenannte *Ausborgen* verantwortlich?", fragte Thea.

„Ja. Und bei alledem haben uns diese Jungs geholfen." Herr Wachhaupt deutete mit dem Kopf auf Lothar.

„Ich habe das nicht freiwillig gemacht“, rief Lothar. „Und ich wusste gar nicht, für wen ich das mache.“

„Das habe ich jetzt auch verstanden“, sagte Herr Wachhaupt leise. „Und es tut mir aufrichtig leid.“

„Das haben Sie vorhin schon gesagt.“ Paolo stöhnte, als müsste er sich einen langweiligen Film anschauen. „Mich interessiert, wie Sie überhaupt mit den Schwarzkappen zusammengekommen sind.“

„Soweit ich weiß, lief das über diesen Fred“, überlegte Herr Wachhaupt laut und fing wieder an, umherzulaufen. „Er ist irgendwie mit dem alten Mann verwandt, der meiner Bekannten von dem Schatz erzählt hat.“ Herr Wachhaupt lachte bitter. „Zuerst hat der Junge versucht, meine Bekannte zu erpressen. Er hatte mitbekommen, was wir vorhaben und wollte mitmachen. Aber dann lief die Sache aus dem Ruder.“

„Was meinen Sie damit?“, fragte Richard.

Herr Wachhaupt lehnte sich mit dem Rücken an die Wand. „Meine sogenannten Freunde haben den Spieß umgedreht. Zuerst haben sie ihm Geld versprochen, aber dann ... dann haben sie ihn erpresst ... und ich habe mich immer mehr mit hineinziehen lassen ...“

„Eine Kettenreaktion!“, rief Lothar. „Und Fred hat dann die Schwarzkappen mit reingezogen – und mich.“

„Das tut mir jetzt alles so leid“, seufzte Herr Wachhaupt. „Ich war wie blind, gefangen von der Gier nach Reichtum, nach einem besseren Leben, nach Freiheit.“ Er schlug sich an die Stirn, dass es laut klatschte.

Richard zupfte sich am Kinn. „Was für eine Freiheit haben Sie sich denn erträumt?“

Der Koffermann fuhr sich über die Augen. „Ich dachte, wenn wir den Schatz fänden, könnten wir uns jeden Wunsch erfüllen und dann wären wir frei. Aber das war ein Irrtum. Dieses Geld hätte mich nicht frei gemacht, ich wäre ein Sklave des Geldes geworden. So, wie ich schon durch die Suche nach dem Schatz ein Sklave der Sünde geworden bin. Ich weiß nicht, ob ihr versteht, wie ich das meine."

Tobias nickte. „*Jeder, der die Sünde tut, ist der Sünde Sklave.*[13]"

Herr Wachhaupt schaute ihn erstaunt an.

Nadine kicherte. „Tobias ist unsere wandelnde Bibel. Er hat immer einen passenden Spruch von König Salomo parat."

„Diesmal ist es kein Spruch von Salomo", sagte Tobias. „Diesmal ist es ein Wort des Herrn Jesus. Der Apostel Johannes hat es aufgeschrieben."

Richard kramte seine Taschenbibel heraus und fing an, nach diesem Spruch zu suchen.

Herr Wachhaupt stieß sich von der Wand ab, kam auf Richard zu und deutete auf die Bibel. „Ich habe von vielen Menschen gehört, die Teile der Bibel auswendig gelernt haben. Wenn sie in Not waren, hat ihnen das oft geholfen."

„Ja, davon habe ich auch gelesen", bestätigte Tobias. „Von Christen, die im Gefängnis oder im KZ während des Zweiten Weltkriegs keine Bibel haben durften."

„Ihr seid mir ja ein pfiffiges Völkchen." Herr Wachhaupt wandte sich an Tobias. „Du warst es doch, der mich mit diesem ... diesem Bischof hereingelegt hat, den es gar nicht gab?"

„Ja, mit Bischof Kunibert." Tobias grinste. „Dadurch

13 Johannes 8,34 (Rev. Elberfelder)

wurde mir klar, dass Sie gar keine Forschungen über die Burg betreiben."

„Hm ... ja ... da hast du mich sozusagen durch eine Lüge beim Lügen ertappt."

„Stimmt", bestätigte Tobias. „Ich habe auch gelogen. Ich wusste ja, dass es keinen Kunibert gab."

„Nun, diese Lüge verzeihe ich dir. Und ich bin sicher, dass der Herr Jesus uns auch verzeiht."

„Ich habe die Stelle gefunden!" Richard legte den Finger auf die aufgeschlagene Bibel. *„Jeder, der die Sünde tut, ist der Sünde Sklave.* Aber hier steht noch mehr. Der Herr Jesus sagt auch: *Wenn nun der Sohn euch frei machen wird, so werdet ihr wirklich frei sein.*[14]"

„Ja, das ist wirkliche Freiheit." Herr Wachhaupt rieb sich die Hände, als wollte er sich waschen. „Ich habe den Herrn Jesus um Vergebung gebeten. Jetzt möchte ich wieder neu mit Ihm anfangen."

Richard klappte seine Bibel zu. „Ich bin auch froh, dass alles gut ausgegangen ist. Aber eine Frage habe ich noch: Die ganze Sache kam dadurch ins Rollen, dass ich Sie während unseres Klassenausflugs beobachtet habe. Warum sind Sie mitten am Tag in diesen Gang gekrochen?"

Herr Wachhaupt setzte sich. „Ja, also der Gang führt in einen größeren Raum, in dem es wieder einen zugemauerten Durchgang gibt. An dessen Öffnung arbeiteten wir zu dieser Zeit nachts. Am Morgen hatte ich mich hingelegt und als ich erwachte, stellte ich fest, dass mein Handy nicht da war." Er rückte auf seinem Stuhl hin und her. „Mir wurde siedend heiß, denn mir war sofort klar, dass ich es in dem Kellerraum vergessen hatte. Der Empfang dort un-

14 Johannes 8,36 (Rev. Elberfelder)

63 ten ist zwar schlecht, aber manchmal hat man eben doch Empfang. Wenn nun das Handy geklingelt hätte, wären womöglich Besucher oder – was noch schlimmer gewesen wäre – mein Onkel aufmerksam geworden." Er verschränkte die Arme vor der Brust und lehnte sich zurück. „Nun, jedenfalls informierte ich meine Freunde und bat sie um Hilfe."

„Und ich war an diesem Tag gerade krank", erklärte Lothar. „Fred rief mich mit dem Handy von der Schule aus an und schickte mich auf die Burg. Das war wieder so eine Art Mutprobe. An den Basaltsäulen hat mich die blonde Frau abgefangen. Mein schwarzes Basecap war das Erkennungszeichen."

„Wir trafen uns in dem Raum mit der Schautafel", berichtete Herr Wachhaupt weiter. „Sie halfen mir in den Gang, mischten sich unter die Besucher, kamen später wieder und halfen mir heraus."

„Die Frau und ich blieben die ganze Zeit in dem Raum bei der Tafel", erklärte Lothar. „Und später musste ich dann mit der Frau in den Zehrgarten gehen." Er deutete auf Richard. „Sie wurde auf dich aufmerksam, als du an diesem vergitterten Loch herumgefummelt hast."

„Ist ja kein Wunder, dass sie aufmerksam wurde!" Nadine warf ihre Haare zurück. „Richard hat ja mit seiner Behauptung, dass er einen Koffermann in meinem Spiegel gesehen habe, der dann verschwunden sei, für reichlich Unruhe gesorgt."

„Den Koffer hatte ich zur Tarnung mit", erklärte Herr Wachhaupt. „Mein Onkel hatte mich mit verschiedenen Reparaturarbeiten betraut, unter anderem an der Elektrik. Dadurch konnte ich mir auch, ohne Verdacht zu erregen, alles ansehen, was die Alarmanlage und die Überwachungskameras betrifft." Er stand auf und streckte sich. „So, nun werde ich mal meine Freunde im Krankenhaus besuchen. Dieses Geschenk hier" – er beugte sich über den Tisch und legte seine Hand auf das Päckchen – „ist für euch alle zusammen. Ihr könnt es später öffnen. Noch mal danke für eure Hilfe zur Befreiung!"

Die Nummer des Stuhls von Herrn Wachhaupt junior verrät dir, wo es weitergeht.

64

Richard und die anderen Jungen begleiteten Herrn Wachhaupt nach draußen und verabschiedeten ihn dort, während Thea und Nadine drinnen warteten.

Dann deutete Tobias auf das Pfarrhaus. „Wir sollten meiner Schwester bei der Vorbereitung des Essens helfen. Das Geschenk können wir später auspacken."

„Na klar, Alter." Paolo rieb sich den Bauch. „Ich habe einen Hunger, als hätte ich seit 14 Tagen nichts mehr gegessen. Ich geh mal die Mädchen holen."

„Und ich werde in der Zwischenzeit nach Karlson sehen", sagte Luca und eilte davon.

Als die anderen gegangen waren, wandte Richard sich an Lothar. „Hast du die Telefonnummer von Fred? Wir sollten uns erkundigen, wie es ihm geht."

„Ja, das ist eine gute Idee." Lothar holte sein Handy aus der Hosentasche, tippte darauf herum und hielt es sich ans Ohr. „Sein Handy ist abgeschaltet. Dann rufe ich mal bei seinen Eltern an."

Diesmal war Lothars Anruf erfolgreich. Er telefonierte eine Weile mit Freds Mutter und berichtete dann: „Fred muss noch im Krankenhaus bleiben – zur Beobachtung. Seine Eltern wollen ihn am späten Nachmittag besuchen."

„Hat sie dir gesagt, in welchem Krankenhaus er liegt?", fragte Richard.

„In Pirna." Lothar steckte sein Handy wieder ein.

„Wir könnten ihn auch besuchen", meinte Richard. „Gleich nach 14 Uhr. Dann ist die Mittagsruhe vorbei und seine Eltern sind noch nicht da."

Lothar riss die Augen auf. „Ihr würdet wirklich mitkommen? Das wäre super!"

„Ich werde es den anderen vorschlagen", sagte Richard.

Welche der Frauen ist die Mutter von Fred? Sie verrät dir, bei welcher Nummer es weitergeht.

65

Richard und seine Freunde stiegen zusammen mit Lothar hinter den Polizisten die Treppe in den Kellerraum hinab, von dem der verschüttete Gang abging. Das Gewölbe war nun von mehreren Scheinwerfern hell erleuchtet und es herrschte reger Betrieb.

Der Kommissar trat auf einen der Feuerwehrmänner zu, auf dessen Rücken *Einsatzleiter* stand, und ließ sich über die Rettungsarbeiten unterrichten. Die Einsatzkräfte waren gut vorangekommen. Es war ihnen gelungen, den Gang zu sichern und an der Einsturzstelle zu öffnen. Jetzt war die Höhlenrettung dabei, die Verschütteten zu bergen.

Auf einmal kam der Neffe von Herrn Wachhaupt die Treppe heruntergehastet. Er sah blass aus, rannte händeringend umher und stammelte immer wieder: „Herr ... oh Gott ... Jesus, erbarme dich!“ Dann sprach auch er einen der Feuerwehrmänner an. „Sie ... Sie werden sie doch ... doch lebend herausholen? Sie leben doch noch? Sie ... Sie müssen ... Sie müssen ihnen helfen! – Oh Gott, erbarme dich!“

„Ach du grüne Spinne, der betet ja!“, staunte Luca.

„Das besagt nicht viel.“ Tobias verzog das Gesicht. „Viele beten, wenn sie in Not sind. Aber wenn es ihnen wieder gut geht, vergessen sie Gott. Und machen weiter wie vorher. Die beiden Wachhaupts habe ich noch nie im Gottesdienst gesehen. Sehr fromm scheint der Koffermann also nicht zu sein.“

In diesem Moment beendete der Polizist, der sie vernommen hatte, sein Gespräch mit dem Einsatzleiter und wandte sich an seinen jüngeren Kollegen. „Bitte achten Sie auf die Kinder! Nicht, dass die wieder Unsinn anstellen.“ Dann trat er auf den Koffermann zu. „Sie sind also Herr Wachhaupt junior? Würden Sie mir bitte folgen!“

„Jetzt wird er verhört“, bemerkte Richard. „Da wäre ich gern dabei.“

Paolo sah Tobias an. „Also, mit dem Nicht-fromm-sein hast du bestimmt recht. Wenn der junge Wachhaupt ein Christ wäre, hätte er kaum bei so ’ner krummen Sache mitgemacht.“

„Na ja, die ... die Christen sind auch nicht alle Engel.“ Tobias seufzte und schaute zu Boden. „Ich ... ich nenne mich auch Christ und das ... na ja, das, was wir hier gemacht haben ... in dieser Nacht und so, war auch nicht alles richtig.“

„Nun hör aber auf!“, empörte sich Nadine. „Wenn wir nicht hier gewesen wären, hätte niemand gemerkt, dass da jemand verschüttet ist. Ich finde, es war total wichtig, dass wir das gemacht haben!“

Richard zupfte sich am Kinn. „Hm, na ja. Einerseits hast du recht – andererseits hat Tobias recht. Alles, was man vor den Eltern verheimlichen muss, ist nicht richtig.“

„Ich würde mal sagen“ – Tobias wiegte den Kopf –, „in unserem Fall ist es so: Wir haben nicht alles richtig gemacht, aber Gott hat Gutes daraus gemacht. *Er* hat es dazu benutzt, den Leuten, die da hinten im Gang verschüttet wurden, zu helfen.“

„Na klar, Alter!“, gab Paolo ihm recht. „Es ist bestimmt kein Zufall, dass wir ausgerechnet heute hier sind und in diesem Gang herumgeschnüffelt haben.“

„Hoffen wir mal, dass die Hilfe für sie nicht zu spät gekommen ist!“, seufzte Thea.

„Na ja, geschnüffelt hat vor allem Karlson“, meinte Luca. „Und ich finde, es wird Zeit, dass ihn jeder akzeptiert und nicht immer auf ihm herumgehackt wird!“

Nadine verdrehte die Augen und boxte Luca in die Seite. „Ich weiß schon, wen du mit *jeder* meinst. Aber ich bin ja gar nicht so, von mir aus kannst du den Köter auch weiterhin mitbringen. Hauptsache er lässt mich in Ruhe. Heute hat er wirklich gute Arbeit ...“

Da führte ein Mann von der Höhlenrettung einen Jungen aus dem Gang. Es war Fred, der sich wie ein alter Mann auf seinen Retter stützte. Er war total verdreckt, hatte eine Beule an der Stirn, mehrere Schrammen im Gesicht und blutete am Arm.

Obwohl Fred noch aus eigener Kraft stehen konnte, wurde er auf eine Krankentrage gelegt. Sofort untersuchte ihn ein Notarzt, dann fingen die Sanitäter an, die Wunden zu säubern und zu verbinden.

Als Fred Lothar entdeckte, hob er kurz die Hand.

Richard hörte Lothar murmeln: „Danke, Jesus!“

„Amen“, sagte Richard und nickte Lothar zu.

Dann wurde eine Frau auf einer Trage aus dem Gang

gebracht. Wie es schien, war sie nicht bei Bewusstsein.

Der Arzt untersuchte sie und rief dann: „Schnell in den Rettungswagen! Alles andere machen wir auf der Fahrt ins Krankenhaus!"

„Das ist sie." Lothar stieß Richard in die Seite. „Die hat mitgeholfen, als der junge Wachhaupt in den Gang hinter der Schautafel geklettert ist. Und sie hat in dein Notizbuch geschrieben."

„Ich habe sie vom Fass aus gesehen", sagte Thea.

„Und ich habe sie vorher zusammen mit dem Koffermann auf die Burg kommen sehen", ergänzte Richard.

„Es ist die Frau, die in der Kirche war", fügte Nadine hinzu.

Zwei weitere Höhlenretter brachten einen Mann aus dem Gang. Sein Bein schien gebrochen zu sein und an der Stirn hatte er eine große Platzwunde. Er lag zusammengekrümmt auf der Trage, presste die Hände auf den Bauch und jammerte laut.

Thea deutete auf die Trage. „Das ist der Mann, den ich vom Fass aus gesehen habe."

„Dann muss das dieser Theo sein", schlussfolgerte Richard.

Paolo lachte. „Thea beobachtet Theo."

Auch Theo wurde sofort untersucht und dann nach oben gebracht.

„Das war der Letzte", erklärte einer der Höhlenretter.

„Na, Gott sei Dank!", antwortete der Arzt. „Alle leben. Wir machen uns jetzt mit dem Jungen auf den Weg." Er deutete mit dem Kopf auf Fred.

„Ich will nicht ins Krankenhaus", protestierte Fred. „Es geht mir gut!"

65 „Darüber diskutieren wir nicht!“ Der Arzt winkte den Sanitätern, Fred hochzutragen.

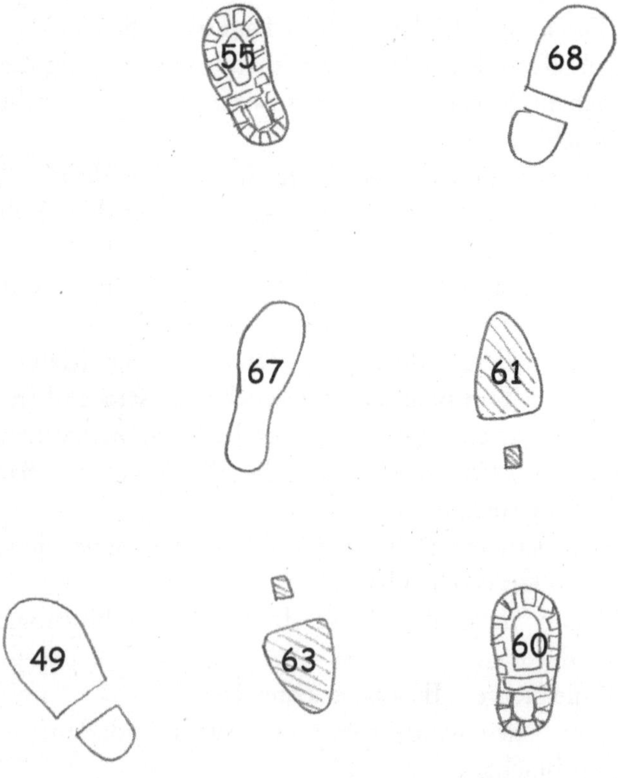

Im Keller liegt jede Menge Dreck und Staub, darin kann man verschiedene Schuhabdrücke erkennen, jeweils einen linken und einen rechten. Aber einen Schuhabdruck gibt es nur einmal. Er verrät dir, bei welcher Nummer es weitergeht.

Nach dem späten Frühstück öffnete Richard das Paket. Als Erstes kam ein Brief zum Vorschein. Er gab ihn an Tobias weiter, der ihn vorlas.

Hallo, ihr Superdetektive!

Soeben komme ich von der Burg, schlafen kann ich nicht. Die Ereignisse haben mich total aufgewühlt. Ich bin so dankbar, dass ihr meine verschütteten Freunde und vor allem den Fred gefunden habt. So möchte ich mich mit diesem Paket ganz herzlich bei euch bedanken.
Was ihr für uns alle getan habt und was Gott getan hat, ist unbezahlbar. Ich kann es nur als Wunder verstehen, dass ihr zur rechten Zeit am richtigen Ort wart und die richtigen Entscheidungen getroffen habt. Macht weiter so, aber überlegt immer genau, was ihr tut.
Ich selbst bin in dieser Nacht wach geworden – endlich! Endlich habe ich gemerkt, dass ich einen falschen Weg ein-

geschlagen hatte, einen Weg ohne Gott, von Ihm weg. Ich habe anderen Menschen geschadet, ich habe sie in Gefahr gebracht. Das ist das Schlimmste. Meine Sünde hat nicht nur mir, sondern auch anderen geschadet.

Leider ist es oft so im Leben; dort, wo wir uns von Gott, unserem Vater, entfernen, schaden wir uns selbst und auch anderen. Deshalb kann ich jedem von euch nur dringend ans Herz legen, was in der Bibel im Buch des Propheten Jesaja steht: Darum verlasst euch auf den HERRN immerdar; denn Gott der HERR ist ein Fels ewiglich.[15]

Bleibt von Gott beschützt!

Euer Klaus Wachhaupt

„Oh, dieser Spruch aus Jesaja passt auch gut!“, stellte Tobias fest. „Er passt perfekt zum Stolpener Basalt.“

„Und zur Burg, die auf diesem Felsen gebaut ist“, ergänzte Richard.

„Ach du grüne Spinne, jetzt wollt ihr wohl über die Bibel diskutieren?“ Luca zog das Paket näher zu sich heran. „Auch wenn wir im Pfarrhaus sind, will ich jetzt erst mal wissen, was hier noch so drin ist.“ Damit nahm er das zuoberst liegende Geschenk heraus und wickelte das Papier ab.

---

15 Jesaja 26,4 (Luther)

Willst du wissen, was Luca ausgepackt hat? Lies nur jeden dritten Buchstaben!

S I S E B T Z I A G E R N D K R E E B O L N E U O B
P U C E H U N A Q F H A I B W N A S G E I E N R R
O S A T A B M I D N O R G O U S E C U M K D B P
T E U B A L K K V T B E G E R V B F K M O T E T S I
O K H A V A P Q A P S H A U G R L S A C W T R S A
L Ü B O T S S W P Q T E G F R U K R L N B H D A G
S N X C D A C M A Y A W E S L L S M B B O K A L H
N C X D Q W S Y Q T C V I A B R D W N X S L A W
A C H M A L P A S E T M N A L F M I E N S R C X N
B L G A S L A Q A X C S

„Ach du grüne Spinne!", freute sich Luca. „Damit können wir ja gar nicht anders, wir müssen uns einen neuen Fall suchen! Oh, hier ist noch ein Zettel. Darauf steht: *Seid Detektive des Lichts! Macht weiter so! Spürt Menschen auf, die in der Finsternis gefangen sind und helft ihnen, ans Licht zu kommen! Jesus spricht: Ich bin das Licht der Welt, wer mir nachfolgt, der wird nicht wandeln in der Finsternis, sondern wird das Licht des Lebens haben.*[16]"

Nadine stupste Tobias in die Seite. „Der junge Herr Wachhaupt scheint ja auch so ein Bibelspruchkenner zu sein wie du."

„Gut geraten!", lobte Tobias und zwinkerte ihr zu.

„Da musste ich nicht viel raten, das höre ich an der Sprache. Wer sagt denn heutzutage noch *wandeln*?"

„Ach, ganz so ungebräuchlich ist das nun auch wieder nicht. Man sagt zum Beispiel Schlafwandeln. Außerdem

16 Johannes 8,12 (Luther)

66 gibt es ja auch noch andere Bibelübersetzungen. Herr Wachhaupt scheint den etwas ältlich klingenden Luthertext zu mögen."

„Gab es denn früher auch schon Detektive?", fragte Paolo. „*Seid Detektive des Lichts* klingt gar nicht so altmodisch."

Tobias lachte. „Nein, das gehört nicht zum Bibeltext. Das ist ein Wachhauptwunsch. Klingt aber gut! – Wer packt das nächste Geschenk aus?"

Ehe noch jemand antworten konnte, beugte Thea sich vor, kramte ein kleines eingewickeltes Päckchen heraus und öffnete es. Sie schaute es kurz an, lächelte und reichte es Luca. „Hier. Er scheint wirklich an alle gedacht zu haben."

Was hat Thea ausgepackt? Es steht auf dem Zettel. Lies von unten rechts.

I L R
E K C E
L E D
N U H

Nadine schüttelte sich. „Räum die bloß schnell weg! Ich werde mal nachsehen, ob es noch etwas Appetitlicheres gibt!" Sie packte ein altes Buch über die Geschichte der Burg Stolpen aus und rümpfte die Nase. „Na ja, das hier ist auch nicht gerade nach meinem Geschmack." Sie reichte das Buch Richard. „Ich denke, das solltest du verwahren. Ich jedenfalls werde wohl nur in Ausnahmefällen darin lesen."

Richard schlug das Deckblatt auf. „Oh, das wurde 1902 gedruckt! Ist ja Wahnsinn, dass er uns so etwas schenkt!"

„Tja." Nadine warf die Haare zurück. „Wie es scheint,

ist er nicht so geschichtsinteressiert und will ab jetzt lieber in der Gegenwart leben. Darf ich noch was auspacken?“

Die anderen nickten, und Nadine öffnete eine Sammlung von Gummibärchen, Studentenfutter und Schokolade. *Nervennahrung für Scharfdenker* stand darauf.

„Ah, endlich etwas Genießbares!“, meinte Thea, nahm die Schokolade, riss die Verpackung auf, naschte ein Stück und reichte sie an die anderen weiter.

Das letzte Päckchen öffnete Paolo. Darin waren vier

und ein Zettel. Den gab Paolo an Richard weiter.

Richard las laut vor: *„Sie sind zwar schon benutzt, aber wir brauchen sie nun nicht mehr. Ich hoffe, dass sich von nun an auch meine Freunde auf den Weg der Wahrheit begeben. Benutzt sie bitte nur zu guten Zwecken.“*

„Das werden wir.“ Tobias nickte.

Paolos Augen leuchteten. „Darf ich diese mega-coolen Teile bei mir aufbewahren? Ich verspreche auch ...“

„Von mir aus kannst du sie behalten.“ Nadine winkte ab. „Mein Smartphone ist viel moderner.“

Paolo schaute die anderen fragend an. Sie nickten ihm zu.

„Aber pass gut darauf auf“, mahnte Richard.

„Das werde ich“, seufzte Paolo, drückte die Geräte an seine Brust, schloss die Augen und lächelte glücklich.

Nun bleibt nur noch Nummer 68, da findest du das letzte Kapitel dieses Buches.

67

Richard legte Lothar die Hand auf die Schulter. „Da deine Eltern heute Nacht nicht da sind, kannst du gern mit bei uns im Zelt übernachten."

„Das wäre schön", seufzte Lothar. „Wenn die anderen auch einverstanden sind?"

„Klar, Alter!", rief Paolo und klopfte Lothar auf die andere Schulter.

„Eine Luftmatratze und einen Schlafsack kann ich dir borgen", sagte Tobias.

Auf dem Heimweg sprachen sie noch einmal alles durch. Schließlich kamen sie zu dem Ergebnis, dass Gott auf sie aufgepasst hatte. Und dass Er dafür gesorgt hatte, dass sie im richtigen Moment den Gang gefunden hatten, und so die Verschütteten gerettet werden konnten.

Als sie im Pfarrgarten ankamen, sagte Thea: „Wir haben jetzt lang und breit darüber gesprochen, dass Gott uns beschützt hat. Ich finde, wir sollten nicht nur darüber reden, wir sollten Gott auch gemeinsam dafür danken."

„Das ist eine gute Idee“, meinte Richard.

„Ich schlage vor“, ergänzte Tobias, „die Mädchen kommen zum Beten in unser großes Jungen-Zelt.“

Kurz darauf saßen sie dort im Schein ihrer Taschenlampen beieinander.

Tobias faltete die Hände und schloss die Augen. „Herr Jesus, wir danken dir! Du hast uns zur richtigen Zeit auf die Burg geführt und gezeigt, wo wir langgehen sollen. Amen.“

„Herr Jesus, du hast aus unseren Fehlern etwas Gutes gemacht“, betete Richard. „Uns ist nichts passiert. Vielen Dank. Amen.“

„Danke auch, dass du mich beschützt hast, als ich allein in dieses Fass gekrochen bin“, sagte Thea leise. „Und danke, dass ich so tolle Freunde habe! Amen.“

„Ja, das finde ich auch“, schloss sich Paolo an. „Danke für meine Freunde und dieses Abenteuer. Obwohl ... na ja ... obwohl es gefährlich war. Und wir ... na ja, und obwohl wir nicht immer alles richtig gemacht haben. Amen.“

„Herr Jesus, bitte vergib uns“, sagte Tobias „Ja, bitte verzeih mir, ich weiß, ich habe vieles falsch gemacht. Amen.“

„Ich habe den allergrößten Mist gebaut“, murmelte Lothar. „Ich bin so froh, dass das jetzt zu Ende ist. Ich will mich nie mehr erpressen lassen. Jesus, bitte verzeih mir. Amen.“

Richard atmete tief durch. „Wir haben alle Fehler gemacht, Herr Jesus. Ich danke dir, dass du uns immer wieder verzeihst. Jeden Tag können wir neu mit dir anfangen. Beschütze uns jetzt bitte auch in der Nacht. Und sei bei den Verletzten. Und bei Fred und dem Koffermann. Amen.“

Nachdem es eine Weile still war, meinte Nadine: „Ich wundere mich immer wieder, wie ihr betet. Das klingt alles so ... so normal. Als würdet ihr mit einem Freund reden." Nachdenklich fuhr sie sich durchs Haar. „Und ihr glaubt wirklich, dass Gott jeden Menschen hört und auf jeden einzelnen Menschen aufpasst?"

„Klar glauben wir das", antwortete Tobias. „Na ja, zumindest ich glaube es. Für die anderen kann ich nicht sprechen." Er lächelte. „Wie schon der weise Salomo sagt: *Denn vor den Augen des HERRN liegen eines jeden Wege, und auf alle seine Bahnen gibt er acht.*[17]"

„Hm", brummte Lothar. „Nachdem ich bei dieser ... dieser Schatzsuche war, habe ich auch gebetet. Ich wollte, dass das mit der Erpresserei endlich aufhört. Aber ich wollte auch ... ich wollte trotzdem zu den Schwarzkappen gehören. Jetzt ist das mit dem Erpressen zu Ende. Ich werde da nicht mehr mitmachen. Vielleicht ... vielleicht kann ich bald mit Fred und Adrian reden und alles mit ihnen klären."

Nadine stand auf und gähnte. „Ich kriech jetzt in meinen Schlafsack. Mir reicht's für heute." Sie schaute auf die Uhr. „Eigentlich ist es gar nicht mehr heute, sondern schon morgen. Ähm, ich meinte, es ist nicht mehr gestern, sondern schon heute ... ähm, ach, egal. Kommst du mit, Thea?"

„Ja, ich bin auch müde. Macht's gut, Jungs, bis heute früh."

---

17 Sprüche 5,21 (Rev. Elberfelder)

Zwischen den beiden Zelten gibt es 8 Unterschiede. Findest du sie?

Lies nun weiter bei Nummer 63.

68

„Ich schlage vor“, sagte Richard, „dass wir jetzt aufräumen und anschließend nach Pirna fahren, um Fred zu besuchen. Es ist schon Mittag, und wir sollten dort sein, bevor die Eltern von Fred kommen. Nur so können wir in Ruhe mit ihm reden.“

Thea nickte. „Außerdem wollen Freds Eltern sicher allein mit ihrem Sohn reden.“

Nadine deutete auf Karlson. „Den solltest du aber lieber zu Hause lassen, Luca. Oder willst du wieder so eine Show mit ihm abziehen wie damals, als du Paolo im Krankenhaus besucht hast?“

„Ach du grüne Spinne, erinnert mich nicht daran!“

Tobias sah von einem zum anderen. „Wovon sprecht ihr?“

„Och“, wand sich Luca, „es war nichts Besonderes. Karlson war noch kleiner, ich hatte ihn in eine Tasche gesetzt und ins Krankenhaus geschmuggelt. Aber das ging voll daneben. Er hat dort ein Chaos angerichtet und …“

„Oh, oh." Paolo verzog das Gesicht. „Daran erinnern wir uns wohl beide nicht gerade gern."[18]

„Wir erzählen dir später mal davon", sagte Richard zu Tobias. Dann fasste er sich ans Kinn. „Wir sollten unterwegs noch irgendetwas für Fred besorgen – oder wollen wir etwas von diesen Süßigkeiten hier mitnehmen?"

„Vergiss den Süßkram." Nadine machte eine wegwerfende Handbewegung. „Obst ist viel gesünder für Kranke."

Richard fuhr sich über die Stirn. „Oder wir nehmen ein Buch mit. Zu essen kriegt man genug im Krankenhaus, aber es ist ziemlich langweilig, da nur so herumzuliegen."

„Das war ja klar!" Thea lachte laut auf. „Du gehst wieder mal von dir aus, mein lieber Historikus Altmodikus!"

„Wir nehmen einfach mehrere Sachen mit", entschied Tobias. „Aber jetzt bringst du den Hund nach Hause, Luca! In der Zwischenzeit räumen wir auf und ich sehe nach, was ich zu Hause auftreiben kann. Vielleicht müssen wir gar nichts kaufen."

Gegen 14.20 Uhr betraten sie Freds Krankenzimmer.

Zunächst schaute Fred sie etwas unsicher an. Doch dann berichtete Lothar ihm, was er inzwischen mit Richard und seinen Freunden erlebt hatte. Nach und nach mischten sich auch die anderen ins Gespräch ein.

Dann begann Fred endlich zu erzählen: „Der Gang ist eingestürzt, weil die Frau an einen der Holzpfeiler gestoßen ist, die die Decke abgestützt haben." Er richtete sich etwas

18 *Diese Geschichte kannst du in dem Buch* ***Paolo – Der GerümpelSchatzKlau*** *nachlesen.*

weiter in seinem Bett auf. „Na ja, das Ganze war ja auch sehr alt und nicht mehr sicher, der Zugang war schon vor vielen Jahren zugemauert worden. Ihr könnt euch kaum vorstellen, wie ich mich erschrocken habe, als hinter uns alles zusammenfiel! Ich hatte wahnsinnige Angst, als wir dort in dem Gang verschüttet waren. Ich dachte, jetzt kann uns keiner mehr helfen, jetzt sterben wir hier drin." Fred schwieg, schloss die Augen und sah plötzlich ganz blass aus.

Richard bedeutete den anderen zu schweigen.

Nach einer Weile machte Fred die Augen wieder auf und sprach weiter: „Irgendwann habe ich mich an Weihnachten erinnert. Da gehen wir immer in die Kirche." Er räusperte sich und schaute Tobias an. „Ich weiß, das ist doof, wenn man sich nur zu Weihnachten in der Kirche sehen lässt, aber bei unserer Familie ist das so."

„Du musst dich nicht vor mir rechtfertigen", antwortete Tobias. „Niemand sollte in die Kirche gehen, um anderen Menschen zu gefallen."

Richard nickte. „Wir gehen in unsere Gemeinde, weil wir den Herrn Jesus lieb haben. Dort lernen wir immer wieder Neues über Ihn und über Gott und beten Ihn an."

Thea nahm ihren Hut ab. „Und wir gehen hin, weil es schön ist, mit anderen Christen zusammen zu sein. Außerdem macht das unseren Glauben stark."

„Aha, das ist also so ähnlich wie bei der Schatzsuche", sagte Lothar. „Nur, dass bei der Schatzsuche vor allem Kinder und Jugendliche sind."

„Jetzt lasst doch mal den Fred reden!" Paolo trat von einem Fuß auf den anderen. „Ich will wissen, wie es dort unter der Erde weiterging!" Dann setzte er sich zu Fred auf die Bettkante und klopfte auf die Decke. „Erzähl schon, wieso musstest du an Weihnachten denken?"

„Das weiß ich selbst nicht mehr. Jedenfalls erinnerte ich mich daran, dass Gott seinen Sohn zu den Menschen geschickt hat. Zu allen Menschen. Und dass man mit Ihm reden kann." Fred wischte sich über die Augen. „Und dann habe ich zu dem Mann gesagt, der mit im Gang war: *Jetzt kann uns nur noch Gott helfen.*"

Nadine schluckte, setzte sich ebenfalls aufs Bett und flüsterte: „Ich weiß schon, warum ich nicht gern in so finstere Löcher krieche. Irgendwie habe ich da immer das Gefühl, eingesperrt zu sein."

„Du?" Thea wedelte mit ihrem Hut, als sei er ein Fächer. „Ich dachte, du hast nur Sorge um deine Kleidung."

Nadine schüttelte den Kopf und blickte zu Boden.

Richard sah Fred an. „Und was hat der Mann gesagt, als du von Gott gesprochen hast?"

„Der Mann sagte: *Wenn du beten kannst, dann bete! Ich weiß nicht, wie man das macht. Und auf einen wie mich wird Gott bestimmt nicht hören.* Ja, und dann habe ich laut gebetet: *Lieber Gott, wir wissen, dass wir Mist gebaut haben. Aber vielleicht kannst du uns trotzdem helfen. Bitte hilf uns, wir wollen uns in Zukunft auch bessern.* Und der Mann hat gesagt: *Ja, das wollen wir. Wenn du uns hier rausholst.*" Fred seufzte laut und ließ sich zurück in die Kissen fallen. „Und dann habe ich weitergebetet, einfach immer weitergebetet."

Luca schlug sich an die Stirn. „Jetzt verstehe ich, warum Karlson so verrücktgespielt hat! Er hat dich gehört!"

Fred riss die Augen auf und setzte sich kerzengerade hin. „Dann haben wir unsere Rettung deinem Hund zu verdanken?"

„Na klar!“ Luca hielt den Daumen hoch. „Karlson ist ein echt schlaues Tier, auf den kann man sich verlassen!“

Nadine zog eine Grimasse, fuhr sich durchs Haar, widersprach aber diesmal nicht.

Thea setzte ihren Hut wieder auf. „Aber wer weiß, ob Karlson euch gehört hätte, wenn ihr nicht gebetet hättet.“

„Ich glaube, dass Gott hinter all dem steht.“ Richard berührte die Hosentasche, in der seine Bibel steckte. „Er hat uns zur richtigen Zeit an den richtigen Ort geführt.“

Ende

Die Burg Stolpen gibt es wirklich, du kannst sie besuchen und dir den Schösserturm mit dem Abhörspalt, den Johannisturm, den Zehrgarten und die verzweigten Kellergänge anschauen. Einen Plan der Burg findest du auf Seite 327. Bitte komme aber nicht auf die Idee, nach den versteckten unterirdischen Gängen zu suchen, in denen der Schatz der Gräfin Cosel liegen könnte, denn die gibt es nur in unserer Geschichte. Auch Richard und seinen Freunden, den Schwarzkappen, Herrn Wachhaupt, Kommissar Rollenkroll und all den anderen Personen wirst du in Stolpen nicht begegnen können. Aber vielleicht triffst du einige von ihnen ja in einer anderen Geschichte wieder.

69

Feuerwehr, Notarzt und Rettungswagen kamen schon nach wenigen Minuten, dann auch die Polizei und schließlich noch ein Team von der Berg- und Höhlenrettung. Während die Einsatzkräfte an der Öffnung des Ganges und der Bergung der Verschütteten arbeiteten, wurden Richard und seine Freunde zusammen mit Lothar von einem jungen Polizisten wieder in den Raum in der Kornkammer gebracht, wo bereits ein anderer, grauhaariger Polizist am Tisch saß. Der junge Polizist deutete auf seinen älteren Kollegen und blieb dann steif wie ein Wachposten am Buckingham Palace neben der Tür stehen.

„Ich bin Kommissar Rollenkroll“, sagte der grauhaarige Beamte freundlich. „Ich leite die Ermittlungen in diesem Fall. Bitte setzt euch.“

Als alle am Tisch saßen, schrieb er zunächst ihre Namen und Adressen auf.

Dann fragte er: „Was macht ihr mitten in der Nacht auf der Burg?“

69 „Wir interessieren uns für die Geschichte der Burg und für ihre unterirdischen Gänge“, meldete Richard sich als Erster zu Wort. „Und wir sind einer Sache auf der Spur. Wir haben nämlich …“

„Stopp“, unterbrach ihn der Kommissar. „Von dieser *Sache* erzählst du mir später. Jetzt will ich erst einmal wissen, wer in diesem Gang verschüttet ist. Und woher ihr wisst, dass jemand da drin ist.“

„Mein Hund hat uns dahin geführt“, antwortete Luca. „Zuerst konnten wir uns sein Verhalten nicht erklären, aber dann hat Lothar gesagt, dass da jemand drin ist.“

Kommissar Rollenkroll wandte sich an Lothar. „Du wusstest also, dass jemand da drin ist?“

„Ähm … na ja … nicht direkt …“, stammelte Lothar, „aber ich kann es mir denken …“

„Du kannst es dir denken?“ Der Beamte klopfte ungeduldig mit seinem Stift auf den Tisch. „Das musst du schon etwas genauer erklären!“

„Na ja ... der Neffe von Herrn Wachhaupt ... der forscht hier manchmal ...“ Lothar hüstelte, als hätte er Staub in der Kehle. „Er macht das manchmal nachts ... weil ... weil er da mehr Ruhe hat ... und manchmal sind auch andere dabei ... aber sicher weiß ich nichts ...“ Er hüstelte erneut. „Nein ... eigentlich ... eigentlich weiß ich gar nichts. Ich ... ich dachte nur ... weil der Hund ... und so ...“

„Was redest du da nur für ein Durcheinander“, brummte der Polizist. „Womöglich ist also doch niemand da drin? Und ihr habt einfach so, weil sich der Hund komisch verhalten hat, den Notruf gewählt?“ Er schaute fragend von einem zum anderen.

„Wir haben angerufen“, antwortete Tobias schließlich, „weil Lothar behauptet hat, da sei jemand drin.“

„Na ja, wir ... wir haben doch die Pfiffe gehört.“ Lothar blickte erst Tobias, dann Richard an. „Ihr habt sie doch auch gehört, diese Pfiffe. Damit haben die sich doch verständigt.“ Er hüstelte erneut. „Also wusste ich ... dachte ich, dass sie da sind. Und deshalb dachte ich ... ich dachte, irgendwo müssen sie ja sein. Und als wir dann den eingestürzten Gang ...“

„Wer sind denn *die*?“, fragte der Kommissar eindringlich.

„Na ... na, die ... die ... Leute, die ... die ge... gepfiffen haben.“ Lothar deutete mit den Händen mal in die eine, dann wieder in die andere Richtung. „Vielleicht ... vielleicht der Neffe von Herrn ... Herrn Wachhaupt ... oder auch nicht ... ich weiß nicht ...“

„Hin und her und vor und zurück“, schimpfte der Polizist. „Du denkst, du weißt nicht ... sprich jetzt endlich! Was weißt du?“

„Eigentlich nicht viel ...“ Lothar schluckte, seine Stimme klang leise. „Nur das, was meine Freunde mir gesagt haben ... dass vielleicht jemand da unten forscht oder so ...“

„Welche Freunde?“ Kommissar Rollenkroll deutete auf Richard, Tobias und Paolo. „Die da?“

„Ne... nein.“ Lothar zappelte auf seinem Stuhl herum, als säße er auf heißen Steinen. „Die ... die Schwarzkappen ...“

„Wir sind einer Gruppe von Leuten auf der Spur“, ergänzte Paolo, „die hier einen Schatz suchen.“

„Leute, die einen Schatz suchen? So ein Unsinn!“, brummte der Polizist. „Wenn überhaupt jemand einen Schatz hier sucht, dann sind das vielleicht ein paar Kinder, die zu viele Abenteuerfilme angeschaut haben. Solche wie ihr.“

„Aber nein, wir suchen keinen Schatz“, erklärte Richard. „Wir sind ganz zufällig auf diese Leute gestoßen, sie kamen uns verdächtig vor und da ...“

„Ach was!“ Kommissar Rollenkroll stocherte mit dem Zeigefinger in der Luft herum. „Ihr habt euch widerrechtlich auf der Burg herumgetrieben, mit Hilfe eures Freundes hier!“ Der Finger fuhr auf Lothar zu, als wollte er ihn aufspießen. „Wenn du nicht endlich der Reihe nach erzählst, was du weißt, dann nehme ich dich mit auf die Wache! Und dort gehen sie nicht so sanft mit dir um, das verspreche ich dir!“

Da fing Lothar an zu weinen. „Ich ... ich sag ja alles“, schniefte er. „Da drin ... da sind ... sind bestimmt meine Freunde ... und einige Erwachsene. Die Freunde von mir ... sie ... sie ... haben mich erpresst. Ich wollte so gern mitmachen bei ihnen ... bei den Schwarzkappen ... ich ... sie haben Mutproben verlangt ... immer wieder ... ich musste tun, was sie sagen."

Der Kommissar schlug mit der flachen Hand auf den Tisch und donnerte: „Komische Freunde sind das, wenn sie dich erpresst haben. Was wollten diese ... diese Schwarzmützen von dir?"

„Schwarzkappen heißen sie, nicht Schwarzmützen."

„Ist doch egal!" Der Beamte fuhr mit der Hand durch die Luft. „Rede!"

„Es war vor ... vor einigen Wochen", wisperte Lothar. „Nicht heute. Und es waren nicht alle Schwarzkappen. Es waren nur ... nur zwei von ihnen. Das ... das sogenannte Aufnahmekomitee." Lothar fuhr sich mit der Hand über die linke Gesichtshälfte, sie hinterließ dort einen schwarzen Streifen. „Zuerst musste ich ... ich musste ..." – er räusperte sich und warf Richard einen Blick zu – „... mit ihnen nachts hierher auf die Burg kommen. Ich musste ihnen hier unten alles zeigen. Jeden Winkel. Jeden Gang."

„Dann treibst du dich also öfter hier herum!", herrschte der Kommissar ihn an. „Das wird ein Nachspiel haben! Weiter!"

„Wie ich schon sagte ..." Lothar schniefte, fasste sich wieder ins Gesicht und schmierte sich auch auf die andere Gesichtshälfte einen schwarzen Fleck. „Meine Familie ist im Burgverein. Seit ich denken kann, sind wir in jeder freien Minute hier gewesen und ..."

„Schon gut." Der Polizist winkte ab. „Weiter!" Er schaute auf seine Notizen und fragte: „Du bist also mit den anderen hierhergekommen und hast ihnen alles gezeigt. Wie ging es weiter? Haben diese Schwarzhüte gesagt, was sie vorhaben?"

„Schwarzkappen." Lothar wischte erneut eine Träne weg. „Nein. Sie sagten, das ginge mich nichts an."

„Ist das alles? War das die ganze Mutprobe?"

„Nein. Es war noch mehr." Lothar schluckte, als hinge eine Walnuss in seiner Kehle fest. „Sie sagten, diese ... diese ... die anderen ..." – Lothar deutete auf Richard und seine Freunde – „... diese hier ... die ..."

„Haben auch mitgemacht?", bellte Kommissar Rollenkroll.

„Nein!" Paolo sprang auf. „Wir haben Ihnen doch schon gesagt, dass wir ..."

„Setz dich!" Der Finger des Kommissars schoss wie ein Pfeil auf Paolo zu. „Und halt den Mund, dich habe ich nicht gefragt!"

Sein Arm fuhr herum und auf Lothar zu. „Junge! Rede endlich! Lass dir nicht jedes Wort aus der Nase ziehen!"

Lothar duckte sich, als befürchtete er, der Polizist könnte ihn schlagen. „Na ja, sie ... sie sagten ... also sie forderten ..."

„Was?" Der Kommissar schlug mit der Faust auf den Tisch.

„Ich musste unterschreiben, dass die beiden" – er zeigte auf Tobias und Luca, blickte sie aber nicht an – „meine Feinde sind. Sie sagten, ich müsste alles ... alles tun, um ihnen zu ... zu schaden." Lothar hickste. „Und neulich ... da musste ich ... sollte ich ... ähm ..." Lothar hielt sich die Hand vor den Mund.

Der Polizist schlug wieder auf den Tisch und Lothar zuckte erneut zusammen. „Na los, jetzt rede endlich!"

Lothar krächzte: „Wir ... ich musste ..." – er deutete mit dem Kopf auf Luca – „... ich sollte seinen Hund entführen ... und einsperren ... und eine Warnung schreiben ...“

„Hast du es getan?“

„Ja.“ Er schaute zu Boden und murmelte: „Aber nicht allein.“

„Und dann?“ Der Polizist klopfte mit seinem Kugelschreiber auf den Tisch.

„Dann ... dann haben seine Freunde den Hund gefunden und rausgeholt. Und dann ... dann haben wir uns bei der Schatzsuche getroffen und ...“

„Wie?“ Der Kommissar zog die Brauen zusammen und schüttelte den Kopf. „Dann wart ihr also doch auf Schatzsuche?“

„*Schatzsuche* ist der Name für eine christliche Veranstaltung für Kinder“, antwortete Tobias. „Wir suchen sozusagen nach Schätzen in der Bibel.“

„Hm.“ Der Polizist schaute Tobias fragend an. „Du warst also ebenfalls bei dieser *Schatzsuche*?“

Tobias nickte. „Paolo und Luca waren auch dort.“

„Ähm ... aber ich verstehe nicht ... was hat das mit unseren Ermittlungen zu tun?“ Der Blick des Kommissars wanderte zurück zu Lothar.

Der fasste sich an die Kehle. „Bei der Schatzsuche haben sie ... die haben mich erpresst und verlangt, dass ... ich ihnen heute Nacht die Burg zeige und ...“

„Das war keine Erpressung!“ Luca sprang auf.

„Ruhe!“ Der Kommissar schwenkte seinen Arm auf Luca zu, als hätte er ein unsichtbares Schwert in der Hand. „Ich bestimme, wer spricht! Wenn wir so weitermachen, sitzen wir nächste Woche noch hier.“

Luca wich zurück, plumpste auf seinen Stuhl und warf Lothar einen finsteren Blick zu.

69 „Wie ihr seht, hat euer Freund ... ähm ... oder auch nicht euer Freund ...“ Der Beamte schaute auf seine Notizen. „... also, wie es scheint, hat er sich genötigt gefühlt. Aber darum geht es jetzt nicht. Jetzt müssen wir erst die Sache mit dem Gang klären.“ Er räusperte sich und wandte sich wieder an Lothar. „Also los! Sprich weiter. Wir drehen uns im Kreis. Ich muss endlich Klarheit hier hineinbringen. Ich fasse noch mal zusammen: Du wolltest also bei diesen ... diesen Schwarzköpfen mitmachen.“

„Ja.“ Lothar nickte. „Aber sie heißen Schwarzkappen.“

„Aha. Ja. Also, sie verlangten von dir Mutproben. Du solltest sie nachts auf der Burg herumführen.“ Er nahm sich wieder seine Notizen vor, las und murmelte: „Ist das ein Durcheinander.“ Der Polizist senkte den Stift aufs Papier. „Du erwähntest vorhin zwei Jungen besonders. – Wie heißen die?“

„Fred und Adrian.“ Lothar hielt die Luft an und schloss die Augen.

Thea stieß Richard in die Seite und raunte: „Also gehört Adrian auch zu denen.“

„Weiter!“ Der Beamte deutete wieder mit dem Stift auf Lothar. „Was gab es noch für Mutproben?“

„Ich musste ein paar Sachen ausborgen.“ Lothar räusperte sich. „Zum Beispiel einen Schlüsselbund.“

„Was heißt das, *ausborgen*?“, fragte Kommissar Rollenkroll.

„Na ja, ich musste sie holen und dann wieder zurückbringen“, erklärte Lothar. „Fred und Adrian haben die Sachen gebraucht.“

„Hey Alter“, schaltete sich Paolo ein. „Du hast das Zeug geklaut und später wieder zurückgebracht. Das ist doch kein Ausborgen!“

Ohne auf Paolos ungefragten Kommentar einzugehen, deutete der Polizist wieder mit dem Stift auf Lothar. „Was wollten Fred und Adrian mit dem Schlüsselbund?"

„Ich weiß jetzt, dass sie ihn nicht für sich haben wollten." Diesmal gelang es Lothar, seiner Stimme einen festeren Klang zu geben. „Fred hat gesagt, sie hätten Leute kennengelernt, die hier auf der Burg etwas erforschen wollten. Aber es sei noch geheim. Der Mann wolle eine Doktorarbeit schreiben, und er müsse verhindern, dass jemand anderes das Thema erfährt und womöglich auch dazu forscht."

„Wie heißen diese Leute? Wie viele sind es?"

„Das weiß ich nicht. Ich habe nur mitbekommen, dass der Neffe von Herrn Wachhaupt dabei ist. Und ich bin nicht sicher, ob Fred die Namen der anderen kennt. Jedenfalls ..." Lothar schluckte wieder. „... diese Leute haben Fred und Adrian viel Geld angeboten. Fred und Adrian wollten sich das Geld unbedingt verdienen. Sie haben Siggi versprochen, es mit den anderen Schwarzkappen zu teilen, wenn sie ... wenn alle tun, was sie sagen."

Der Beamte schrieb, und Lothar machte eine Pause. Dann schaute der Kommissar auf. „Also. Du hast vorhin gesagt, sie verlangten, dass du gegen die anderen Kinder hier Krieg führst." Er deutete auf Richard und seine Freunde. „Ich verstehe nicht, was der Krieg mit diesen Jungen und Mädchen mit der anderen Sache zu tun hat. Was haben diese Kinder hier mit den Leuten zu tun, die angeblich die Burg erforschen wollen?"

„Das weiß ich nicht."

„Ich kann es mir denken", schaltete sich Richard ein.

Der Beamte schaute ihn fragend an.

69 „Wie wir Ihnen schon sagten – wir wissen, dass diese Leute einen Schatz suchen.“ Während Richard sprach, holte er sein Notizbuch aus der Tasche. „Tobias und Nadine haben gehört, wie sie sich in der Kirche über einen Schatz unterhalten haben.“

„Und ich habe es auch gehört“, ergänzte Thea. „Als ich mit Adrian im Fass steckte.“

„Das mit der Doktorarbeit haben sie sich nur ausgedacht“, fuhr Richard fort. „Sie haben gemerkt, dass wir ihnen auf der Spur sind, und deshalb haben sie die Schwarzkappen beauftragt, uns zu bekämpfen.“

„Na gut.“ Kommissar Rollenkroll kratzte sich an der Nase. „Gehen wir es noch einmal der Reihe nach durch. Ihr vermutet also, dass diese ... diese Leute einen Schatz suchen?“

„Ja, so ist es“, antwortete Richard und klappte sein Notizbuch auf. „Und weil sie bemerkt haben, dass wir ihnen auf der Spur sind, haben sie die Schwarzkappen auf uns gehetzt.“

„Von einem Schatz weiß ich nichts“, protestierte Lothar. „Das müsst ihr mir glauben. Ich habe ihnen nur ab und zu einen Gefallen getan. Weil ... weil Fred das so wollte ... und Adrian.“

„Ich vermute mal, dass du es auch warst, der mein Notizbuch weggenommen und wieder hingelegt hat?“, fragte Richard. „Wir haben dich gesehen, als unsere Klasse die Burgführung gemacht hat.“

Lothar nickte. „Weil ich dem jungen Herrn Wachhaupt helfen sollte, unbemerkt in den Gang zu kriechen ... eine Frau hat auch mitgemacht. Sie hat mich beauftragt, euch zu beschatten. Und als ich im Zehrgarten gesehen habe, dass du dein Notizbuch liegen gelassen hast, habe ich es genommen und ihr gegeben."

„Hast du es dir angesehen?", fragte Richard weiter.

Lothar schüttelte den Kopf.

Richard blätterte in seinem Heft bis zu der Seite zurück, auf der er die ersten Beobachtungen von der Burgführung notiert hatte. „In dem Notizbuch stand alles drin, was wir herausgefunden hatten. Die Frau hat also durch das Notizbuch erfahren, dass wir das Verschwinden des Koffermanns beobachtet haben."

Nun berichtete er von ihrer Beobachtung im Burgkeller, von der Drohung, die in sein Notizbuch hineingeschrieben worden war, dem verschwundenen und wieder aufgetauchten Buch, dem verschwundenen und wieder aufgetauchten Plan und dem Schlüsselbund von Andreas Immerfroh, den kaputten Fußbodenplatten in der Kirche und dem Gespräch, das Tobias und Nadine durch Zufall gehört hatten und in dem es um den Schatz der Gräfin Cosel ging.

Anschließend meldete sich Thea zu Wort und erzählte von ihrer Begegnung mit Adrian in dem Fass und ihren Beobachtungen. „Ich weiß zwar nicht sicher, ob es die gleichen Leute waren wie die in der Kirche, aber es ging eindeutig um den gleichen Schatz. Die Frau und der Mann haben von einem Jungen gesprochen, der irgendetwas für sie tun oder herausfinden sollte." Thea schaute Lothar fragend an, doch der saß mit hängendem Kopf da und schwieg. „Jedenfalls ist der Junge nicht gekommen und sie waren furchtbar wütend auf ihn. Der Mann wollte ihn deshalb noch mehr unter Druck setzen. Und ein anderer Junge war nach den Worten der Leute dafür verantwortlich, die sogenannten *Schnüffler* abzulenken."

69 „Der Junge, den sie erwarteten, war demzufolge Fred.“ Richard schaute von seiner Schwester zu Lothar und dann zu Kommissar Rollenkroll. „Wie es aussieht, hat Fred nicht nur für Geld für sie gearbeitet, sondern er wurde auch selbst erpresst. Das hat Adrian so zu Thea gesagt. Und der andere, der die Schnüffler ablenken sollte, war dann sicher Adrian, dem du, Thea, in die Arme gelaufen bist. Und mit den Schnüfflern meinten sie uns.“

Lothar schlug sich an die Stirn und wandte sich an Luca. „Ah, deshalb musste ich deinen Hund entführen und die Drohung unter das Halsband stecken!“

„Wie schon gesagt – ich schreibe immer alles auf.“ Richard deutete auf sein Notizbuch. Dann sah er Lothar an. „Ich habe noch eine Frage an dich: Gehört der Florian Filderstädt auch zu den Schwarzkappen?“

„Der Florian?“ Lothar legte die Hand auf den Tisch. „Nein ... nicht wirklich. Er möchte zwar gern dazugehören und treibt sich oft in unserer Nähe herum. Aber Siggi will ihn nicht aufnehmen. – Wie kommst du denn auf Florian?“

„Er stand auch auf unserer Verdächtigenliste.“

„Zeig mal her!“ Fordernd hielt der Polizist ihm die offene Hand hin, und Richard gab ihm sein Notizbuch.

Durch die Befragung von Lothar haben Richard und seine Freunde einige Neuigkeiten erfahren. Richard kann sie aber erst später in sein Notizbuch schreiben. Hilf ihm dabei. 69

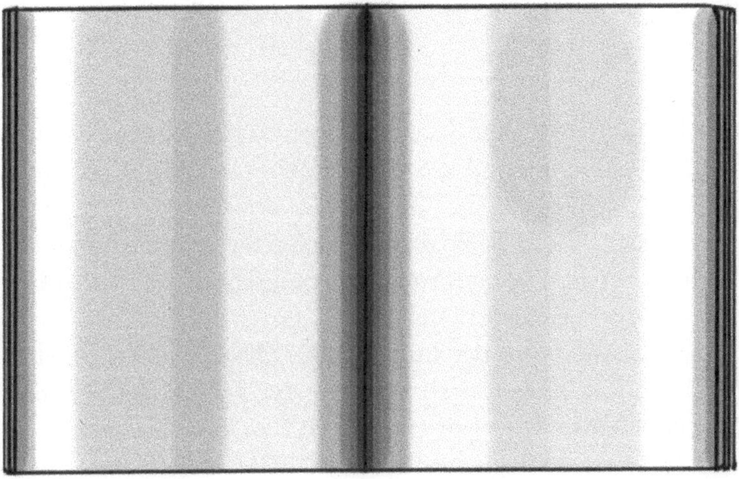

Ergänze auch im hinteren Einbandteil des Buches, was die Freunde über Adrian und die anderen Schwarzkappen erfahren haben.

Lies nun weiter bei Nummer 59.

70

Richard deutete auf die achteckigen Säulen hinter der Zisterne. „Wie man diese Steine da nennt, weißt du hoffentlich?“

„Klar, Alter!“ Paolo grinste. „Ich habe gehört, dass man diese Dinger *Orgelpfeifen* nennt, weil sie wie die Pfeifen einer Orgel beieinanderstehen.“

Richard holte tief Luft. „Diese *Dinger* heißen Basaltsäulen und zeugen nach Meinung der Wissenschaftler von einem Vulkan, der vor langer Zeit hier ausgebrochen sein soll. Diese geologische Besonderheit lockt viele Besucher nach Stolpen.“

Paolo wedelte mit der Hand, als wollte er ein Insekt vertreiben. „Das ist ja alles schön und gut, aber ich soll nicht über den Basalt, sondern über die Entstehung der Burg schreiben. Also: Wann und mit welchen Mitteln wurde die erste Burg hier auf dem Basalt erbaut?“

„Man vermutet, dass es um 1100 eine Anlage aus Holz gab“, antwortete Richard. „Damals lebten hier die Slawen, sie glaubten an alle möglichen Götter und wussten noch nichts von Jesus Christus.“

„Um 1100 Burg aus Holz“, murmelte Paolo, während er schrieb. „Slawen.“

Richard fuhr fort: „Vielleicht war die Burg auch schon älter. Die Schreiber der Chroniken sind sich bewusst, dass nur die Daten als sicher gelten, für die es irgendwelche alten Dokumente gibt. Da aber in den frühen Zeiten nur wenige Menschen schreiben konnten und sie es auch nicht für so wichtig hielten, alles irgendwo zu vermerken, kann man heute vieles nur vermuten. Außerdem ist im Laufe der Jahre etliches verloren gegangen, zum Teil durch schlimme Brände, die mehrmals in Stolpen wüteten. Die erste gesicherte urkundliche Erwähnung stammt von 1222."

Während Paolo sich einige Stichpunkte notierte, musterte Richard weiter die hereinkommenden Leute. Als Paolo von seinen Notizen aufschaute, sprach er weiter.

„Eine Urkunde bezeugt, dass Bischof Bruno II. die Burg von einem slawischen Edelmann mit Namen *Moyko de Stulpen* erwarb. Daraufhin blieb Stolpen im Besitz der Meißener Bischöfe. Sie wollten unter anderem hier das Christentum verbreiten. Nach der Einführung der Reformation zogen sich die Bischöfe zurück und Kurfürst August, ein Vorfahre von König August dem Starken, übernahm 1595 die Burg, die Stadt und das Amt Stolpen."

Paolo schrieb weiter und Richard ging langsam auf das alte Hauptportal zu, das vom zweiten in den dritten Burghof führte.

Kurze Zeit später trat Paolo an seine Seite und stöhnte: „Ich frage mich, wie du dir diesen langweiligen Kram merken kannst."

Anstelle einer Antwort deutete Richard auf das Wappen über dem Tor. „Schau, wie kunstvoll man das kursächsisch-dänische Wappen in Stein gehauen hat! Interessant finde ich die lateinische Inschrift darunter. Sie ist sicherlich älter als das Wappen. Ich vermute, dass sie aus der Zeit der Bischöfe stammt."

70 Paolo trat von einem Bein auf das andere und murrte: „Und was, bitte schön, soll daran interessant sein?“

Richard deutete auf eine Tafel, die neben dem Tor angebracht war. „Dort findest du die Übersetzung der Inschrift.“

„Ich weiß zwar nicht, was das mit meinem Vortrag zu tun hat, aber ich kann es mir ja mal durchlesen“, maulte Paolo und schlurfte zu der Tafel.

Während Richard ihm folgte, behielt er die hereinkommenden Besucher im Blick.

„Gesegnet sei, der da kommt im Namen des Herrn“, las Paolo.

Richard nickte. „Ich finde, das ist ein schöner Willkommensgruß. Doch leider haben nicht alle Bewohner der Burg so gedacht und danach gehandelt. Es gab hier viel Unrecht und Gewalt. Davon zeugt unter anderem die Folterkammer mit ihren grässlichen Marterinstrumenten.“

Paolo winkte ab. „Ja, ja, die Folterkammer kenne ich. Ich werde sie mir später noch einmal ansehen.“

Kehre nun mit Richard und Paolo zurück zu Nummer 41.

Rätselauflösungen

Nummer 1

	1	2	3	4	5	6	7	8	9	10	11
1					S	O	M	M	E	R	
2	S	T	O	L	P	E	N				
3				K	I	N	D				
4		B	A	S	E	C	A	P			
5		R	I	N	G	E	L	B	A	N	D
6	K	O	F	F	E	R					
7		K	E	L	L	E	R				

Das Lösungswort lautet: Spiegel.

Nummer 3

Richard, Paolo, Thea, Luca und Karlson gehen in den Keller. Tobias und Nadine steigen auf den Turm.

Nummer 4

	1	2	3	4	5	6	7
1	B	R	U	N	N	E	N
2		T	H	E	A		
3			L	U	C	A	
4		H	U	N	D		

☞ Es geht weiter bei Nummer 9.

71 Nummer 7

☞ Es geht weiter bei Nummer 4.

Nummer 8

- Blonde Frau mit großen, vollen Hosentaschen
- Junge mit schwarzem Basecap
- Dicker Mann
- Vater mit Kind

Nummer 15

Das Buch mit der Nummer 3 fehlt.

☞ Weiter bei Nummer 3!

Nummer 19

1. *Wie heißt die Burg, auf der die Freunde unterwegs sind?*
   - *Meißen 5*
   - *Stolpen 10*
   - *Polenz 15*

2. *Wie hieß die Frau, die auf dieser Burg gefangen war?*
   - *Anna Amalia 8*
   - *Sissi 5*
   - *Gräfin Cosel 7*

3. *Warum stört es Tobias, dass Nadine „Oh, mein Gott" ruft?*
   - *Weil es altmodisch ist. 6*
   - *Weil das alle machen und er dagegen ist, dass man sich der Masse anpasst. 2*
   - *Weil damit der Name Gottes missbraucht wird. 3*

10 + 7 + 3 = 20

☞ Weiter bei Nummer 20!

Nummer 20

Nummer 21

Die Hundeleine mit der Nummer 23 ist die kürzeste.

☞ Weiter bei Nummer 23!

Nummer 23

Nummer 24

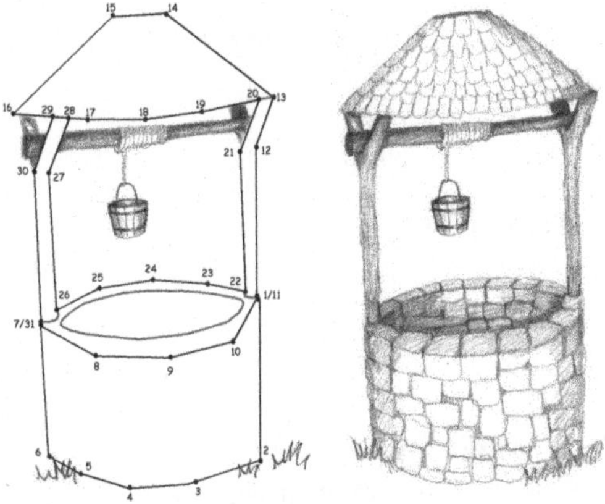

Nummer 27

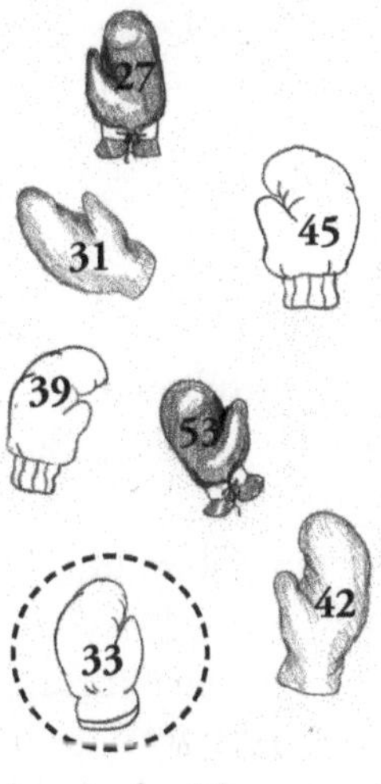

Zum Boxhandschuh mit der Nummer 33 gibt es keinen passenden zweiten.

☞ Weiter bei Nummer 33!

71 *Nummer 29*

Vergleiche mit deinen Eintragungen im hinteren inneren Umschlag.

Die Schwarzkappen:

Siggi Sauer

- Anführer der Bande. ☞ Nummer 3
- Wohnt nicht in Stolpen. ☞ Nummer 3
- Ist ein Jahr älter als die anderen. ☞ Nummer 3

Lothar Amselbach

- Wohnt als Einziger der Bande in Stolpen. ☞ Nummer 3
- Geht in die Klasse von Tobias und Luca. ☞ Nummer 3
- Er ist der Junge, der bei der Führung im Keller war und später im Zehrgarten saß. ☞ Nummer 3, Nummer 1
- Familie gehört zum Burgverein, haben Schlüssel zur Burg. ☞ Nummer 3, Nummer 11, Nummer 15

Fred

- Wird von den Schwarzkappen Freddy genannt. ☞ Nummer 22
- Paolo stößt auf dem Weg zum Markt beinahe mit ihm zusammen, als er mit Richard und Thea von der Burg kommt. Fred beschimpft ihn, er ist ziemlich frech. ☞ Nummer 22
- Richard, Paolo und Thea entschuldigen sich bei ihm und Toni. ☞ Nummer 27

Toni

- Ist mit dabei, als Paolo auf dem Markt beinahe mit Freddy zusammenstößt. ☞ Nummer 22
- Richard, Paolo und Thea entschuldigen sich bei ihm und Fred. ☞ Nummer 27

A__________

- Über das fünfte Mitglied der Schwarzkappen wissen wir bisher noch nichts.

71

Nummer 31

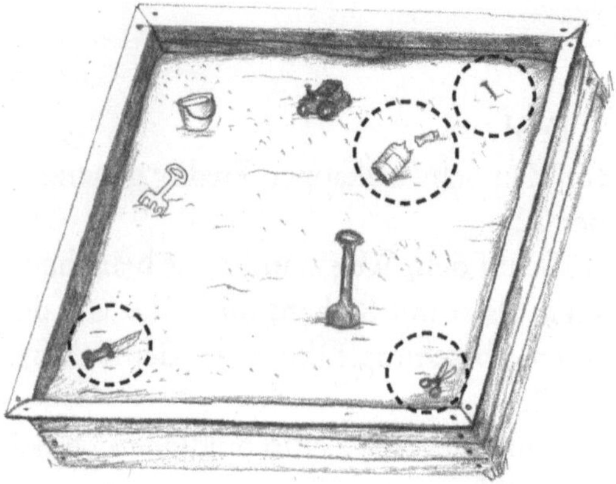

Nummer 32

Nummer 34

☞ Weiter bei Nummer 31!

Nummer 35

- Nadine will ausschlafen.
- Richard und Thea gehen in den Kindergottesdienst.
- Tobias, Luca und Paolo gehen zur Schatzsuche ins HUGO.

Nummer 36

Der Bus nach Stolpen hat die Nummer 32.

☞ Weiter bei Nummer 32!

Nummer 37

Das passende Teil hat die Nummer 43.

☞ Weiter bei Nummer 43!

Nummer 42

Auf einer alten Burg gab es keinen Fahrstuhl (4) und keine Tanksäule (8).

☞ Weiter bei Nummer 48!

Nummer 43

Der Schlüssel mit der Nummer 38 passt zu keinem der Schlüssellöcher.

☞ Weiter bei Nummer 38!

Nummer 44

Nadine vermutet: *Der Schlüsselbund wurde weggenommen, damit die Schatzsucher unbemerkt in die Kirche und ins Pfarrhaus gelangen konnten.*

Nummer 46

Die Kinder steigen in den Bus mit der Nummer 54.

☞ Weiter bei Nummer 54!

Nummer 47

In einem Zelt gibt es folgende Gegenstände normalerweise nicht: Bett, Badewanne, Stehlampe und Bild

Nummer 48

Tobias hat herausgefunden, dass der Koffermann in Wirklichkeit keine Ahnung von der Geschichte der Burg hat, also auch keine Studienarbeit darüber schreibt. Denn es gab gar keinen Bischof Kunibert.

Nummer 50

Tobias will herausfinden, ob jemand auf der Burg ist, der die Flasche als seine eigene erkennt.

Der Tisch, an dem die Kinder sitzen hat die Nummer 55.

☞ Weiter bei Nummer 55!

Nummer 51

Die Türen mit den Nummern 22 und 35 sind gleich.

22 + 35 = 57

☞ Weiter bei Nummer 57!

Nummer 52

~~P O K~~ L I E ~~P~~ S ~~K K P O P~~ W E I ~~K~~ T E R ~~A P O A~~ B E
I ~~O A O~~ N U M M ~~P~~ E R ~~P A P A~~ S E C H S U N D F Ü
N F Z I G

☞ Lies weiter bei Nummer 56.

Nummer 53

5 + 5 + 10 + 18 + 20 = 58

☞ Weiter bei Nummer 58!

Nummer 54

~~FDE~~GEHE~~DSAXC~~ZU~~VFDS~~NUMMER~~W~~
SIEBENUNDVIERZIG~~FSWOPJHZRQE~~

Gehe zu Nummer 47.

Nummer 55

Die Trinkflasche mit der Nummer 46 bleibt übrig.

☞ Weiter bei Nummer 46!

Nummer 56

☞ Weiter bei Nummer 53!

Nummer 58

ⱣIɎNꝞUЄNĐGꞨEⱣSǤIꞨCǤHΘEꞨRꞨT
ꝞEⱣGꞨÄꝞNӾGΘEȺZĐUĐKꞨRɄIꝖEꞨ
CƵHҒEⱣNɈIŦSꝞTĦGΘEⱣFɄÄ₩HꞨRɃ
LꞨIM̶CɆH

IN UNGESICHERTE GÄNGE ZU KRIECHEN IST GEFÄHRLICH

Nummer 59

- Richard zieht sein Notizbuch aus der Tasche und prüft seine Aufzeichnungen.
- „Mein Vater ist am Sonntag wegen der Aufregung mit Hausschuhen in die Kirche gelaufen“, berichtet Tobias.
- Luca ruft: „Ach du grüne Spinne!“
- Thea rückt ihren Hut zurecht.
- Paolo boxt Luca in die Seite und ruft: „Hey, Alter!“
- Nadine schaut in den Spiegel und ordnet ihre Haare.

Nummer 62

Die Kopfbedeckung mit den Nummern 47 und 18 ist zweimal vorhanden.

47 + 18 = 65

☞ Weiter bei Nummer 65!

Nummer 63

☞ Weiter bei Nummer 64!

Nummer 64

Lothar telefoniert mit der Frau mit der Nummer 66. Das ist Freds Mutter.

☞ Weiter bei Nummer 66!

Nummer 65

Der Schuhabdruck, zu dem es keinen zweiten passenden gibt, hat die Nummer 67.

☞ ***Weiter bei Nummer 67!***

Nummer 66

Luca fand:

~~SI~~ S ~~EB~~ T ~~ZI~~ A ~~GE~~ R ~~ND~~ K ~~RE~~ E ~~BO~~ L ~~NE~~ U ~~OB~~
P ~~UC~~ E ~~HU~~ N ~~AQ~~ F ~~HA~~ I ~~BW~~ N ~~AS~~ G ~~EI~~ E ~~NR~~ R
~~OS~~ A ~~TA~~ B ~~MI~~ D ~~NO~~ R ~~GO~~ U ~~SE~~ C ~~UM~~ K ~~DB~~ P
~~TE~~ U ~~BA~~ L ~~KK~~ V ~~TB~~ E ~~GE~~ R ~~VB~~ F ~~KM~~ O ~~TE~~ T ~~SI~~
O ~~KH~~ A ~~VA~~ P ~~QA~~ P ~~SH~~ A ~~UG~~ R ~~LS~~ A ~~CW~~ T ~~RS~~ A
~~LÜ~~ B ~~OT~~ S ~~SW~~ P ~~QT~~ E ~~GF~~ R ~~UK~~ R ~~LN~~ B ~~HD~~ A ~~G~~
~~S~~ N ~~XC~~ D ~~AC~~ M ~~AY~~ A ~~WE~~ S ~~LL~~ S ~~MB~~ B ~~OK~~ A ~~LH~~
N ~~CX~~ D ~~QW~~ S ~~YQ~~ T ~~CV~~ I ~~AB~~ R ~~DW~~ N ~~XS~~ L ~~AW~~
A ~~CH~~ M ~~AL~~ P ~~AS~~ E ~~TM~~ N ~~AL~~ F ~~MI~~ E ~~NS~~ R ~~CX~~ N
~~BL~~ G ~~AS~~ L ~~AQ~~ A ~~XC~~ S

- STARKE LUPEN
- FINGERABDRUCKPULVER
- FOTOAPPARAT
- ABSPERRBAND
- MASSBAND
- STIRNLAMPEN
- FERNGLAS

Thea packte **HUNDELECKERLI** aus.

In dem Päckchen, das Paolo ausgepackt hat, waren **WALKI TALKIS.**

Nummer 67

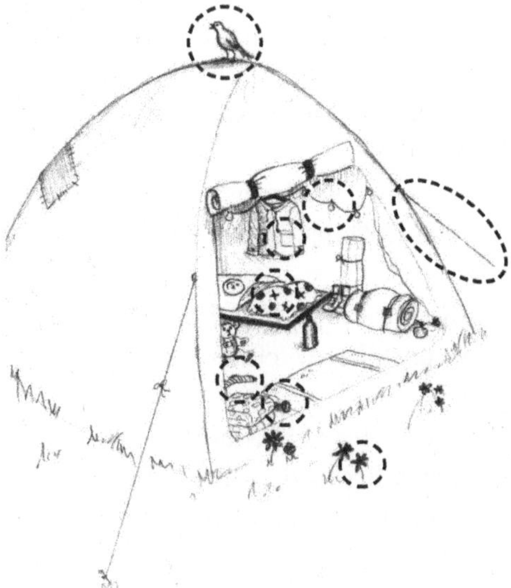

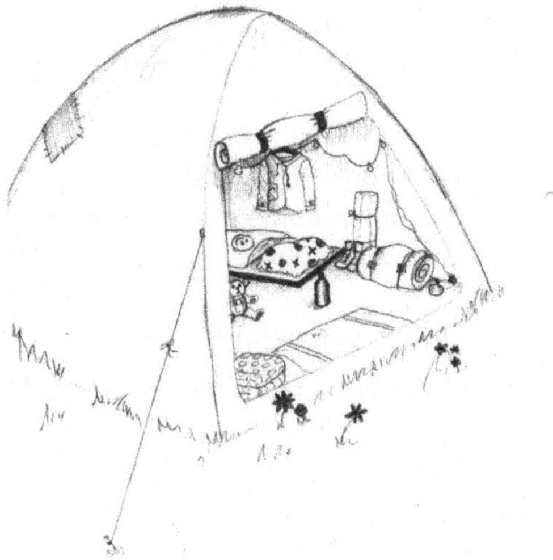

Nummer 69

Neuigkeiten, die Richard in sein Notizbuch schreiben könnte:

- Lothar wurde von den *Schwarzkappen* erpresst.
- Lothars Mutprobe:
  - Dem sogenannten „Aufnahmekomitee“ der *Schwarzkappen* die Kellergänge der Burg zeigen. ⇨ Fred und Adrian
  - Gegen Richard und seine Freunde „Krieg führen“.
  - Karlson entführen, einsperren und die Drohung schreiben.
  - „Ausborgen“ der Schlüssel von Andreas Immerfroh, des Notizbuches und „anderer Sachen“.
- Die „Schatzsucher“ haben Fred und Adrian Geld versprochen.
- Zu den „Schatzsuchern“ gehören:
  - Neffe von Herrn Wachhaupt (Koffermann)
  - Die blonde Frau
  - Der Mann, den Thea vom Fass aus gesehen hat
- Frau und Mann im Keller haben auf Fred gewartet, Fred wurde von diesen Leuten erpresst.
- Adrian sollte uns, die sogenannten „*Schnüffler*“, ablenken.
- Florian Filderstädt gehört nicht zu den *Schwarzkappen*, will gern dazugehören, treibt sich in ihrer Nähe herum.

Adrian

- Belauscht im Fass einen Mann und eine Frau. ☞ Nummern 45 und 55
- Soll Dinge auskundschaften und „ausleihen“. ☞ Nummern 45 und 55
- Gehört mit Fred zum sogenannten „Aufnahmekomitee“ der Schwarzkappen. ☞ Nummer 69
- Die „Schatzsucher“ haben ihm und Fred Geld versprochen. ☞ Nummer 69

72

Wahl der Schlüsselwörter

Nummer 6

☐ Berg

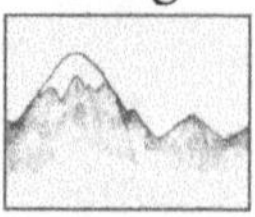

☐ Burg

Nummer 16

☐ Bergpfad

☐ Berggipfel

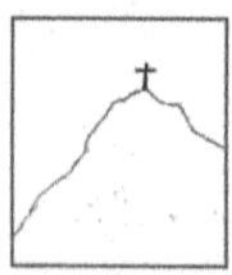

☐ Burgturm

☐ Burgtor

Nummer 38

☐ Schlüssel

☐ Hund

Nummer 41

☐ Hausschlüssel

☐ Schlüsselbund

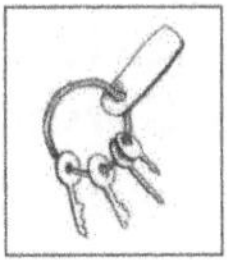

☐ Hundeleine

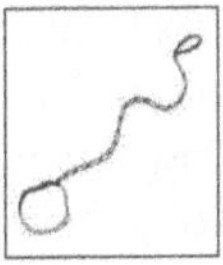

☐ Hundehaare

Anneli Klipphahn

Paolo – Der GerümpelSchatzKlau

für Kinder ab ca. 10 Jahren – mit 18 s/w-Abbildungen

ISBN 978-3-942258-16-6: Paperback, 293 Seiten

ISBN 978-3-942258-66-1: eBook, ePub-Format

Seit seine geliebte Oma gestorben ist, geht bei Paolo alles schief. Und weil er seine Trauer und Wut an seinen Mitschülern auslässt, hat er bald keine Freunde mehr. Doch eine unerwartete Begegnung auf dem Friedhof, Schokoladenkuchen und die Suche nach geheimnisvollen Schätzen in Herrn Höfers Gerümpelscheune geben Paolo neue Hoffnung. Er erfährt, dass es einen gibt, der ihm seine Schuld und Sorgen abnehmen will – Jesus Christus, den Sohn Gottes. Als die wertvollsten Stücke des Gerümpelschatzes gestohlen werden, gerät Paolo unter Verdacht. Verzweifelt versucht er, seine Unschuld zu beweisen und den wahren Täter zu finden, doch es wird immer schlimmer. Ob ihm dieser Jesus wirklich helfen kann?

Plan der Burg Stolpen

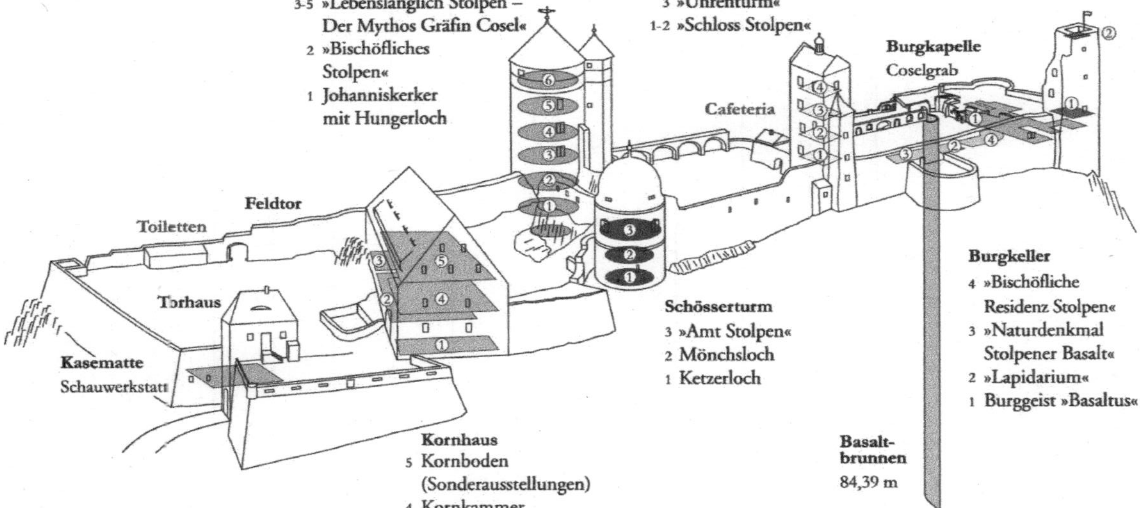

Abdruck mit freundlicher Genehmigung:
Staatliche Schlösser, Burgen und Gärten Sachsen gemeinnützige GmbH
Burg Stolpen, Schlossstraße 10, 01833 Stolpen

Die Schwarzkappen

S ____________________________

- ____________________________
- ____________________________
- ____________________________

L ____________________________

- ____________________________
- ____________________________
- ____________________________
- ____________________________